ENCORE SIX MOIS D'ÉTÉ

DAISY
GARRISON

ENCORE SIX MOIS D'ÉTÉ

Traduit de l'anglais (États-Unis) par Alice Delarbre

hachette
ROMANS

À la promo 2016, devenue la promo 2020

Traduit de l'anglais (États-Unis) par Alice Delarbre
Illustration de couverture : © Hachette Romans Studio

L'édition originale de cet ouvrage a paru chez Flatiron Books,
sous le titre : *Six More Months of June*

Hachette Livre, 58 rue Jean Bleuzen, 92170 Vanves.

« De toutes les îles délectables,
celle du Pays imaginaire est la plus douillette
et la plus ramassée, sans ces immenses étendues
qui rendent les distances entre une aventure
et la suivante fastidieuses, voyez-vous ;
tout y est agréablement concentré. »

Peter Pan, J. M. Barrie

« Je saurais quoi faire de six mois supplémentaires
de ce sentiment
…
même si ça ne suffirait pas »

Six More Months of June, Hannah Lachow

MINA

— Et… ça tourne.

— D'accord. Caplan Lewis.

Je l'imagine. Je réfléchis à ce qu'il aimerait que je dise, et je me rends compte que je suis restée silencieuse trop longtemps.

— Désolée. On peut recommencer ?

— Non, c'était mignon. Continue.

— O.K., bon, donc Caplan Lewis est… vous savez, quoi. Ce serait débile de perdre du temps à le décrire, tout le monde connaît Caplan.

La fille qui supervise le tournage fait un moulinet avec ses mains et penche la tête en direction du garçon qui tient la caméra. Façon, je suppose, de m'inviter à fixer l'objectif, ce qui n'arrivera évidemment jamais. Je pose mon regard sur l'épaule du caméraman, à gauche, puis sur mes genoux.

— C'est d'ailleurs un résumé parfait de ce qu'il est. Caplan est connu. Et ça a toujours été le cas.

Je ris avant d'ajouter :

— Je vous mets au défi de trouver un seul élève ou un seul enseignant, n'importe qui, dans ce lycée et sur cette planète, qui ne connaîtrait pas Caplan Lewis. Qui ne l'adorerait pas. Dont il ne serait pas la personne préférée au monde.

CAPLAN

— Ça tourne ?

— Oui.

— Mina Stern est ma meilleure amie.

Ils attendent que j'en dise plus.

— Ouais, c'est tout. Mais ce n'est pas rien, attention. C'est ma personne préférée au monde.

Chapitre 1

CAPLAN

Dans le courant du mois de mars, les haut-parleurs ont diffusé une annonce pendant la première heure de cours banalisée. Mina était convoquée à l'administration, et c'était drôle parce que c'était elle.

— Ils vont te renvoyer, lui ai-je dit.

Ma blague a bien fait rire, enfin tout le monde sauf elle. Je n'ai jamais vu personne rester aussi impassible, surtout en présence de témoins. Parfois, elle m'avoue après coup qu'elle s'est retenue de rire, de pleurer ou de rouler les yeux, et j'ai du mal à la croire tant les traits de son visage pâle parviennent à rester immobiles.

Ça n'a été qu'une fois qu'elle s'est éloignée dans le couloir que je me suis rappelé le jour où elle avait été convoquée à l'administration pour son père, et je me suis vraiment senti très con.

Elle n'était pas encore ressortie à l'heure où j'étais, moi, attendu à l'administration pour les annonces du matin. À mon arrivée, je l'ai trouvée plantée, les bras chargés de livres, devant le bureau du proviseur. Avec son adjoint, ils avaient l'air très crispés. Une seconde, j'ai craint un truc terrible.

Elle s'est retournée et m'a aperçu.

— C'est Caplan qui devrait s'en charger.

Je l'ai rejointe. Le proviseur a défendu sa position :

— La tradition veut que ce soit…

— Sauf que je ne peux pas, moi, mais Caplan sera ravi de me remplacer.

— Bien sûr, ai-je rétorqué. Pour faire quoi ?

Le proviseur a repris la direction de l'échange :

— La tradition veut que ce soit le ou la meilleure élève de terminale qui se charge de prononcer le discours lors de la remise des diplômes.

Je me suis tourné vers Mina, qui refusait de croiser mon regard. Elle s'est lancée dans une démonstration que je n'ai pas bien suivie, il y était question de démocratie et de voix du peuple.

Le proviseur a soupiré.

— Vous êtes en train de suggérer que nous organisions un scrutin pour choisir l'orateur qui représentera tous les élèves de terminale ?

— Je dis simplement que le scrutin a déjà eu lieu. Caplan est délégué de classe. C'est à lui de faire le discours.

Je m'étais présenté à ces élections à cause d'un défi que Quinn m'avait lancé. Ce que tout le monde, je crois bien, savait. Et ça impliquait simplement de me charger des annonces du matin et de motiver les troupes lors des événements importants, comme les matchs.

— Cette prise de parole est un honneur, et idéalement…

Il nous a observés tous les deux, Mina avec son petit pull sans manches et sa pile de bouquins, moi avec mon coupe-vent de l'équipe de foot du lycée, et mon air sans doute un peu abruti. Je me suis rappelé que j'étais en train de mâcher un chewing-gum, et je l'ai avalé aussi sec.

— … elle se doit d'avoir une certaine tenue.

Mina m'attend pendant que je débite les annonces au micro. En chemin, elle me fait remarquer :

— Tu as levé le poing en l'air au moment de donner le nom du vainqueur du tournoi d'échecs.

— Et ?

— Et personne ne peut te voir. Les gens ne font que t'entendre.

Je devine le léger sourire dans sa voix.

— Je ne savais pas que tu étais aussi fan d'échecs, ajoute-t-elle.

Je lui donne un petit coup de coude.

— Je ne m'en suis même pas rendu compte.

Elle continue à sourire.

— Tu pourrais être moins attentive, s'il te plaît ?

— D'accord.

Elle tourne dans un couloir pour se rendre en cours de maths sans me dire au revoir. Je l'interpelle :

— Et je n'ai pas envie de faire un discours le jour de la remise des diplômes.

— Un grand pouvoir implique de grandes responsabilités, me lance-t-elle.

Ce discours a fait l'objet de débats entre nous pendant des semaines. Je lui ai dit que je voulais bien lire le texte qu'elle écrirait, et elle m'a rétorqué qu'elle n'avait rien à raconter sur notre lycée et ses élèves. Je lui ai répondu que c'était un peu méchant et carrément mesquin de sa part, et elle m'a demandé, en plissant les yeux, sur combien de personnes, je pourrais dire des choses sympas. Je me suis mis à mon bureau et j'ai essayé d'écrire un truc gentil sur chacun des élèves de terminale. Au bout de cinquante personnes, je me suis lassé. J'ai trouvé que c'était déjà pas mal, mais elle s'est moquée de moi.

« Tu ne peux pas monter sur l'estrade le jour de la remise des diplômes et raconter que James Garrity t'a un jour ouvert l'issue de secours parce que tu arrivais en retard au lycée », a-t-elle ironisé. Je lui ai répliqué que je pouvais faire tout un discours plutôt élogieux sur elle, sur Quinn, sur Hollis même, et que ce concept de discours était débile de toute façon, que chacun devrait simplement dire quelques mots positifs sur un de ses camarades, un qu'il connaît vraiment bien, et basta. Ça lui a plu. « Un genre de déclaration de la dernière chance », a-t-elle observé. Comme je ne pigeais pas, elle a explicité : « Imagine que vous ne vous reverrez plus, que c'est ta dernière chance, qu'est-ce qu'il te reste à lui dire ? » Bref, c'est ce qui nous a donné cette idée. Et je crois que le proviseur en avait tellement sa claque de toute cette histoire qu'il a accepté.

Le tournage de ma vidéo tombe le premier jour de juin – il fait un temps à s'habiller en short et en sweat-shirt, le ciel est plus bleu que bleu. Une fois que c'est terminé, je retourne à la cafète, et je file directement à l'extérieur. Tout le monde est assis à la table habituelle, sauf Mina, qui lit sur un banc.

— CAP ! me crie Quinn.

Je lui fais un signe de la main en passant près de la table pour rejoindre Mina.

— Tu es dehors, lui dis-je.

— C'est une belle journée, rétorque-t-elle sans sortir le nez de son livre.

— Allez…

Je le lui arrache des mains, ce qui, je le sais, va beaucoup l'agacer. Un jour, quand on était petits, j'ai balancé son bouquin dans le sable, au bord du lac, et elle a refusé de m'adresser la parole pendant plusieurs jours.

— Rends-le-moi.

— Bien sûr que je vais te le rendre. Je ne sais pas lire.

— Très drôle.

— Viens manger avec nous.

Elle croise les bras, puis les jambes.

— Ça ne te tuera pas. C'est la pause déjeuner, ce temps de rêve t'a attirée hors de la bibliothèque. Profites-en pour fréquenter des gens.

Je recule d'un pas, en direction de mes amis, avec son livre.

— CAP ! crie Quinn. Arrête de draguer !

Ça fait presque sourire Mina. Elle pince les lèvres pour s'en empêcher.

— Comment tu comptes te faire des amis à Yale l'an prochain si tu ne commences pas maintenant ?

L'espace d'une seconde, j'ai l'impression que ma question va la faire hurler. Mais elle se contente de me balancer :

— C'est un peu tard pour le lycée, tu ne crois pas ?

— Il t'embête, Mina ? intervient Quinn. Tu veux que je le tape ?

Elle rit franchement cette fois et se penche sur le côté, sans doute pour voir Hollis derrière moi. Je suis sûr qu'elle est assise sur la table et qu'elle est entourée de sa cour habituelle. Je n'en suis pas certain. On fait une pause, elle et moi, et j'essaie de ne plus la regarder directement, de l'apercevoir en passant, à la lisière de mon champ de vision. Ce qui est assez facile avec ses très longs cheveux blond vénitien, constamment en mouvement.

Mina la repère, elle ou une autre menace, et elle secoue la tête.

Je lui tends son livre. Quand elle veut me le prendre des mains, j'attrape la bandoulière de son sac et je me tourne vers les autres, comme ça, elle est obligée de me suivre.

Chapitre 2

MINA

Caplan me traîne partout. Quand on était petits, il le faisait littéralement – dans l'eau près des dunes, dans la neige dès que l'école était fermée, dans des salles de cinéma pour voir des films d'horreur avant l'âge légal autorisé, au milieu du gymnase pendant les bals –, et puis, au bout d'un moment, je me suis mise à le suivre de moi-même. Depuis qu'il est devenu, sans surprise, ce type au physique divin insupportable doué en sport, je dois assister à ses matchs de foot. Je me suis toujours assise à côté de sa mère et de son petit frère dans les gradins, au-dessus des lycéens, qui formaient une marée colorée et rugissante – des filles qui s'étaient dessiné son numéro sur les joues, des garçons qui criaient : « Ô Caplan ! Mon Capitaine ! » Ivres, heureux, portés par la liesse collective. Je n'y participais pas, mais j'étais là, en tant que témoin, et c'était déjà un début. Il était comme un aimant. Ou le soleil. Ça aurait été plus gênant si j'avais été la seule, or tout le monde tournait plus ou moins en orbite autour de lui. Car le soleil brille, réchauffe, et tout ça.

Certaines fois je lui en étais reconnaissante ; pas toujours. Le premier vrai beau jour du printemps, l'année de terminale, pile à l'époque où on tournait ces foutues vidéos, il m'a forcée à déjeuner avec ses amis en me piquant mon livre. Je savais très bien pourquoi il agissait ainsi : Hollis le regardait alors qu'ils faisaient une nouvelle « pause ». Je n'aimais pas ça, être utilisée. Surtout que ça ne servait à rien : il n'existe pas une seule dimension dans laquelle je représenterais une menace pour une autre fille. Tout le monde sait bien que je n'ai rien à faire à la table de gens aussi populaires que Quinn Amick et Hollis Cunningham.

Une fois arrivée près de la table, je récupère mon livre pour occuper mes mains. Plus personne ne mange. Hollis lèche la fin d'une glace à l'eau qui lui laisse la bouche rouge. Intérieurement, je fais le pari qu'ils se seront remis ensemble avant la fin de la semaine. Elle porte la casquette de Quinn, celle avec les minuscules arbres brodés qu'il ne quitte pourtant jamais. Ah, en amour comme à la guerre... Caplan s'assied et récupère la moitié d'un sandwich abandonné par un de ses potes.

— T'étais où ? lui demande quelqu'un.

— Je tournais ma vidéo, répond-il, la bouche pleine.

— J'arrive pas à croire que Mina ait réussi à nous le piquer, gémit Quinn. À qui je vais pouvoir demander de dire un truc sympa sur moi ?

Je me tourne vers Caplan au moment précis où il pose son regard sur Hollis. Elle le soutient d'un air impassible en pressant la glace contre ses lèvres. Une précision s'impose sans doute : Hollis est la personne la plus terrifiante sur cette planète.

— Moi, je veux bien le faire, dit-elle en réponse à Quinn.

— Sérieux ?

Elle avale la fin de sa glace et lui lance le bâtonnet. Une de ses amies la considère avec tristesse. Hollis lui avait sans doute promis de tourner la vidéo pour elle.

— Pourquoi pas ? On s'en fout de toute façon.

Elle lorgne Caplan une seconde, puis moi.

C'est toujours une surprise désagréable, pour moi qui passe tant de temps à observer les autres, en paix, invisible, quand quelqu'un décide de me voir. Ça me fait penser aux acteurs qui ne fixent jamais directement l'objectif, sauf s'ils veulent délibérément créer un trouble.

— Mina, dit-elle comme si elle venait juste de remarquer ma présence. Vendredi, c'est mon anniversaire.

— Ah… Joyeux anniversaire.

— Non, rit-elle. T'es trop drôle. J'organise une soirée, c'était ça le sens de ma phrase. Ma mère me force. Tu viendras ?

Je la dévisage.

— Euh… oui, bien sûr.

— N'accepte pas pour me faire plaisir.

— Non… enfin oui, avec joie. Merci.

La sonnerie retentit, et Caplan se penche pour ramasser le bâton de la glace par terre. Puis il se dirige vers les poubelles, et Hollis soupire, avant de se lever et de le suivre.

— Ils deviennent pénibles, non ? lance Quinn, sans s'adresser à personne en particulier tandis que je me laisse entraîner à l'intérieur par le mouvement.

Tout le monde acquiesce plus ou moins, même s'ils voudraient suivre de plus près la scène qui se déroule près des poubelles : Caplan et Hollis sont tous les deux éclairés par le soleil, le vent soulève leurs cheveux, roux et dorés, magnifiques.

Alors qu'on s'agglutine les uns contre les autres pour passer les portes de la cafétéria, je me retrouve à côté d'une des amies d'Hollis – Becca, celle qui vient de se faire planter pour la vidéo. Elle me jette un regard ouvertement hostile, ce qui n'est pas dans ses habitudes, et je presse le pas. Dans le couloir, je me baisse pour refaire mes lacets et elle me bouscule en disant à ses copines :

— Couché, le toutou !

Elle m'a fait tomber en avant, à quatre pattes, alors je prends une seconde pour m'assurer que mon expression est placide, puis je me relève et me dirige vers ma salle de physique.

Pendant un temps, au collège, tous les élèves aboyaient, « ouaf, ouaf », chaque fois qu'ils me croisaient. J'en avais déduit que c'était une façon de me signifier que j'étais minable ou moche, mais je n'en étais pas certaine, alors je m'efforçais de ne pas y attacher d'importance. J'ai pris l'habitude de porter des écouteurs. Ce qui collait assez bien avec mon engagement alors récent à ne pas croiser les yeux des autres, à ne pas leur adresser la parole, sauf en cas de nécessité absolue. Ils m'avaient torturée pendant des années parce que je levais sans arrêt la main en cours, parce que j'étais une crâneuse, une miss Je-sais-tout. Et quand j'avais essayé de me taire et de me rendre invisible, ils m'en avaient encore plus haïe. Leur hypocrisie aurait été drôle si j'avais été capable de rire.

La première fois que j'ai entendu un « ouaf, ouaf », j'étais en quatrième. J'avais opté pour le silence depuis quelques mois et je me trouvais dans les toilettes des filles.

— Mina Stern suit Caplan Lewis partout comme un toutou.

Après le départ des filles, je suis sortie de ma cabine au même moment que Lorraine Daniels. Quand on était petites, on allait souvent jouer l'une chez l'autre : nos mères s'entendaient bien et on vivait à côté. Ensuite mon père est mort, ma mère est devenue bizarre, et moi aussi sans doute. Et Lorraine a déménagé. Ça nous arrivait encore parfois de nous asseoir à côté en cours, malgré tout. Elle portait de grosses lunettes rouges et elle se faisait souvent emmerder à cause de ça, pourtant elle n'a jamais changé de monture, elle n'est jamais passée aux lentilles. Je lui enviais sa force de caractère. Elle était discrète et intelligente, et je m'étais parfois demandé si on n'aurait pas pu devenir de vraies amies, mais elle semblait sincèrement préférer rester seule. J'imagine que je devais donner la même impression, moi aussi.

— Elles sont jalouses, m'a-t-elle dit en se lavant les mains, sans me regarder, ce dont je lui étais reconnaissante, car je pleurais. C'est vrai, je t'assure. La petite blondinette a un faible pour lui. Elle l'a avoué juste avant ton arrivée.

L'insulte tombait un peu à plat parce que c'était Hollis et qu'elle mesure environ 1,75 mètre.

— Et puis sincèrement c'est plutôt lui qui te suit partout.

Je sais que le temps est censé tout arranger, mais bizarrement ce souvenir a empiré avec les années, pour devenir franchement blessant ; de mémoire, c'était la première fois que je comprenais la vérité. Passer l'essentiel de mon temps avec Caplan ne me rendait pas plus intéressante, ni meilleure. Au contraire, je souffrais de la comparaison, je passais pour terne. Et surtout, je n'étais pas la seule à penser que c'était un miracle qu'il veuille être mon ami.

Le fait qu'on ait navigué presque sans heurt pendant toute notre enfance, collés l'un à l'autre, doit entièrement être mis à son crédit. Il n'a jamais cessé, même dans l'enfer du collège, de vouloir faire des checks interminables avec moi dans le couloir, il n'a jamais essayé de me transformer en amie secrète. Il n'est pas passé par cette phase de l'adolescence où il se serait rendu compte que ce serait plus simple pour lui, que son univers serait plus cohérent, s'il me laissait sur le bas-côté ou m'excluait au moins de certains pans de son existence. Ça n'est pas arrivé. Caplan fait ce qui lui plaît, et il se demande très rarement ce que les gens en pensent. Le printemps de la seconde, il s'est déchiré un tendon, je ne sais plus lequel, ce qui l'a privé d'athlétisme. Poussé par un mélange d'ennui, de curiosité et, soyons honnêtes, un véritable goût pour les projecteurs, il a passé l'audition pour la pièce qui était montée cette année-là, *Roméo et Juliette*. Et bien sûr, comme il était doué, il a mis le feu aux planches, tout en faisant du club théâtre un lieu indéniablement cool.

Pour son audition, il a posé par terre son texte froissé, devant ses pieds, pour le cas où il oublierait une réplique. Le metteur en scène a remarqué le scan rudimentaire, le code simplifié que j'avais mis au point pour l'aider à accentuer les bonnes syllabes. Il a demandé à Caplan où il avait appris à scander les pentamètres iambiques, lequel a répondu qu'il n'avait pas la moindre idée de ce dont il s'agissait, mais qu'une amie l'avait aidé à répéter la scène. Quand il a décroché le rôle, on m'a proposé de participer à la pièce, moi aussi, en tant que dramaturge. J'ai dû chercher ce que ce mot signifiait. J'ai fini par refuser : ça avait l'air d'impliquer de parler à des gens bien trop souvent, mais j'ai accepté de rédiger un petit guide sur la scansion et la belle Vérone, qui a été distribué lors de la première répétition.

Ce printemps-là, on a passé, Caplan et moi, des heures à apprendre des répliques. Monter sur scène et ressembler à une star de cinéma, ça lui venait plutôt naturellement, mais pour ce qui était des mots, les comprendre et les mémoriser, il avait besoin de moi. C'est peut-être le seul domaine dans lequel il doute et ne se sent pas assez futé, probablement parce qu'il a mis un peu plus longtemps que les autres à apprendre à lire, il y a un million d'années. Je me souviens de l'avoir regardé travailler avec acharnement et entêtement, pour tout bien saisir, pour placer les accents toniques au bon endroit. J'étais sciée.

Comment, me disais-je, peut-il être cette personne, ces mille versions différentes d'un même être ? Comment se fait-il qu'il soit destiné à devenir le capitaine de l'équipe de foot, le roi de la promo et le président d'une fraternité un jour futur et qu'il soit en même temps ce garçon assis par terre dans ma chambre qui essaie de retenir du Shakespeare, et qui me demande, la joue pressée contre ma moquette, quel sort funeste est encore en suspens dans les astres ?

Chapitre 3

CAPLAN

Je savais qu'Hollis me suivrait. C'est l'avantage de se retrouver coincé sur la piste de danse avec quelqu'un dont on connaît par cœur les pas.

Quand je me retourne, après avoir jeté le bâton de sa glace, Hollis est plantée là et me toise. J'attends qu'elle parle, mais elle ne le fait pas. Avec elle, la conversation ressemble au jeu du plus fort.

— Tu ne devrais pas jeter des trucs par terre.

— T'étais obligé de choisir Mina pour ta vidéo ? me rétorque-t-elle.

— Qu'est-ce que ça peut te faire ?

— Comme si vous étiez en couple, tous les deux ? Comme si vous échangiez vos vœux de mariage ?

— Tu m'as quitté.

— Ah, tu avais remarqué ?

— Hollis…

Je me pince l'arête du nez.

— Quoi ? Qu'est-ce que tu veux, Caplan ?

— Que tu retires la foutue casquette de Quinn, marmonné-je dans ma main.

Elle l'écarte de ma bouche, enlève la casquette et me la lance. Elle réussit à me foudroyer du regard tout en souriant.

— T'étais pas obligée de faire ça à Mina. Devant tout le monde en plus.

Son sourire disparaît.

— Si tu voulais que je vienne à ta soirée d'anniversaire, tu aurais pu simplement m'inviter.

— Pourquoi ça aurait un rapport avec toi ? Pourquoi je ne pourrais pas simplement être sympa ?

Je renifle.

— Tu serais venu si je t'avais invité ?

— Ben, ouais. On sera toujours… amis, toi et moi, donc ouais.

Je triture la casquette de Quinn dans mes mains. Je me force à regarder Hollis. Elle est au bord des larmes, mais ça n'a pas l'air de la mettre mal à l'aise. Pendant une seconde, aucun de nous deux ne dit un mot. La cloche sonne.

— Et je ne t'ai pas quitté, assène-t-elle. J'ai proposé qu'on prenne un peu nos distances. Pour réfléchir.

— Et ? Tu l'as fait ? Je veux dire, tu as réfléchi ?

Elle éclate de rire.

— Ce n'est pas moi qui en avais besoin.

— Alors tu m'as quitté pour voir comment je réagirais ?

— Ouais.

— Pour obtenir une réaction.

— Mmh-mmh.

— D'accord… C'est un peu puéril, tu ne crois pas ?

— Oh, pitié ! s'exclame-t-elle en levant les mains. Évidemment que c'est ce que j'ai fait, Caplan. Ça ne t'est jamais arrivé d'avoir des sentiments pour quelqu'un qui ne ressent rien de son côté ?

Elle attend ma réponse. Je déteste ce genre de situations, vraiment. Quand je sens qu'elle nous entraîne dans une direction précise, qu'elle veut me forcer à dire un truc bien spécifique.

— O.K., super, félicitations, tu es le type le plus mature du monde, tu n'es jamais jaloux, jamais émotif. Tant mieux pour toi.

Des secondes sortent par petits groupes pour s'installer autour des tables extérieures et lorgnent de notre côté.

— On peut aller ailleurs pour discuter ? demandé-je en me balançant d'avant en arrière sur mes talons. Tu es venue en voiture aujourd'hui ?

— Hors de question que je sèche pour aller m'asseoir dans ma voiture et t'écouter me traiter de gamine.

— Je ne t'ai pas traitée de gamine. J'ai dit que tu avais fait un truc puéril.

Elle me dévisage. Puis elle secoue la tête et s'éloigne.

— Et c'est faux, dis-je, beaucoup plus fort que je n'en avais l'intention. Je ne ressens pas rien. Pour toi.

— Merci. Merci beaucoup. C'est beau.

Toute une tablée de secondes nous observent sans se cacher maintenant.

— Vraiment, Caplan, tu devrais l'écrire quelque part. Tu devrais écrire un vrai bouquin même. Tu devrais...

— Tu as cours de quoi, là ?

— J'ai une heure d'étude.

— Hollis, purée, tu pourrais juste... J'ai envie de te parler, je suis venu exprès pour ça. Est-ce qu'on pourrait pas simplement...

— Simplement quoi ? Se retaper encore la même dispute ? Pourquoi ?

— Parce que j'aime me disputer avec toi, c'est drôle et intéressant.

— D'accord.

Elle fait une tête qui semble demander : « Et ? »

— Et ça me manque.

Elle me foudroie du regard, elle a cet air classique, furieux et incandescent. Elle est tellement jolie, putain.

— Et je préfère me disputer avec toi que de ne pas te parler.

Ses yeux continuent à lancer des éclairs. Puis elle soupire et part en direction du parking. Elle me dépasse sans un mot. Elle est presque arrivée quand enfin elle se retourne :

— Ben alors ? Tu viens ?

Voici comment est née mon amitié avec Mina. Tout a débuté parce qu'elle était un génie et moi un sale petit con cruel. On s'est rencontrés en deuxième année de primaire. Soit un an après que mon père nous avait abandonnés et qu'on avait quitté l'Indiana, direction le Michigan, pour emménager dans une petite maison blanche et cubique de la ville de Two Docks, dans Corey Street, pile en face d'un château en briques rouges avec une porte d'entrée bleue et un énorme heurtoir en cuivre. Pour moi, vu le chemin que je prenais, ce changement est arrivé pile au bon moment.

Mina a appris à lire toute seule. C'était une légende au sein de l'association des parents d'élèves. Un jour, elle devait avoir trois ans – à l'époque, moi, je ne savais sans doute même pas encore vraiment parler –, et elle était dans la voiture avec sa mère et son père. Ils se disputaient pour je ne sais quelle raison, et ils ont raté la rue qu'ils devaient prendre. Assise dans son siège auto à l'arrière, elle leur a dit qu'ils avaient dépassé Alpine Street. Et quand ils lui ont demandé comment elle le savait, elle leur a répondu qu'elle l'avait tout simplement lu. Ils ont consacré le reste de l'après-midi à rouler dans Two Docks et à lui montrer des panneaux pour vérifier que ce n'était pas un coup de chance. Elle les a tous déchiffrés sans la moindre difficulté : Willow, Gates, Brighton (sans prononcer le « gh », comme si c'était la chose la plus naturelle du monde), Huron, Muncie, Beaufort – oui, Beaufort !

Je me souviens, j'ai eu envie d'écraser mes nuggets de poulet sur le visage de la dame qui a été la première à nous en parler. Pourquoi se sentait-elle obligée de raconter les exploits de ce phénomène qui habitait pile en face de chez nous, ce Mozart des livres pour enfants, devant ma mère, dont le fils, âgé de sept ans et demi, était incapable, absolument incapable, de faire la distinction entre les lettres *b* et *d ?* À compter de ce jour, ma mère n'a pas arrêté de proposer qu'on l'invite chez nous, de vouloir organiser des sorties avec sa famille. J'étais persuadé qu'elle pensait que Mina déteindrait sur moi, que je deviendrais plus intelligent grâce à elle. Avec le recul, je me dis qu'elle se sentait peut-être juste seule sans mon père et qu'elle cherchait à se faire des amis, sans savoir que la mère de Mina se retrouverait bientôt seule à élever un enfant elle aussi. J'en sais trop rien.

Ce que je sais, c'est qu'on était arrivés à ce stade infernal de la scolarité où il faut lire à voix haute devant toute sa classe. J'étais déjà bon en foot, ce qui faisait de moi le roi de la cour de récré en quelque sorte, et j'imagine que les autres gamins prenaient un malin plaisir à me voir aussi nul, à assister à mon humiliation quotidienne quand la maîtresse lançait le train impitoyable et tragique de la lecture collective, nous désignant chacun à tour de rôle pour prendre la parole. Je n'arrivais jamais à aligner plus de quatre mots. Tout le monde se tordait de rire, et elle passait à quelqu'un d'autre.

Cet automne-là, on s'était retrouvés assis côte à côte, Mina et moi. Et après mes bafouillages d'homme des cavernes venait, coup du sort cruel et évident, le tour de Mina. Elle avait une voix claire et agréable, elle ne faisait pas exprès d'aller vite pour frimer, elle n'avait pas un ton monocorde et elle n'oubliait pas de respirer. Elle donnait l'impression d'être sage et tranquille, mais aussi de connaître un secret qu'elle ne partageait pas, un truc qui se trouvait juste derrière les mots, qu'elle gardait pour elle et dont elle nous parlerait peut-être un jour. Elle n'était pas particulièrement populaire, pourtant tout le monde aimait l'écouter lire.

Et moi, je la haïssais. Du haut de mes huit ans, à une époque où j'étais obnubilé par moi-même et mon désir de conquérir le monde, j'avais l'impression qu'elle le faisait exprès et que le but de son existence était de donner une mauvaise image de moi, en s'opposant discrètement aux règles naturelles de l'univers dans lequel je m'épanouissais spontanément. Elle passait toutes ses récrés à lire. Et je n'exagère pas. Ce qui me mettait particulièrement hors de moi. La récré, c'était fait pour crier, courir et taper dans un ballon. Autant de domaines dans lesquels j'étais très doué. J'ai intériorisé ma minuscule rage et je l'ai harcelée.

J'étais lâche, je fuyais déjà le conflit à l'époque, et donc je ne l'ai pas attaquée frontalement. Mais dès que je trouvais une oreille attentive, je la traitais d'intello, de phénomène de foire, de nulle. Pas très original, je vous l'accorde. J'ai été surpris par la facilité avec laquelle tout le monde a pris le train en marche. Je la traitais de « binoclarde » ou de « grosse tête ». Je racontais que ses taches de rousseur était due à une maladie contagieuse qui touchait les intellos. Je prétendais que, si elle avait les cheveux longs et bruns, c'était parce qu'elle était une sorcière. J'ai mené cette guerre entièrement en sous-main, mais du jour au lendemain les autres élèves sont allés lui répéter en face ce que je disais dans son dos. Mina était différente, elle était spéciale. Je l'avais fait remarquer à mes camarades, et ils s'étaient tous détournés d'elle.

Elle a encaissé ça avec la classe d'une reine, ce qui a attisé ma colère. Elle ne réagissait jamais, elle ne pleurait pas, elle n'en parlait à personne. Elle donnait l'impression de ne pas nous entendre tout simplement ou, si c'était le cas, de ne pas s'en soucier. Tant elle était au-dessus de nous. Et puis pour Halloween, elle a mis de gigantesques fausses lunettes qui lui grossissaient les yeux, elle a colorié ses taches de rousseur au feutre vert et noir, sans oublier, bien sûr, de poser un chapeau de sorcière sur sa tête. C'est dur de faire comprendre combien c'était courageux de sa part à l'époque.

Une semaine plus tard, Mme Levi a décidé d'enfoncer le clou, ce qui a sans doute changé le cours de mon existence. Un jour, juste avant la cantine, elle nous a retenus, Mina et moi, pour nous annoncer que désormais on formerait un groupe de lecture rien que tous les deux. On serait un binôme. Et j'avais beau être le cancre de la classe, j'étais assez malin pour comprendre que c'était dû au fait que j'avais besoin de l'aide de Mina, parce qu'elle était brillante, et moi débile. Je suis parti furax, et elle m'a couru après dans le couloir.

— Attends ! Tu vas où ?

— À la cantine, pour être avec mes amis. Laisse-moi tranquille.

— Juste une minute.

Elle respirait bruyamment, elle avait besoin de trottiner pour pouvoir me suivre.

— Qu'est-ce qui te rend triste-méchant ?

— Triste-méchant ?

— Tu es triste, donc tu es méchant.

— Ce mot n'existe pas. T'es vraiment bizarre, tu sais ?

Mais sa question m'avait suffisamment intrigué pour que je m'arrête. Je voulais comprendre. Je ne voulais pas me sentir bête.

— C'est différent de méchant tout court ?

— Oui. Je ne t'adresserais pas la parole si tu étais méchant tout court. Je n'ai pas de temps à perdre.

Je l'ai dévisagée et je me suis senti coupable. Un sentiment inédit pour moi, et très désagréable.

— Pardon d'avoir dit que t'étais bizarre.

— C'est pas grave. Tout le monde le pense.

— Je suis aussi désolé pour ça.

— Alors là, c'est idiot. Tu n'y es pour rien.

Je suis resté silencieux.

— On me disait ça bien avant ton arrivée ici.

Ça aurait dû me soulager, mais ça a été pire.

— Je suis désolé pour ton père aussi.

— Ah… Merci.

Je sautillais d'un pied sur l'autre. Elle ne quittait pas mon visage des yeux, ça me rendait nerveux.

— Je l'ai rencontré un jour. Il m'a fait une piqûre.

— Ben, c'était son métier.

— Oui, mais ça m'a presque pas fait mal.

Elle m'a considéré d'un air sceptique.

— Les piqûres, ça fait toujours mal.

— Celle-là moins que les autres. À cause de sa façon de faire.

— C'est-à-dire ?

— Disons juste que j'ai pas eu peur, ai-je répondu, agacé d'avoir abordé le sujet.

— D'accord… J'ai toujours pensé que c'était un bon médecin. Mais ça fait plaisir de l'entendre dans la bouche de quelqu'un d'autre.

— Je comprends.

— Alors, pourquoi tu es triste ?

J'ai soupiré.

— Parce que j'arrive pas à lire. Je préférerais qu'on me fasse dix piqûres plutôt que de lire une seule page.

— Tu le penses vraiment ?

— Presque, ai-je dit. Je crois.

— Dans ce cas, tu as tort. Et je vais te le prouver.

Sur ce, elle a tourné les talons, et je l'ai suivie dans le couloir.

À l'époque, la maîtresse nous demandait de lire trente minutes tous les soirs. Cet après-midi-là, Mina a traversé la rue pour venir frapper chez moi. Ma mère l'a fait entrer. Elle a débarqué dans ma chambre, aussi à l'aise que si elle était chez elle, avec le premier tome d'*Harry Potter* sous le bras.

— Tu plaisantes, là, ai-je protesté. Ça fait au moins un milliard de pages.

— L'histoire est tellement super que tu seras content que ça dure.

Pendant les trente minutes qui ont suivi, chronométrées avec précision sur ma nouvelle montre digitale waterproof, on a lu à voix haute à tour de rôle. Elle enchaînait cinq pages, et moi deux – lentement, en butant sur les mots, mais je lisais. Elle avait raison, l'histoire était chouette, et la demi-heure est passée rapidement. Ce soir-là, après le dîner, j'ai traîné chez moi en me demandant ce qui allait arriver au garçon qui vivait dans le placard sous l'escalier.

— Je sors faire un tour, ai-je annoncé.

Ma mère a surgi de nulle part et a placé son bras en travers de la porte d'entrée. Elle avait gardé sa blouse de l'hôpital – elle sortait d'une longue garde.

— Il est presque 20 heures, Caplan. Tu n'iras nulle part.

J'ai soupiré.

— Je voulais juste aller voir Mina Stern. En face. J'ai besoin de son aide pour continuer à progresser en lecture.

J'avais trouvé la formule magique. Ma mère a eu ce sourire d'adulte exaspérant et m'a laissé passer. J'ai traversé la rue dans le noir, un peu soufflé d'avoir réussi à m'échapper aussi tard, pour une raison aussi surprenante. Je suis resté planté un moment devant la porte d'entrée de Mina, mal à l'aise. J'ai fait le tour de sa maison et j'ai fini par apercevoir une fenêtre légèrement entrouverte, en hauteur. La brise agitait les rideaux blancs avec de petites étoiles argentées. Le toit au-dessus de la galerie qui courait le long de la façade et qui était juste en dessous de la fenêtre se trouvait à une trentaine de centimètres de la cage à poules dans le jardin. Je l'ai escaladée et j'ai appelé Mina en direction des étoiles. Une main a écarté le rideau et je l'ai vue apparaître, elle portait une chemise de nuit violette avec des planètes et des fusées. J'ai pris une longue seconde pour m'émerveiller du bleu de ses yeux sans lunettes, puis elle a ouvert la fenêtre en grand et m'a demandé ce que je fichais là et si je cherchais à me rompre le cou.

— Je suis venu lire. Je veux savoir ce qui arrive ensuite. Dans la vie, il y a des choses qu'on ne peut pas traverser sans ensuite devenir amis. Affronter un troll des montagnes de taille adulte. Ou lire toute la série *Harry Potter* à voix haute, bien après l'heure officielle du coucher.

— À quoi tu penses ? me demande Hollis.

On est allongés à l'arrière de sa voiture – on a rabattu la banquette et masqué les vitres avec une couverture.

— Mmh… à rien, dis-je sans rouvrir les yeux.

— C'est fascinant, lâche-t-elle, de voir que les mecs sont capables de ne penser à rien.

— Comment ça ?

— Ben je me suis rendu compte qu'il y avait des plages entières de temps où tu n'as littéralement pas la moindre réflexion. Où tu es genre complètement déconnecté. Le vide total.

— Ça ne t'arrive jamais ?

Elle rit et sa tête rebondit sur mon ventre.

— Non, j'ai toujours plus ou moins un truc dans la tête.

— Ça doit être épuisant.

— Je confirme.

— Tu dois avoir besoin d'une petite sieste de temps en temps, dis-je en l'attirant vers moi. À quoi tu penses là, tout de suite ?

Elle appuie son menton sur mon épaule avant de répondre :

— Je pense que c'est foncièrement puéril de traiter ta copine de fille puérile. Et sexiste.

— Ça veut dire que tu es redevenue ma copine ?

Elle sourit contre mon épaule. Je la soulève pour qu'elle vienne s'allonger à plat ventre sur moi. Elle aligne ses bras et ses jambes sur les miens, et on presse nos deux visages, joue contre joue, si bien que je regarde dans une direction et elle dans une autre. Elle pose ses paumes à plat sur les miennes. C'est notre truc à nous, une façon de plaisanter sur les contraintes spatiales à l'intérieur d'une voiture, de maximiser les zones de contact entre nous. « Je refuse que le moindre centimètre carré de mon corps touche la banquette arrière de la voiture familiale », m'a-t-elle annoncé la toute première fois qu'on l'a fait. Il faut dire qu'elle conduit un énorme SUV blanc. Quinn lui a balancé un jour que ses parents, en lui achetant cette voiture, ne pouvaient pas s'attendre à ce qu'elle n'ait pas de rapports sexuels dedans. Elle lui a jeté un truc en lui rétorquant que c'était pour qu'elle puisse aller chercher tous ses petits frères et sœurs à l'école.

Je me rappelle très précisément ce jour, au début de l'automne, en première. Hollis a débarqué en exhibant la clé de sa voiture au bout d'un porte-clé à lanière avec le logo de notre lycée. Elle venait de la récupérer. On avait perdu notre virginité ensemble peu de temps auparavant. Et toute la conversation ce midi-là à table, surtout l'allusion explicite à notre sexualité, m'avait fait piquer un fard. Tout le monde prenait un malin plaisir à me torturer. Hollis, elle, ne semblait pas gênée. Elle avait même l'air très contente d'elle. Fière. Je me souviens que ça m'avait fait un bien fou. Je m'étais senti cool.

— Tu es tout transpirant, me dit-elle.

— Toi aussi, je te signale.

— Non, c'est ta transpiration, pas la mienne. Je suis couverte de ta sueur.

— Beurk…

On reste allongés là, heureux, un moment.

— J'arrive pas à croire que tu es en train de penser à cette histoire de puérilité.

— C'est fini, me rétorque-t-elle. Ça m'a traversé la tête pile au moment où tu m'as posé la question.

Je réfléchis.

— Bon… Je crois que tu as raison, mais développe un peu. Histoire d'aider mon cerveau de mec complètement vide à comprendre.

— Je ne dis pas que je me comportais super bien, hein. J'ai juste le sentiment que ton choix de terme…

— Mon choix de terme ? La vache…

— *Puéril.* Ça donne tellement l'impression que tu te sens au-dessus de moi.

— Alors là, pas du tout. Je ne me sens pas du tout au-dessus de toi.

— Tant mieux. Parce que tu ne l'es pas, m'assène-t-elle.

— J'irais même jusqu'à dire que je suis précisément en dessous de toi. Et c'est sympa de changer un peu.

Elle me tape dans la main.

— Pour être bien claire, reprend-elle. Je me suis conduite de façon puérile. Je le sais, et toi aussi. Et je veux que tu sois honnête. Que tu me le fasses remarquer, quand je merde. Et que tu sois conscient d'avoir un comportement sexiste à ce moment-là.

J'éclate de rire, ce qui provoque des tremblements dans nos deux corps et la fait rire aussi.

— Finies les combines pour essayer de me faire avouer mes sentiments, alors, dis-je pour conclure.

— Peut-être que, si tu me disais simplement ce que tu ressens, je n'aurais pas besoin d'en arriver là.

Elle descend un peu en se tortillant et appuie ses coudes sur mon torse pour poser son menton dans ses mains.

— Caplan…

— Oui ?

— Tu viendras à mon anniversaire ?

— Oui, Hollis. Je viendrai.

— On n'est plus fâchés ?

— À toi de me le dire.

Elle m'embrasse. Quelque part dans la voiture, mon téléphone se met à vibrer.

— On devrait aller en cours, dit-elle en roulant sur le dos à côté de moi.

Tout en récupérant mon portable sur le siège avant, je lui réponds :

— Oh, allez, on est en terminale, et l'année est bientôt terminée.

Il y a un appel en absence de ma mère. Et une centaine de textos d'elle.

> Tu as reçu un mail de l'université
du Michigan !

Puis :

> RAPPELLE-MOI !

Et enfin :

> JE T'AIME quoi qu'il arrive.

— Et merde…

— Quoi ? s'inquiète Hollis.

— Non, rien.

Je me dépêche d'enfiler mon boxer, mes chaussettes, mes chaussures, mon tee-shirt, puis je retire mes chaussures pour mettre mon pantalon. Dans ma précipitation, je suis à deux doigts de donner un coup de pied dans le nez d'Hollis.

— Hé, Cap, qu'est-ce qui se passe ?

— Rien, rien. J'ai juste oublié un truc que je dois régler. Il faut que je file, désolé. Je t'écris plus tard.

— Attends, je dois y aller, moi aussi. Laisse-moi une seconde, dit-elle en se débattant avec son soutien-gorge.

— Tu veux dire que tu n'as pas envie de prendre ton temps, de te brosser les cheveux cinquante fois, de sortir ta brume pour le visage ou je ne sais quel autre truc ?

Elle plisse les yeux avant de lâcher :

— D'accord, file.

Je suis déjà à moitié sorti de la voiture, mais je prends le temps de l'embrasser une dernière fois. Puis je fonce vers l'issue de secours du lycée en priant pour que quelqu'un soit dans les parages et me fasse entrer.

Chapitre 4

MINA

Je suis en cours de physique, au tableau – c'est mon tour de résoudre une équation –, quand j'aperçois Caplan dans le couloir, à travers la vitre dans la porte. Il est tout rouge et il sautille sur place comme s'il avait besoin d'aller aux toilettes. Il me fait signe de le rejoindre. Je me concentre sur le tableau. Au bout d'une minute, je me retourne vers lui, et il a les mains jointes, en signe de prière.

— Mina ? s'inquiète Mme Turner. Il y a un problème ?

— Non, pardon. J'ai presque terminé.

La porte de la classe s'ouvre, et Caplan passe la tête à l'intérieur.

— Bonjour, désolé d'interrompre votre cours…

Elle sort le nez des interros qu'elle est occupée à corriger.

— Caplan, qu'est-ce que je peux faire pour toi ?

Je me demande bien comment elle connaît son nom et où ils ont bien pu se rencontrer.

Il lui décoche un sourire penaud et irrésistible.

— Ils ont besoin de Mina à l'administration, ce ne sera pas long.

— Ah, dit-elle en reprenant ses corrections. Très bien, laisse-la juste terminer.

Je regarde Caplan en faisant non avec la tête ; il jubile. Je finis l'équation et vais me placer à côté du tableau, mains croisées devant moi.

Mme Turner relève la tête.

— C'est exact, Mina. Tu peux y aller, me dit-elle avant d'appeler l'élève suivant.

Dès qu'elle a détourné les yeux, Caplan entre récupérer mon sac sur ma chaise. Une fois dans le couloir, je lance :

— Je dois comprendre que je ne retournerai pas en cours ?

— Ça dépend de la réponse.

— La réponse de quoi ?

Brusquement, il n'a plus l'énergie de jouer les frimeurs. On dirait même qu'il est sur le point de vomir.

— Caplan, qu'est-ce qui se passe ?

Il secoue la tête et essaie de m'entraîner dans les toilettes des garçons. Je m'accroche au cadre de la porte.

— Hors de question.

— Viens, il n'y a personne.

— Jamais de la vie.

— Mina, s'il te plaît...

— Explique-moi ce qui se passe.

Il me colle son portable sous le nez tout en continuant à vouloir m'attirer dans les toilettes. Je vois la notification d'un mail envoyé par l'université du Michigan. Caplan est sur liste d'attente depuis près de deux mois. Je lâche le cadre de la porte et on est propulsés dans les toilettes en chancelant. Il se réfugie aussitôt dans une cabine et s'assied par terre, contre la porte fermée. Je lui lance :

— Tu vomis ?

— Est-ce que tu peux ouvrir le mail ?

— Non. C'est à toi de le faire.

— Mina, s'il te plaît. Ouvre-le.

— Écoute, ça va aller...

— Je suis prêt à faire tout ce que tu veux en échange, mais ouvre ce putain de mail !

— D'accord, d'accord.

Son mot de passe, c'est la date d'anniversaire de sa mère : 2302.

— Ça dit qu'il y a eu une mise à jour sur ton espace personnel.

Il gémit, puis cogne l'arrière de sa tête contre la porte.

— Tu veux que je me connecte pour toi ?

— Ouais, me répond-il.

— C'est quoi ton identifiant ?

— Mon adresse mail du lycée. Et le mot de passe : Malefoy17. Avec un *M* majuscule.

Je ravale mes moqueries – il y aura droit plus tard.

— Hé, Caplan ?

— Ouais...

— Tu es mon meilleur ami.

— Toi aussi, tu es ma meilleure amie, Mi. Tu dis ça parce que je n'ai pas été pris ?

— Non, laisse-moi une seconde.

Je recharge la page. La prise de conscience de ce qui est en train de se jouer s'abat sur moi d'un coup et malmène tous mes organes à l'intérieur de mon corps, tandis que la petite roue en haut de l'écran tourne. J'ai à peu près une demi-inspiration pour espérer, pour prier – ce que je n'ai jamais vraiment fait – qu'il sera pris, qu'il va réussir, qu'il sera toujours pris et qu'il réussira toujours pendant le reste de sa vie. Puis Hollis lui envoie des textos :

> T'as laissé la capote dans ma voiture.
> Elle était collée à la crosse de Kelly.
> On va finir direct en prison.

La page de l'université du Michigan a enfin terminé de se rafraîchir.

— Caplan, sors maintenant.

— Tu pleures ?

— Sors.

— Merde, lâche-t-il, putain de merde de...

Il ouvre la porte d'un geste vif, en se cachant les yeux d'un bras ; l'autre est tendu vers son téléphone. Il finit par le regarder une seconde. Pose les yeux sur moi sans un mot.

Mon sourire est si large qu'il est douloureux et, il avait raison, je pleure aussi.

— C'est bon ?

— C'est bon.

Il laisse éclater sa joie. Il crie en direction du plafond et agite les poings en l'air comme quand un de ses coéquipiers marque un but, puis il me serre dans ses bras, me soulève de terre et me fait tourner.

— Repose-moi, lui dis-je en riant, et appelle ta mère.

— Ma mère ! s'exclame-t-il. Oh, punaise, il faut absolument que je lui téléphone.

Il ramasse mon sac, tourne les talons, avant de se raviser et de me le rendre.

— Désolé, c'est le tien, désolé... Qu'est-ce qui m'arrive ?

Il se passe fébrilement les mains dans les cheveux tout en secouant la tête, un sourire béat aux lèvres.

— J'arrive pas à y croire, lâche-t-il.

— Moi, si.

— Mina... c'est la fac du Michigan !

— Oui, et c'est toi, Caplan.

Après m'avoir prise, une fois encore, dans ses bras et étreinte de toutes ses forces, il s'éloigne dans le couloir. Il sautille quasiment.

Je reste plantée sur place un instant, bras croisés. Je me demande ce qu'on ressent quand on sait parfaitement ce qu'on veut faire, où est sa place. Caplan le sait, lui, bien sûr. Il pense être quelqu'un de basique, il me l'a déjà dit, mais en réalité il est juste pur. Il n'y a pas la moindre part d'ombre en lui. Rien de tordu ou d'enfoui. Je me secoue. Parfois, lorsque je passe un peu de temps avec lui j'en ressors dans cet état, un état que j'imagine proche d'une gueule de bois. J'ai l'impression de me tenir en retrait. Ça me colle le blues. C'est super décevant pour moi, parfois, de me retrouver seule avec moi-même, après son départ. Et si j'ai le blues, lui, il décroche systématiquement la médaille d'or.

Je m'appuie contre le mur quelques instants, m'apitoie un peu sur mon sort, de façon ridicule. Puis je prends le temps de retourner, sans me presser, en cours de physique.

Chapitre 5

CAPLAN

Plus tard ce même après-midi, je suis garé en double file pour attendre Mina à la sortie de la libraire d'occasion Dusty's Books, où elle bosse. Ça me donne une excuse pour klaxonner – en réalité, j'ai surtout envie de faire du bruit. Elle sort, plus Mina que jamais : agacée tout en s'efforçant de ne pas rire. Elle porte un énorme carton.

— À cause de toi, je vais finir par me faire virer, dit-elle en montant dans la voiture et en déposant le carton sur mes genoux.

Dessus quelqu'un a écrit au marqueur noir : *Livres pour Mina*. Je donne un tel coup d'accélérateur au démarrage que les pneus crissent.

— Enfin, Cap !

— Tu ne te feras pas virer. Sarah m'adore.

— Oui, c'est vrai, toutes les femmes d'un certain âge t'adorent.

— Hé ! Toutes les femmes de tous les âges m'adorent.

Elle roule les yeux avant de baisser sa vitre.

— Désolé, dis-je, c'était une blague.

— La ferme.

— Alors, y a quoi dans ce carton ? D'autres livres dont personne ne veut ?

— Non. J'ai écrit ça dessus pour pouvoir le garder à la librairie. C'est un cadeau pour toi.

Je donne un coup de volant pour me garer et monte quasiment sur le trottoir.

— Laisse-moi le volant, me dit-elle. Tu n'es pas dans ton état normal, je vais conduire.

Pendant qu'elle fait le tour de la voiture par l'avant, j'ouvre le carton. Il en contient un autre plus petit, enfin une boîte à chaussures, et à l'intérieur je trouve une paire de Converse montantes bleu marine avec des broderies jaunes et une languette de la même couleur. Elle ouvre ma portière.

— Mi...

Je prends une des baskets et je la retourne entre mes mains. Sur le talon, elle a brodé les lettres *CAP*, également en jaune. Elle s'est adossée à la portière et elle m'observe.

— T'as pas fait ça, murmuré-je, soufflé. Les couleurs de la fac du Michigan...

— Je te l'avais dit, j'étais sûre que tu serais pris.

— Et la tradition ?

Je lui donne un petit coup avec les Converse montantes noires que je porte aux pieds et qui sont abîmées.

— On en crée une nouvelle, rétorque-t-elle. Je me suis dit qu'elles te donneraient une dégaine d'abruti quand tu feras la fête avec tes nouveaux amis et que tu te sentiras obligé de poster des tonnes de photos grotesques sur Instagram.

Je descends pour la prendre dans mes bras. J'ai toujours une basket à la main.

— Merci.

— C'est rien, me répond-elle.

— C'est pas rien. Tu pensais vraiment que je serais pris.

Elle se tortille pour se libérer.

— Je ne le pensais pas, Cap. Je le savais.

Elle monte derrière le volant.

— J'adore quand tu fais ta meuf intraitable, lui dis-je avec tendresse avant d'aller m'asseoir sur le siège passager.

Je m'occupe aussitôt de délacer mes Converse noires pour mettre mes nouvelles chaussures de clown. Je me tourne vers elle : elle a un sourire jusqu'aux oreilles.

— Retire tes pieds du tableau de bord.

— C'est mon tableau de bord. Pourquoi tu souris comme ça ?

— Oh, pour rien.

— On laisse tomber les « laisse tomber ».

C'est un truc qu'on se répète depuis qu'on est petits. À huit ans, on vivait, l'un et l'autre, dans des familles sans père, et il nous arrivait souvent de commencer des phrases que nous n'avions pas envie de finir à voix haute. Et en même temps ça nous faisait du bien, à tous les deux, de parler, alors on a pris l'habitude de se dire mutuellement : « on laisse tomber les "laisse tomber". » Une idée de Mina. L'enfant prodige.

— Alors en fait tu m'as écoutée toutes ces années. Sur la différence entre l'être et le faire.

— De quoi ?

— Je t'ai expliqué un jour que tu ne pouvais pas me traiter de meuf intraitable ou je ne sais quoi, ni moi ni personne d'ailleurs, mais que tu pouvais me dire que je me comportais comme si j'en étais une. Genre une fois par an. Du moment que c'est adapté à la situation.

Ça me fait penser à Hollis, à sa façon de me reprocher de lui avoir dit qu'elle était puérile, ou qu'elle avait un comportement puéril, bref, et je me rends compte que je n'ai pas encore informé Mina qu'on s'était remis ensemble.

— Attends, c'est pas le bon chemin.

— Ben si, rétorque-t-elle, pour aller chez toi, c'est par là.

— Non, on doit passer prendre Quinn avant. Il est encore au lycée. Il avait une colle.

— Pourquoi ?

— Je crois qu'il a fait du skate dans les couloirs…

— Pour changer.

Pendant qu'on attend Quinn garés sur le parking, Mina sourit de nouveau. Je l'ai rarement vu montrer autant ses dents en une seule journée.

— Quoi, encore ?

— Tu te rends compte ? On pourrait aller à la fac ensemble, me lance-t-elle.

— Arrête, Mina.

— Toi, arrête. Tu ne trouverais pas ça amusant de venir m'embêter à la bibli ? Pour quelle autre raison y mettrais-tu les pieds, sinon ?

— Mina, tu vas à Yale l'an prochain.

— Je peux toujours changer d'avis, réplique-t-elle, comme si tout ça était une blague. J'ai aussi été acceptée à l'université du Michigan, tu sais.

— Ouais, sans avoir besoin d'envoyer ton dossier, je suis au courant. Mais c'était un plan de secours.

— Pas du tout. Je serais ravie de rester ici. J'aurais postulé dans d'autres universités sinon.

— Oui, sauf que tu n'en as pas eu besoin, parce que tu as obtenu facilement, et c'était couru, une place dans la meilleure des facs. Yale.

— Je dois comprendre que tu ne veux pas qu'on soit ensemble l'année prochaine ?

Son ton change brusquement. Elle observe ses mains sur le volant.

— Non… Quoi ? Mina, je pensais que tu déconnais.

Ses doigts sont si crispés qu'ils blanchissent.

— Hé, oh, ici la terre, redescends. T'étais partie où ?

Je la force à lâcher le volant et à poser ses mains sur ses cuisses.

— Désolée, murmure-t-elle en frémissant. Je vais bien.

— Non. Et arrête ça. Évidemment que j'adorerais être dans la même fac que toi. Tu es ma meilleure amie. Ce serait… Ce serait dément. Je ne veux même pas y penser. Je ne dois pas y penser, et toi non plus, parce que ça n'arrivera pas. Ta place est à Yale.

— Moi, j'ai l'impression que notre place est ensemble.

Quelque chose dans la façon dont elle dit ça me fait rougir.

— Hé !

La voix de Quinn nous parvient à travers la fenêtre ouverte. Il descend la pelouse à grandes enjambées, son skate sur la tête, comme un trophée.

Mina se détourne vers l'autre vitre.

— Qu'est-ce qui se passe ? demandé-je à son épaule.

— Laisse tomber, lâche-t-elle en redémarrant alors que Quinn monte à l'arrière.

Il a fait entrer la fraîcheur de fin de journée. Mes poils se dressent.

— Je croyais qu'ils t'avaient menacé de prendre ton skate si tu recommençais, lui lance Mina, avec légèreté et naturel, en s'engageant dans la rue obscurcie par le crépuscule.

Je ne peux pas vraiment voir ses traits, cachés par ses cheveux que le vent agite.

— Je suis intouchable, rétorque Quinn.

Puis il se penche pour m'enlacer par-derrière. Il grimpe quasiment sur mes genoux.

— VIVE L'ÉQUIPE DU MICHIGAN, BABY !!!!!!

— Mets ta ceinture, lui intime Mina.

— Tu vas la laisser me parler sur ce ton dans ta voiture, Cap ?

— Ouais, dis-je en le repoussant. Exactement. Regarde ce qu'elle m'a offert.

Et je lui colle mon pied sous le nez.

— La vache ! s'esclaffe-t-il. Mais vous ne serez plus assortis alors ?

— Audacieux, lâche Mina. Très audacieux de ta part de mentionner mes baskets.

— Oh, allez, se défend Quinn, tout le monde sait que, si les garçons se comportent mal en primaire, c'est qu'ils sont amoureux.

Elle lève les yeux au ciel.

— Elles sont trop stylées en tout cas, reprend-il en observant les broderies.

— Jaloux ?

— Dans tes rêves, Capitaine, me riposte-t-il.

L'université du Michigan l'a refusé sans même examiner sa candidature. Il l'a bien pris. Quinn prend tout bien.

— Ma couleur à moi, c'est plutôt le rouge, dit-il. Et puis les filles sont plus canon dans l'Indiana. Ah, non, Mina, désolé…

Il s'assied enfin et boucle sa ceinture.

— Arrête ça, lui répond-elle. Pas la peine de faire semblant d'être un type bien parce que je suis là.

— Oh, mais je suis un type bien au fond. Un vrai. Je voulais dire que j'étais désolé, vu que tu as aussi été prise à la fac ici, ce qui veut dire que les meilleures filles sont dans le Michigan.

Elle me tire la langue. Je ne crois pas l'avoir jamais vue tirer la langue à qui que ce soit.

— Mina va aller à Yale, tu sais, informé-je Quinn.

— Je t'ai déjà expliqué que j'irai où je voudrai, riposte-t-elle.

— Mais ouais ! s'exclame Quinn. Peut-être que Mina va faire sa rebelle. Peut-être qu'elle va foirer ses études supérieures pour prendre un peu de bon temps.

— Exactement ! approuve-t-elle. Tu sais quoi, Quinn ? Pour te remercier, je te laisse mettre ta musique.

Je proteste en grommelant :

— Oh, non, dans ma voiture en plus…

— C'est celle de ta mère.

Quinn lance sa playlist et, au lieu de lui demander d'arrêter de hurler, Mina baisse aussi les vitres à l'arrière et chante avec lui : « *Oh, baby, you, you got what I need, but you say he's just a friend…* » Elle se tourne vers moi, façon de m'inclure, de me pardonner : « *… but you say he's just a friend.* » *Mais tu dis que c'est juste un ami…*

Me pardonner de quoi ? Ça m'est égal. L'air frais contient une promesse, on a l'impression que c'est le début de l'année et non la fin, Mina conduit avec une seule main, Quinn s'époumone, bras étendus pour occuper toute la banquette, hurlant comme un loup sous la pleine lune. Les lampadaires défilent à toute allure, notre petit monde est successivement éclairé puis plongé dans le noir, ce qui me fait penser à un vieux film, avec l'obturateur s'ouvrant et se fermant : mes deux plus vieux amis me ramènent chez moi, le jour où j'ai appris que j'étais accepté à la fac.

Chapitre 6

MINA

Pour mes huit ans, mon père m'a acheté une paire de Converse montantes noires, que j'avais repérée sur un panneau publicitaire lors d'un trajet en voiture. J'avais fait remarquer que c'était le genre de chaussures qu'Harriet l'espionne pourrait porter – je lisais ce livre en boucle à l'époque. Une héroïne qui vivait des aventures, sans se soucier de la mode, et qui obtenait des résultats. Un mois plus tard, mon père est mort dans un accident de voiture sur la même autoroute. Il se trouvait à un peu plus de un kilomètre du fameux panneau publicitaire et de la sortie qui lui aurait permis de rentrer nous retrouver à la maison. L'autre automobiliste avait fait une crise cardiaque, on ne pouvait même pas le tenir pour responsable. Tout le monde a veillé à ce que je le comprenne.

J'ai refusé catégoriquement de retirer ces baskets, que ce soit pour l'enterrement, pour ma première crise d'angoisse lorsque ma mère m'a entièrement déshabillée pour me coller sous la douche afin que je me calme, ou pour aller en cours. Le matin de la rentrée en CE2, quand j'ai découvert en entrant dans ma salle de classe que Caplan Lewis, le pire de mes tortionnaires, portait les mêmes baskets, j'ai su au fond de moi que ça ne présageait rien de bon. Quinn Amick n'a pas perdu une seconde, il est monté sur sa chaise et il a montré mes pieds en annonçant à la cantonade que je portais des chaussures de garçon parce que c'étaient les mêmes que celles de Caplan. Ça a fait rire tout le monde. Au début, je les ai gardées pour qu'ils ne sachent pas que ça me touchait, et deux semaines plus tard je n'en ai plus rien eu à faire. Mon père était mort. Alors j'ai continué à mettre ces baskets tous les jours. Les autres élèves disaient tout bas que je ne devais même pas les retirer pour dormir, ce qui les faisait pouffer, puis ils reprenaient leurs coloriages et leurs exercices d'orthographe.

Malheureusement, la nouvelle au sujet de mon père s'est rapidement propagée. Il était l'un des trois pédiatres de Two Docks. Et à huit ans presque tous mes camarades le connaissaient vaguement, puisqu'il faisait partie des adultes qu'ils étaient amenés à fréquenter de loin. Je crois que la plupart des parents ont profité de son accident pour aborder la question de la mort, c'était l'occasion. Ce n'était pas la même chose que de perdre un de ses grands-parents, tout le monde le voyait bien. Cette mort-là était une tragédie. Je me souviens que beaucoup d'adultes ont employé ce terme. Je pense qu'ils s'imaginaient que je ne comprendrais pas son sens, et que ma mère oui. Sauf qu'elle faisait des crises de catatonie à cette époque, elle est restée des semaines sans quitter sa chemise de nuit blanche à fleurs bleues, celle qu'elle avait enfilée le soir où elle était rentrée à la maison après avoir reçu le fameux appel et où, moi, j'avais eu une très bonne note en dictée.

Je ne sais pas vraiment si, d'un point de vue psychologique, le fait qu'il ait été une figure aussi identifiée par notre entourage nous a aidées ou si c'est le contraire. À l'époque, je me rappelle, j'aurais voulu que tout le monde arrête de m'observer, avec l'étrange nuée triste d'apitoiement qui m'accompagnait partout, faisant de moi la pire des candidates pour les après-midis jeux ou les goûters d'anniversaire jusqu'à la fin de ma préadolescence. Enfin, bien sûr, il y avait les anniversaires où j'étais conviée juste à cause de mon père. Ruby Callahan me l'a dit en face, avec son adorable franchise : « Je sais qu'on n'est pas copines, mais ma mère m'a dit que je devais t'inviter parce que… ben tu vois, quoi… donc voilà. »

Je n'y suis pas allée. Toutes les filles présentes ce jour-là ont reçu en cadeau un bandeau avec une fausse fleur sur le côté, et elles l'ont toutes porté à l'école la semaine suivante.

Je suis sûre qu'en un sens – par une sorte de processus invisible que je n'appréciais pas à sa juste valeur à l'époque –, c'était une bonne chose pour moi d'être entourée de gens qui partageaient mon deuil. Je ne suis pas en train d'essayer de faire passer mon père pour une sorte de héros local. Mais, comme me l'a dit la dame âgée qui, s'étant rendu compte que ma mère avait refusé de croiser son regard pendant toute la durée de l'enterrement, s'est penchée vers moi et a pris mes deux mains dans les siennes, froides et fripées : « C'était vraiment un type merveilleux. » Elle sentait très fort le chewing-gum à la cannelle, et elle portait une broche en forme d'éléphant scintillant. C'est tout ce que j'ai retenu de ce jour.

Quelques semaines après les funérailles, pendant qu'on dessinait en classe, un élève, enfin une élève je crois, a murmuré assez fort pour que je puisse l'entendre que je portais des baskets noires à cause du décès de mon père. J'ai fini par craquer et j'ai fondu en larmes. Alors un miracle s'est produit. Caplan Lewis a frappé son bureau avec son poing, rebouché son feutre et dit à voix haute, pour que toute la classe l'entende, que peut-être ce n'était pas moi qui portais des chaussures de garçon. Mais lui qui portait des chaussures de fille. Je n'oublierai jamais la tête de Quinn, bouche arrondie par la surprise. Plus personne ne s'est moqué de mes Converse après ça. Ni de mon père, d'ailleurs. Ils ont trouvé plein d'autres sujets de moquerie, Caplan est resté le roi de la cour de récré et il a fait comme si rien n'était arrivé, mais, à partir de ce jour, il a porté ses baskets tous les jours, lui aussi.

Quelques mois plus tard, on a dû former notre binôme de lecture, et on a fini par devenir amis, alors je lui ai raconté que mon père m'avait offert ces chaussures pour mon anniversaire, le dernier qu'il avait pu me souhaiter. Le suivant, qui a eu lieu l'été d'après, le premier sans lui, a été particulièrement lugubre. Ma mère continuait à errer dans la maison comme une somnambule, à fondre en larmes sans prévenir, et elle n'était de toute évidence pas d'humeur à préparer un gâteau, m'acheter des cadeaux ou me chanter une chanson.

Ce jour-là, Caplan m'a fait la surprise de rentrer plus tôt de son stage de foot. On a regardé le troisième film de la série *Harry Potter*, parce qu'on venait de terminer le bouquin. Il avait apporté des sandwichs toastés au fromage, des cupcakes et un cadeau : une paire de Converse noires montantes flambant neuves, identiques à la mienne, mais une taille au-dessus, pour que je sois plus à l'aise. Quand son anniversaire est arrivé, en mars suivant, je lui en ai aussi acheté une paire. Les Converse ne tiennent pas très bien la durée, surtout si on les porte tous les jours. Et c'est ce qu'on s'offre à chaque anniversaire depuis. On ne les porte plus au quotidien. Je suis devenue une adolescente normale et parfaitement adaptée, qui a suivi sa thérapie à mort. Mais il nous arrive encore parfois de les avoir aux pieds le même jour – nos quatre baskets montantes noires qui arpentent le lino du couloir en cadence, qui avancent coûte que coûte.

Ce soir-là, la mère de Caplan finit tard à la clinique et, quand on arrive chez lui, il reçoit un texto lui disant de passer à table sans l'attendre. J'appelle ma mère pour lui proposer de se joindre à nous, mais je tombe sur sa messagerie. Elle m'écrit presque aussitôt pour m'informer qu'elle a encore une migraine. Ma mère est objectivement désœuvrée. Elle a pourtant marqué l'histoire des bibliothèques. Et elle faisait tout un tas de choses, je crois, avant la mort de mon père.

J'ai conscience que « marquer l'histoire des bibliothèques » peut paraître un peu excessif, mais elle a été l'une des toutes premières à informatiser avec succès le système de classification des livres, lorsque la vague numérique a tout balayé sur son passage. Par conséquent, elle a été consultée pour accompagner la transition de toutes les bibliothèques du Midwest, ce qui représente huit États, de celles minuscules installées dans les sous-sols des presbytères à celles des universités prestigieuses de la région. Si bien que je connaissais la classification décimale de Dewey avant d'apprendre mes tables de multiplication. Et même si elle était une femme de tradition dans l'âme – elle collectionnait ce qu'elle appelait les « cartes d'emprunt » d'éditions célèbres ou de ses livres préférés, des fiches cartonnées blanc cassé avec la liste des usagers qui les avaient empruntés et adorés (parfois plusieurs fois d'affilée, ou tous les cinq ans, ou juste une fois, mais en le rendant en retard) –, elle avait été l'une des rares à imaginer le moyen de transférer la classification de Dewey sur ordinateur en laissant les livres sur des étagères, alors que des gens considéraient à l'époque que, avec Internet et la popularité grandissante des liseuses, les bibliothèques étaient bonnes à jeter dans leur totalité.

Elle a rendu possibles des pratiques comme le prêt entre bibliothèques ou l'acte même de partager des connaissances permanentes, conservées physiquement. Mon père me disait qu'elle était une super-héroïne. Que sans elle, sans d'autres bibliothécaires dans son genre, tous ces livres auraient pu être emballés et abandonnés dans un lieu où ils auraient pris la poussière – sans parler du pire, à savoir leur disparition totale. L'idée que des ouvrages qui s'étaient retrouvés entre les mains de tant de lecteurs, qui avaient été appréciés, puissent être simplement jetés m'était si pénible que je ne contestais pas ce que me disait mon père : ma mère était une femme hors du commun. Elle avait sauvé les livres et l'expérience collective qu'offraient les bibliothèques, ouvertes à tous.

Et pour moi, sa fille, elle avait collectionné les fameuses cartes d'emprunt. J'ai appris par cœur les chiffres inscrits en haut, j'ai inventé des vies et des personnalités à tous les lecteurs qui avaient rapporté ces livres chez eux. J'ai imaginé les conversations que nous pourrions avoir, les lectures que je recommanderais à ceux qui avaient adoré *Un raccourci dans le temps* (813.54, pour fiction américaine de langue anglaise entre 1945 et 1999) autant que moi. Je me demande si elle n'a pas gardé ces fiches afin de soulager sa culpabilité, elle qui s'était débarrassée de l'ancien système. Non, ce n'était pas forcément de la culpabilité. Peut-être qu'elle avait une passion pour l'archivage, qu'elle ne voulait pas tout à fait tourner la page du passé. Ce qui, bien sûr, ne lui a pas rendu service à la mort de mon père.

Aujourd'hui, je ne suis même plus certaine qu'elle lise. Elle a fini par retirer la chemise de nuit blanche à fleurs bleues, mais elle n'est jamais retournée travailler. J'ai compris que ça n'avait pas d'importance, puisque, après le décès de mon père, le cabinet médical a été racheté et que l'argent de la vente nous a sûrement permis de tenir tout ce temps. Je ne sais pas très bien ce qu'on fera si on en vient à bout. Mes grands-parents maternels sont morts avant ma naissance, et ceux du côté de mon père ne nous apprécient pas particulièrement, ma mère et moi. On doit leur rappeler la disparition de leur fils, ça se comprend. Quoi qu'il en soit, je n'ai jamais vu des gens aussi impliqués dans la vie d'une personne pour laquelle ils ne montrent que peu d'intérêt et d'attachement. La perspective que je suive les traces de mon père en entrant à Yale les a rendus fous de joie. Quand ils ont appris que j'avais été acceptée, ils m'ont fait livrer une composition florale très sophistiquée. C'était la première fois que je voyais des fleurs dans notre cuisine depuis l'enterrement. Ma mère n'a pas compris pourquoi je trouvais ça étrange, mais elle ne m'a pas empêchée de les jeter quand je le lui ai fait remarquer.

En août dernier, lorsqu'elle m'a demandé si j'avais l'intention de postuler à cette fac, j'ai été si surprise que j'ai répondu oui. Évidemment. Elle était là avec moi, dans la cuisine, elle prenait part à notre vie. C'était la première fois en dix ans qu'on était aussi près de prononcer le nom de mon père.

En attendant la mère de Caplan, on décide de préparer des sandwichs au fromage fondu, parce que c'est la réponse de Caplan à toutes les nouvelles, bonnes ou mauvaises, avec des macaronis au fromage instantanés en entrée. Oliver nous entend faire du bruit dans la cuisine.

— Frérot ! crie-t-il du sommet de l'escalier.

Il dévale les marches à toute allure, deux par deux, de profil, face à la rampe, et donc à la cuisine et à nous. Oliver descend toujours l'escalier de cette façon. Je le revois, petit garçon, agrippant la même rampe à deux mains, posant ses minuscules petons sur une marche puis la suivante. Il a quatorze ans maintenant.

— Débile, dit-il en serrant Caplan dans ses bras, t'es débile, mais capable de tout.

— Ollie, mon pote, parle pas comme ça de ton frère, lance Quinn.

— Je préfère qu'on m'appelle Oliver maintenant, vu que je serai au lycée à la rentrée.

Caplan et Quinn éclatent de rire.

— Hé ! proteste-t-il.

— Moi, je trouve que ça te va bien, Oliver, lui dis-je.

— Merci, Mina.

Il pique un fard en prononçant ces mots. Il rougit encore plus facilement que Caplan – il a le teint plus pâle, avec des sourcils plus fins et plus de taches de rousseur. Ce qui redouble les rires de Quinn et Caplan. Oliver a toujours eu un faible pour moi. Il se laisse tomber sur une chaise.

— T'es vraiment une ordure, marmonne-t-il, mais félicitations.

Je mets l'eau à bouillir, et les garçons sortent le pain et le fromage.

— Tout le monde m'a parlé de votre dispute, avec Hollis, devant la cafét, il paraît que tu l'as fait pleurer, reprend Oliver avant de se tourner vers moi. Ils sont tellement immatures…

J'essaie de ne pas sourire et je garde la tête baissée vers la casserole.

— Hollis ne pleure jamais, rétorque Caplan, sauf si elle a un but très précis en tête. Ah, au fait…

Il sort la casquette de Quinn de son sac à dos et la plaque contre le torse de son ami.

— Elle m'a donné ça pour toi.

— Alors vous vous êtes remis ensemble ? lui demande Quinn.

— Mmh, ouais.

Il se remet à beurrer les tranches de pain et veille à bien aller jusque dans les coins.

— Beau travail !

Quinn s'adresse à sa casquette, qu'il remet sur sa tête.

— J'imagine que la bonne nouvelle de la fac vous a aidés ? ajoute-t-il.

— Non, c'est arrivé avant, si tu veux tout savoir. Je l'ai laissée dans sa voiture quand j'ai reçu le mail.

— Vous avez fait ça dans sa voiture ?

Caplan secoue la tête en riant ; il essaie de boucher les oreilles d'Oliver, qui le repousse.

L'eau bout soudain dans la casserole.

— Désolé de ne pas t'en avoir parlé, me dit Caplan.

Espérant faire preuve d'esprit, je rétorque :

— Je ne tiens pas à être informée de tous tes rapports sexuels, surtout à l'intérieur d'un véhicule, tu sais.

— Non, de ne pas t'avoir dit qu'on s'était remis ensemble.

— Donc c'est le cas ? Vous vous êtes remis ensemble ?

— Ouais, je crois bien.

— C'est merveilleux.

— Ah bon ?

— Je ne suis plus obligée d'aller à son anniversaire comme ça.

— Ah... oui.

— Ni au bal de fin d'année, ajouté-je. Oh, on n'est pas passés loin de la catastrophe.

— Ça ne me fait pas rire, dit-il.

— Quoi ? demande Quinn, qui mange des poignées de fromage râpé à même le sachet.

Il fait chaud dans la cuisine, avec tous les feux allumés. Je retire mon pull.

— Arrête ça, dis-je à Quinn en lui prenant le sachet. Ou lave-toi les mains au moins. Et ce n'était pas censé être drôle. Si Hollis et Caplan se séparent encore une fois avant le bal de fin d'année, il m'y traînera.

— Personne ne t'a invitée ? s'étonne Oliver.

— Pourquoi, tu veux l'emmener au bal des troisièmes ? lui lance Caplan d'un air mauvais qui ne lui ressemble pas.

— Non, bien sûr que non, expliqué-je à Oliver. C'est pour ça que ton frère sait qu'il peut compter sur moi.

Caplan pointe la pince à pain dans ma direction.

— Personne ne t'a invitée, parce que tout le monde sait que tu ne veux pas y aller.

— Je n'ai jamais dit ça.

— Mina..., commence Quinn en posant un genou à terre.

— Arrête.

Je sors une poignée de couverts du tiroir pour mettre la table. Quinn me les prend puis remet un genou au sol.

Il me présente les couteaux et les fourchettes comme s'il s'agissait de fleurs.

— Mina Stern, me ferais-tu l'honneur…

— D'accord, d'accord. Très bien, j'avoue, je n'ai pas envie d'y aller.

Je me tourne vers Caplan et j'ajoute :

— Tu as raison.

— Putain, tu pourrais me regarder, moi, et pas Cap, pendant une seconde ? lance Quinn. Je suis très sérieux.

— Je déconnais, intervient Caplan. Mina préférerait mourir plutôt que d'aller…

— Mina, si ça te dit, on a besoin de chaperons pour le bal des troisièmes, insiste Oliver.

— TOUT LE MONDE S'ASSIED ET LA FERME ! hurle Quinn. Non, pas toi, Mina.

Je reste debout et je croise les bras.

— Relève-toi, Quinn.

Il n'obtempère pas et continue à me présenter son bouquet de couverts.

— Mina Stern, dit-il, tu ne mérites pas de rester sur le banc des remplaçantes, et tu n'es pas trop bien pour aller au bal. Alors s'il te plaît oublie un peu tes airs supérieurs…

— Oh, mon Dieu…

— Qui te vont à merveille, n'interprète pas de travers mes propos, mais oublie-les, parce que tu es notre amie, que ce bal est le dernier gros truc qu'on pourra faire tous ensemble, que ça promet d'être un beau bordel et que tu dois être présente. À mon bras. Un jour, grâce à ton diplôme de la meilleure fac du pays, tu auras un poste important qui te permettra de toucher un salaire à six chiffres, et moi je pourrai au moins dire que tu étais ma cavalière au bal de fin d'année en terminale. Laisse-moi cette petite consolation.

Je me tourne vers Caplan. Il nous filme.

— Tu l'as payé pour faire ça ? lui demandé-je.

— Pas du tout.

— Tu es sérieux ? ajouté-je en regardant Quinn.

— Carrément.

— D'accord. J'accepte de t'accompagner au bal si Caplan s'engage à ne jamais diffuser cette vidéo.

Caplan et Oliver applaudissent – même si ce dernier manque un peu d'entrain. Quinn lâche bruyamment les couverts pour me prendre dans ses bras. Il me serre si fort que mes pieds ne touchent plus terre.

C'est une sensation étrange. Je ne me souviens pas de la dernière fois qu'un autre garçon que Caplan m'a touchée. Et puis, tout à coup, au milieu de ces effusions de joie, j'y pense, bien sûr. Et l'espace d'une seconde je crains de fondre en larmes. Mais Quinn continue à me serrer contre lui, ce qui me donne le temps de me ressaisir contre son épaule.

— Et tu dois me promettre de ne pas porter de déguisement de clown pour faire une blague, dis-je lorsqu'il me repose.

— Promis, juré, répond-il.

Bizarrement, il a les joues rouges et les yeux brillants. Il en rajoute :

— Je te garantis que ce sera un bal on ne peut plus traditionnel, sérieux et romantique.

— Laisse tomber, je préfère encore le déguisement de clown.

— D'accord. Peut-être juste un nez rouge.

C'est à ce moment-là que Julia, la mère de Caplan et d'Oliver, débarque avec des ballons jaunes et bleus et un gâteau sur lequel sont plantés des cierges magiques. Il y a des larmes, des cris et des câlins. Les sandwichs ont brûlé, alors il faut recommencer, et on en profite pour organiser un concours de celui qui préparera le meilleur. Caplan est chargé de juger. Je gagne, grâce à mon sandwich au pain complet avec du cheddar fondu et de la sauce piquante. Un peu plus tard, quelqu'un frappe discrètement à la porte, si bas qu'on ne l'entend presque pas avec toute cette joie si bruyante. C'est ma mère ; elle a l'air d'une petite fille fatiguée et porte encore sa tenue de la veille, mais elle sourit et elle a apporté une bouteille de champagne. Les Lewis n'ont pas de flûtes, alors on le verse dans de grands gobelets en plastique rouge, et Caplan boit directement au goulot. Je remarque que Julia caresse la tête de ma mère et la serre dans ses bras. Je n'ai jamais compris leur amitié : ma mère est froide et distante, alors que la mère de Caplan est tout l'inverse – c'est une boule d'amour chaleureuse et constante. Soudain, ça me vient : elles sont comme Caplan et moi. Je monte me réfugier dans la salle de bains au cas où j'aurais toujours besoin de pleurer, pendant qu'ils se rendent tous dans le salon pour jouer à Just Dance sur la Wii – une des activités préférées de Caplan.

Quand je ressors, il m'attend dans le couloir.

— Hé, me dit-il.

— Hé…

— Tu t'es mouillé le visage. Et les poignets.

— J'avais un peu chaud.

— Est-ce que… tu… Tu as eu une petite crise tout à l'heure ?

— Quand ça ?

— Quand Quinn t'a prise dans ses bras.

— Ah, oui, je crois. Une petite. Mais ça va maintenant.

— D'accord, tant mieux.

Il me sourit.

— Tu m'as sorti un « laisse tomber » dans la voiture, au fait. Je n'ai pas oublié.

— C'est vrai, oui, soupiré-je. Désolée.

— Qu'est-ce qui s'est passé ?

— Ça m'a mise mal à l'aise que tu penses… Quand j'ai dit que notre place était ensemble…

— Je sais, m'interrompt-il, c'était débile. J'ai été débile.

— Je voulais dire… dans la vie. On a une place dans la vie de l'autre. J'en reviens pas que tu aies pu croire que je parlais de… d'autre chose, alors que j'aimerais juste que… tu vois, les choses restent comme elles sont.

— C'est-à-dire ?

Je hausse les épaules. Nos mères éclatent de rire à gorge déployée en voyant Quinn et Oliver se lancer dans leur numéro de danse sur *It's Raining Men*, devenu un incontournable.

— Comme ça, répliqué-je en agitant la main vers l'escalier.

— Ça restera comme ça, me dit-il. Je te le promets.

— D'accord.

— Tu dois promettre, toi aussi.

— C'est toi l'optimiste.

— Promets-le-moi aussi, Mina.

— Je promets, dis-je en me frottant le front avec un doigt, que si ça change, ce sera uniquement pour le meilleur.

— D'accord. Ça me va.

— Félicitations, Caplan.

— Toi aussi ! s'exclame-t-il avec un sourire de fou.

— Pourquoi donc ?

— Tu as été invitée au bal de fin d'année !

Je le bouscule, il me bouscule, et on redescend au rez-de-chaussée.

Notre maison paraît encore plus calme que d'habitude après notre soirée chez les Lewis, ce qui n'est pas rien. Je propose à ma mère de lui préparer une autre tasse de thé, mais elle me répond qu'elle est trop fatiguée. Je décide de faire quand même chauffer de l'eau, dans l'idée de lui apporter la boisson au lit et de lui parler de Yale.

Lorsque je monte la trouver dans sa chambre cinq minutes plus tard, elle s'est déjà assoupie sur le lit, tout habillée. Je veux la couvrir et, pour la première fois en dix ans, j'ouvre son placard.

Ses vieilles robes d'été sont toujours là, dans une déclinaison de tons pastel qui rappellent les colliers de bonbons.

Je l'imagine, comme à travers la lunette d'un télescope qui me montrerait un autre univers, m'apprenant des danses avec des noms bizarres pendant que mon père met de la vieille musique. Elle avec ses fiches cartonnées obsolètes, d'un autre temps, et lui avec sa collection de disques. J'ai du mal à me figurer ses traits autrement que figés sur des photos, mais je me souviens qu'il riait lorsqu'on dansait sur sa musique. Je ne sais pas pourquoi les souvenirs que j'ai d'elle à cette époque sont plus précis que ceux que je garde de lui. Peut-être parce que les contours de son visage à elle sont toujours là, qu'ils me servent de repères pour placer les anciens détails.

Je sais que j'ai attendu, encore et encore, pendant qu'elle errait dans la maison avec sa chemise de nuit à fleurs bleues, qu'elle remette enfin une robe d'été, mais ça n'est jamais arrivé. Un soir, bien après l'enterrement, bien après tout le remue-ménage qui a suivi, bien après que tout le monde avait cessé de s'intéresser à nous, alors qu'elle s'était endormie sur le canapé, en chemise de nuit bien sûr, j'ai ouvert son placard pour voir ses robes, pour m'assurer qu'elles étaient bien réelles, que je ne les avais pas imaginées. Et, évidemment, elles étaient suspendues là, propres, disposes et tristes, à côté des vêtements de mon père. Je crois que déjà à l'époque je savais, au fond de moi, que tôt ou tard un adulte viendrait s'occuper de ses affaires et effacer sa présence en emportant ces objets, pareils à ce que seraient devenus les livres si les bibliothèques avaient fermé leurs portes, des fantômes futiles, abandonnés et oubliés, disparaissant dans le recoin de l'univers où échouent les vestiges inutiles. J'ai sorti quelques chemises, celles qu'il portait pour travailler, avec un col rigide et des petits boutons sévères bien alignés, pour les cacher dans ma penderie, où elles continueraient à exister aux yeux de quelqu'un au moins. Même si ce quelqu'un avait huit ans et que les chemises lui arrivaient en dessous des genoux.

Puis, comme si une force invisible s'apprêtait à traverser mon existence et à emporter tous les objets qui ne servaient à rien, j'ai rassemblé les vieilles fiches que ma mère m'avait données et que j'avais fièrement rangées dans une petite boîte sur mon bureau, et je les ai cachées dans les plis des chemises de mon père.

Je me rends soudain compte que je suis plantée depuis si longtemps devant l'armoire de ma mère que son thé a refroidi. Je descends le vider dans l'évier, remonte avec un plaid du salon pour la couvrir et j'éteins la lumière.

Chapitre 7

CAPLAN

Après le gâteau, je raccompagne Mina et sa mère en face, puis avec Quinn on va fumer à Pond Lake. Il prend son skate et je le rejoins à pied. Il en profite pour rouler le joint. Il s'est installé à notre endroit habituel, à l'extrémité du ponton est, qu'on ne peut pas voir depuis la berge, la nuit.

Tout le monde sait que notre ville, Two Docks, porte ce nom à cause des deux (two) pontons (docks), mais j'ai appris en CM1 pourquoi le lac s'appelle Pond Lake, et ce, bien sûr, grâce à Mina. C'était le premier anniversaire de la mort de son père, et j'étais nerveux, parce que j'avais conscience que c'était une date importante sans savoir comment marquer le coup, et que je ne voulais surtout rien faire ou dire qui aurait pu empirer les choses. J'ai pensé à la laisser tranquille, mais ce matin-là ma mère est rentrée de sa garde de nuit avec une tarte à la myrtille qu'elle avait achetée exprès. Elle m'a annoncé qu'elle allait l'apporter aux Stern. Je me rappelle lui avoir demandé comment elle pouvait être certaine que ce gâteau n'allait pas réveiller de mauvais souvenirs et les rendre encore plus tristes. Elle m'a répondu qu'on ne pouvait pas réveiller un souvenir qui était constamment présent et les suivait partout. Que c'est normal d'avoir peur de la tristesse des autres, de vouloir prendre ses distances. Mais que, même si son geste n'était pas parfait ou confinait à la maladresse, même si elles détestaient la tarte, c'était bien d'essayer. De leur faire savoir qu'elles n'étaient pas seules.

J'ai donc traversé la rue avec elle en faisant comme si c'était un samedi quelconque. Mina était dans la cuisine, elle mangeait une tranche de pain grillé. C'était la fin de la miche, le talon tout sec dont personne ne veut jamais. Elle nous a dit que sa mère dormait encore, alors la mienne nous a servi deux parts, avant de monter en emportant le reste avec deux fourchettes, mais pas d'assiette.

On a mangé, et comme nos mères ne redescendaient pas, on a décidé de sortir faire un tour. C'était le premier jour frais de l'année, et j'ai été surpris qu'elle prenne la direction du lac, puis qu'elle avance jusqu'au bout du ponton ouest et s'asseye. Je voyais bien qu'elle avait pleuré, et je ne voulais pas l'embêter, alors au lieu de la suivre j'ai traîné sur le sable froid. De la fumée s'échappait de l'une des grandes maisons des berges sud du lac, un peu en retrait. Je me souviens d'avoir pensé que l'été nous avait quittés un peu trop tôt cette année-là.

Je suis allé sur le ponton est, je me suis assis en face d'elle, avec toute cette eau entre nous, et j'ai attendu. C'était impossible d'imaginer que celle-ci, qui ondulait et miroitait, serait bientôt entièrement gelée. Je me suis remémoré la fois, peu avant la mort de son père, où j'avais vu Mina faire du patin à glace avec lui. J'ai espéré qu'elle ne pensait pas à la même chose. Au bout d'un moment, elle s'est levée et elle a fait le tour du lac. Elle est devenue toute petite quand elle a atteint le point le plus éloigné ; elle avançait d'un pas lourd, les mains dans les poches de sa veste. Puis elle a de nouveau grandi en se rapprochant. Elle s'est assise à côté de moi. Je ne trouvais rien de réconfortant à lui dire, alors je lui ai posé la première question qui me passait par la tête.

— À ton avis, pourquoi ça s'appelle Pond Lake ?

— Je n'ai pas un avis, j'ai une certitude. Je l'ai lu dans un bouquin sur Two Docks.

Elle avait une drôle de voix, un peu comme si elle était enrhumée, et elle avait le nez rouge – parce qu'elle avait pleuré ou parce que l'air pinçait un peu –, mais je l'ai encouragée à poursuivre d'un regard.

— Très bien, alors, au dix-neuvième siècle…

— Attends, ça correspond à quelles années, ça, déjà ?

— Le dix-neuvième siècle, c'est les années 1800. Il commence plus exactement en 1801 et se termine en 1900.

— Mais pourquoi il commence pas en 1800 ?

— Tu veux savoir pour Pond Lake ou pas ?

— Oui, pardon.

J'ai essayé de ne pas sourire, mais j'avais l'impression de l'avoir retrouvée.

— Quand Two Docks est devenue une ville…

— Comment une ville devient une ville ?

— Eh bien, elle a déjà une réalité dans les faits, et elle est enregistrée auprès de l'administration, et les gens qui n'y habitent pas découvrent son existence.

— Mais ceux qui vivent dedans savent déjà qu'elle existe ?

— Plus ou moins. Je peux continuer ?

— Oui, ai-je dit.

— Bon, donc quand Two Docks est devenue une ville, les autorités se sont dit qu'il fallait choisir un nom pour cette étendue d'eau, car certains parlaient d'un étang, *pond*, et d'autres d'un lac, *lake*. Les deux cartographes…

— Les quoi ?

— Les personnes qui établissent les cartes.

— C'est un métier ?

— Oui.

— D'accord, cool. J'aimerais bien faire ce métier, je crois. Continue.

— Les deux cartographes étaient super copains, et ils se sont décidés pour le nom Pond Lake. « Le lac de l'étang. » Mais avant de trancher, ils ont débattu pour savoir si c'était un étang ou un lac. Leur discussion a duré très tard dans la nuit…

— C'est vrai ou tu inventes pour rendre ton histoire plus intéressante ?

Elle a soupiré, cependant j'ai compris qu'elle était revenue de l'endroit où elle était partie se perdre tout à l'heure, sur le ponton ouest.

— C'est ce que disait le bouquin. C'est un genre de légende, si tu veux.

— D'accord.

— Donc la légende raconte qu'ils ont discuté jusqu'au bout de la nuit. Puis, juste avant l'aube, ils se sont décidés à prendre des mesures. Ils ont fait le tour, chacun en partant d'un ponton, parce que c'est comme ça que les gens mesuraient les choses à l'époque, avec leurs pieds. Il se trouve que ça faisait plutôt la taille d'un lac, mais ils continuaient à avoir le sentiment que ça ressemblait, à vue de nez, à un étang.

— Ah… Alors c'était les deux ?

— Oui. Ils ont continué à débattre, encore et encore, puis, au moment où le soleil commençait à se lever, ils en ont eu assez. Ils ne voulaient plus se disputer, mais ils n'avaient pas résolu le problème, et ils ont décidé qu'il s'agirait bien d'un lac mais qui porterait le nom d'étang. Pond Lake.

— Pond Lake. Le lac étang. D'accord. C'était une bonne anecdote. Merci.

— Je pense que tu ferais un bon cartographe.

— Pourquoi ?

— Tu sais toujours où tu vas.

Sur le trajet menant au lac, et plus précisément au ponton où m'attend Quinn, je croise des gamins assis sur un tronc couché : ils doivent avoir l'âge d'Ollie et ils empestent l'herbe.

— Soyez sages, les gars, dis-je pour tenter de provoquer un rire, mais ils se contentent de me dévisager.

— C'est Caplan Lewis, dit l'un d'eux une fois que je les ai dépassés.

Quinn est déjà en train de fumer sur le ponton. Il a retiré ses chaussures et ses chaussettes pour mettre les pieds dans l'eau. Il rafistole le joint. Quinn roule comme personne. Ce qui ne répond d'ailleurs à aucune logique, parce qu'il a d'immenses mains et de longs doigts bizarres qui ressemblent à des pattes d'araignées, mais il a toujours été très agile. Il avait une passion pour l'origami quand on était plus jeunes. Il déchirait des bouts de feuilles pour les transformer en minuscules pliages d'animaux qu'il alignait sur son bureau, sans jamais quitter des yeux les profs, qui ne pouvaient pas réellement se mettre en colère.

— C'est répugnant, dis-je en lorgnant ses pieds pâles dans l'eau sombre.

— Arrête de faire ton beau gosse. Tu crois vraiment que tes pieds à toi sont nickel ?

Je retire mes chaussures et mes chaussettes, puis je m'assieds à côté de lui pour prendre le joint.

— T'as vu ces gosses en chemin ? me demande-t-il.

— Ouais, ils avaient l'air de me connaître.

— Sérieux ?

— Je te jure, quand je me suis éloigné j'ai entendu l'un d'eux dire : « C'est Caplan Lewis. »

Il prend appui sur ses coudes, en arrière.

— Mec, tu aurais de quoi te conduire en vrai connard en fait.

— En tout cas, ça m'a donné l'impression d'en être un.

— Mais non, profite. C'est comme ça maintenant, tu ne peux pas te planter, tu peux avoir tout ce que tu veux, alors qu'à la rentrée prochaine tu te retrouveras tout en bas de l'échelle.

— Ne dis pas ça, Quinn.

Je lui passe le joint avant d'ajouter :

— On peut pas avoir tout ce qu'on veut.

— Hé, je peux te parler d'un truc ?

Je le connais depuis dix ans, et il ne m'a jamais posé cette question.

— Quoi ? T'as tué quelqu'un ?

— Ha ha ! dit-il en s'occupant du joint qui part en cuillère.

Il actionne plusieurs fois de suite la pierre de son briquet, mais aucune flamme ne surgit. Je lui tends le mien et j'insiste :

— Alors, vas-y, parle.

Il observe le papier, qui s'entête à brûler en creux, et soupire. Il tire longuement dessus.

— Mina est différente en dehors du lycée.

— Comment ça ?

Je lui pose la question par réflexe. Je suis distrait, je regarde l'eau qui ondule autour de nos chevilles. Quinn et Mina ne se croisent que rarement en dehors du lycée, par hasard, quelques fois, avec moi.

— Bah, ça la change d'avoir les cheveux attachés.

— Les cheveux attachés ?

— Oui, relevés. Ça dégage son visage. On le voit en fait.

Je ne sais pas très bien quoi répondre à ça, alors je fume.

— Elle a un joli visage, reprend Quinn en se détournant.

— J'ai jamais fait attention. Elle a toujours un peu la même tête pour moi.

Il opine. On reste silencieux un moment, et je pense qu'il a dit ce qu'il avait à dire. Jusqu'à ce qu'il reprenne :

— Tu crois qu'elle pourrait s'intéresser à moi ?

Je tire beaucoup trop sur le joint, et ça me fait tousser.

— S'intéresser à toi ? répété-je d'une voix étranglée.

— Sortir avec moi, quoi.

— Qui ça ?

— Mina.

— Avec toi ?

— Ouais, avec moi.

— Mina et toi ?

— Ouais, ça te paraît possible ?

J'ai la gorge irritée et serrée à cause de la fumée, j'ai les yeux qui pleurent. Je mets une seconde à réussir à sortir une réponse :

— Honnêtement, je ne crois pas, non. Tu la connais. Elle est… complètement refermée.

— Oui, mais j'ai l'impression qu'elle est différente avec nous.

Ça m'agace qu'il nous mette dans le même sac. Qu'il puisse penser qu'on est pareils, lui et moi, même un peu.

— Et tu n'es pas son type, à mon avis.

— Pourquoi ça ?

— Parce que vous êtes différents. Je ne sais pas comment l'expliquer. Elle n'est pas non plus ton type.

— C'est une fille canon, j'ai pas d'autres critères.

On éclate de rire tous les deux. Un rire lent au début, qui évoque le vrombissement d'un moteur, puis un gloussement saccadé qui nous fait nous tordre l'un contre l'autre, hors d'haleine. D'un coup, tout redevient normal.

— Mina est ma personne préférée au monde, lui dis-je, mais elle n'est pas canon.

— Mec, t'as un problème de vue.

— Elle s'habille comme si elle allait dans une école de filles catho.

— Caplan, je te signale que c'est carrément une sous-catégorie de films de cul.

— Quoi ?

On est tous les deux défoncés, on rigole si fort que cette conversation me paraît complètement absurde. C'est de l'humour insensé à la Dr. Seuss.

— Tu veux dire que tu n'y as jamais pensé quand elle est au tableau avec sa jupe d'écolière ?

— Mais enfin ! protesté-je, toujours hilare. Non, jamais de la vie. C'est comme ma sœur, tu sais.

— Bah pas pour moi.

— Alors… il suffit qu'elle se lâche les cheveux pour que tout à coup tu la kiffes ?

— Je viens de t'expliquer qu'au contraire j'aimais bien quand elle attachait ses cheveux.

— Et donc ?

— Et donc… est-ce que je tente ma chance ?

— Pourquoi pas. Si tu as envie de te ramasser.

— Fais pas ton connard, Cap. Je veux savoir si, toi, ça ne te poserait pas de problème.

— Mais bien sûr que non. Ça ne me concerne pas en fait. Ça dépend d'elle, pas de moi.

À cette idée, je me mords l'intérieur de la joue. J'imagine d'ici la tête de Mina s'il cherchait à l'embrasser. Elle le regarderait comme s'il avait perdu la tête. Et c'est le cas.

— Je sais, reprend-il. Enfin tu comprends ce que je veux dire.

— Pas vraiment, non.

— Vous êtes un peu liés tous les deux.

Je secoue la tête et lui passe le joint.

— Pas de cette façon, dit-il en l'acceptant et en souriant dans le vide comme s'il y avait quelque chose de l'autre côté du lac. Mais ouais, en un sens.

Son téléphone sonne.

— C'est Hollis, m'informe-t-il en regardant l'écran, avant de décrocher et de la mettre sur haut-parleur. Salut, Hol.

— Salut, ça va ?

— Je suis au lac avec Cap.

Elle ne répond rien.

— Pourquoi ? ajoute Quinn. Qu'est-ce qui se passe ?

Elle pouffe dans le combiné.

— J'allais te demander s'il allait bien. Il s'est quasiment enfui de ma voiture tout à l'heure, comme s'il y avait le feu à sa baraque ou un truc du genre, et il n'a pas répondu à mes textos depuis.

— Oh, merde, dis-je en sortant mon portable.

— Caplan est vraiment désolé d'être un idiot, mais comme il reste un golden retriever boyfriend, il est en train de te taper un message d'excuse pendant que je te parle.

— Merci, Quinn. Tu es mon larbin.

— Dans tes rêves.

— Si, tu l'es. Dis-le.

— Je suis ton larbin.

Et il raccroche.

— Bordel..., marmonné-je.

J'imagine d'ici Hollis sur son portable, en train de scruter nos messages et les petits points qui s'animent dans la bulle à côté de mon nom, morte de rire. Elle m'a effectivement écrit plusieurs textos, une première série marrante pendant les cours, qui parlait de la capote, un autre pour me demander si tout allait bien et un dernier pour me traiter de gros con.

— Tu te poses des questions ? me demande Quinn.

— Non, pas du tout. C'est juste que je pensais à autre chose. Qu'est-ce que je lui écris ?

— Simplement que tu l'as oubliée.

— Je peux pas lui dire que je l'ai oubliée, mec !

— Alors va chez elle et lance des cailloux sur sa fenêtre.

— Il est presque minuit.

— Et ?

— On a cours demain.

— Allez, mec, lance-t-il en se relevant et me tendant sa main. On est en terminale. C'est bientôt fini, on est là pour en profiter, pour vivre un vrai cliché de cinéma. Agis comme si tu étais le héros d'un film.

Dix minutes plus tard, je suis sur la pelouse devant chez Hollis et je l'appelle. Elle décroche.

— Salut, Cap.

— Quinn m'a conseillé de lancer des cailloux, mais je me dégonfle.

La lumière de sa chambre s'allume. Elle ouvre la fenêtre.

— Alors ?
— Bonsoir.
— Bonsoir.
— Je suis désolé de pas t'avoir répondu.
— Tu ne devrais pas être autorisé à posséder un téléphone. C'est du gâchis.
— Je suis juste plus doué avec les gens en vrai. Cette ère numérique des écrans-rois, l'irréalité de ce monde moderne…
— Par pitié, tais-toi.
— Tu descends m'ouvrir ?
— Passe par le sous-sol.

Je longe la maison en restant collé à la façade pour ne pas déclencher l'éclairage automatique. Elle m'ouvre, et la porte moustiquaire du sous-sol cogne discrètement contre le mur de derrière. Ça me rappelle l'été, les sorties en douce au collège, la troisième, quand je sortais en titubant et que la porte s'ouvrait avec ce petit bruit, juste avant que j'aille dégueuler dans le jardin. Une fois, j'étais parti alors qu'on faisait des trucs pour la première fois – plus tôt, on s'était mis au défi de vider des bières le plus vite possible. Et Hollis tient étonnamment bien l'alcool.

— Bonsoir…

Elle me fait signe de me taire et m'attire à l'intérieur.

— T'as fumé ?
— Non. Oui. Un peu.
— Super, mon lit va sentir l'herbe.
— J'aurais pas dû venir, alors ?
— Si.

Elle pose ses mains sur ses hanches.

— Si, je suis contente que tu sois venu, reprend-elle. T'es mignon.
— Mignon ?
— Drôle. Séduisant.
— Et toi, t'es jolie.

C'est vrai.

— Pourquoi tu tiens tes chaussettes à la main ?

— On a mis les pieds dans le lac.

— Beurk ! Allez viens, petit enfant perdu.

— Quoi, tu veux dire que tu ne comptes pas sauter du ponton avant la remise des diplômes ?

— Un point pour toi.

Elle me conduit sans bruit sur les marches recouvertes de moquette qui vont du sous-sol au rez-de-chaussée, puis dans l'escalier en bois terrifiant qui mène au premier et grince systématiquement. On longe ses portraits scolaires, à côté de ceux de ses frères et sœurs, qui donnent l'impression de défiler le long du mur. Je m'arrête pour prendre la photo d'une photo en zoomant à fond – Hollis en tenue de ballerine, avec une couronne et un bouquet de roses, sans dents de devant. Elle me tire par le bras.

On fait l'amour dans sa douche, comme toujours quand ses parents sont là, puis on va directement se coucher dans son lit, sans se sécher – je sais qu'elle déteste ça et veut me faire plaisir.

— Tu ne te brosses pas les cheveux ? lui murmuré-je.

Elle ne zappe jamais cette étape après sa douche. C'est la première fois que je la vois avec les cheveux mouillés et emmêlés.

— Non, gémit-elle. J'ai trop sommeil…

— Tu veux que je m'en charge ?

Elle rouvre les yeux.

— Tu saurais ?

— Tu l'as fait des centaines de fois devant moi, dis-je en prenant la brosse sur sa table de chevet. Vas-y, assieds-toi.

Elle obtempère, plie ses genoux sous son menton, et je m'assieds derrière elle, jambes écartées. Je commence par démêler les pointes – c'est toujours ce qu'elle fait.

— Tu seras vraiment un super papa.

Je ne sais pas d'où ça sort et, heureusement, elle ne peut pas voir ma réaction.

— Si je ressemble au mien, j'en doute.

— Tu ne lui ressembleras pas. J'espère que tu auras une fille. Tu vois à quel point je suis sûre que tu seras super ?

Je continue à la coiffer, même si ses cheveux sont lisses maintenant. C'est une activité idéale quand on a fumé, répétitive et paisible. Elle ouvre mon téléphone pour regarder la photo d'elle petite que j'ai prise dans l'escalier.

— Tu veux la mettre en fond d'écran ? lui proposé-je.

Elle se retourne pour me jeter un coup d'œil par-dessus son épaule.

— Quoi ? C'est trop cucul ?

— Oui, répond-elle avant de le faire en pressant sa bouche contre ses genoux.

L'écran baigne son visage d'une lumière froide et bleue.

Je reste jusqu'à ce qu'elle s'endorme.

Chapitre 8

MINA

Le vendredi, Caplan sèche la biologie pour passer mon heure de permanence avec moi à la bibliothèque. Il prétend que c'est pour réviser sa dernière interro d'espagnol, qui aura lieu plus tard dans l'après-midi. Il n'a même pas conscience de l'ironie de la situation : il sèche un cours pour bosser.

— Ça m'arrive de déchirer en biologie, se justifie-t-il, alors que j'arrive à peine à obtenir la moyenne en anglais, qui est ma langue maternelle, donc bon…

— C'est quand même pas une raison pour sécher, rétorqué-je. Tu ne peux pas réviser à la pause déjeuner ?

— Non, c'est l'anniversaire d'Hollis.

— Je croyais que la fête avait lieu ce soir ?

— Ouais, mais les filles ont prévu d'apporter des ballons et des trucs au lycée. Ça va faire toute une histoire si je suis pas là.

— D'accord, sauf que tu n'as pas besoin de moi. Je ne parle même pas espagnol.

— J'arrive mieux à me concentrer quand tu es assise à côté… Quoi ? Ça te gêne pour ta dixième relecture d'*Orgueil et Préjugés ?*

J'ignore sa pique. Une fois qu'il s'est replongé dans ses fiches, je redresse la tête. Il en fixe une avec autant d'intensité que s'il cherchait à voir à travers, la langue légèrement sortie.

— Tu fais ta grimace.

Il grogne, lâche ses fiches sur la table et les pousse vers moi avant de se coucher sur la table.

— Je vais me planter.

— Pas du tout.

— D'accord, je ne vais pas me planter, mais je plafonne à C dans cette matière, ce serait vraiment dément si je pouvais avoir un A.

— Je doute que ça ait encore beaucoup d'importance.

— Tu ne comptes pas réviser tes exams, toi ?

Je fronce les sourcils.

Il reprend ses fiches, et moi mon bouquin. C'est *Emma*, pas *Orgueil et Préjugés*, qui me plaît moins justement.

Je sens, plus que je ne vois, quelqu'un nous observer à l'autre bout de la salle de lecture.

— Cette fille vient de prendre une photo de nous deux, dis-je.

Caplan redresse la tête et lui fait un immense geste du bras, comme s'il était carrément le maire de la bibli.

— C'est Ruby, m'informe-t-il. Tu la connais. Elle fait sans doute des photos pour l'album de terminale.

Je la connais, oui, c'est une des disciples d'Hollis, mais ces filles-là passent leur temps à faire semblant d'oublier mon prénom, alors bon… Je suis intimement persuadée que cette photo a été prise pour être diffusée sur un groupe de discussion où elles pourront dire du mal de moi. J'essaie de me replonger dans mon roman, pourtant je ne peux pas m'empêcher de me demander s'il est possible d'être moche à cette distance. Les téléphones sont équipés de bons zooms maintenant. Et j'ai trituré le bouton sur mon menton. Ça a fait une croûte bien pire que le bouton.

— Tu veux que je relise ta dernière disserte d'histoire ? proposé-je.

Il sort le nez de ses fiches. Il a les cheveux dressés sur la tête à force d'y avoir passé les doigts.

— Ce serait incroyable, oui. Ça te dérangerait pas ?

— Non, je m'ennuie. File.

Il me répond d'une grimace.

— Bon, d'accord, j'ai pas encore commencé.

— Caplan, la date limite c'est lundi.

— Je me disais que tu accepterais peut-être de, comment dire, m'aider à définir le plan ?

— Non. Je relirai ton devoir quand tu auras terminé.

— Mi…

— Genre à 3 heures du mat' dans la nuit de dimanche à lundi, je suppose, parce que je suis vraiment une fille charitable.

— La peste bubonique, c'est… Ça me parle pas trop.

— Je doute que la peste bubonique parle à grand-monde.

— Donne-moi juste un tout petit embryon d'idée que tu n'as pas exploitée, m'implore-t-il. Allez, je sais que tu en as eu des dizaines !

— Pas du tout. C'était un sujet affreux. Et même si j'en avais eu, je ne te filerai pas de pistes. Je refuse de faire tes devoirs à ta place. On vaut mieux que ça, toi et moi.

— Toi, oui. Moi, non, soupire-t-il en se laissant glisser sur son siège. Ce serait tellement plus commode.

— Voilà un bon mot, *commode*.

— C'est mon mot du jour.

Je détache mes yeux de mon livre.

— Ton mot du jour ?

— Ouais, j'ai une application.

— Une application qui te donne un mot du jour ?

— Oui. Je l'ai téléchargée pour améliorer mon vocabulaire. Comme ça tu n'en auras jamais marre de me parler.

— T'es ridicule.

— T'avais beaucoup moins de scrupules à tricher avant. Tu te souviens quand tu vendais des fiches de lecture à l'école primaire ?

— Comment pourrais-je l'oublier ? Je n'ai encore jamais connu une heure de gloire comparable. Et ce n'était pas vraiment de la triche.

— Bien sûr que si, dit-il en secouant la tête. Et en plus tu en as tiré profit. Cinquante cents la fiche.

— Je vérifiais systématiquement que vous aviez bien lu le bouquin. Je me chargeais juste de la rédaction. J'avais l'impression d'être utile puisque je vous forçais à lire malgré tout.

— Hé, pas besoin de te justifier. Si tu dois brûler en enfer, au moins on s'y retrouvera.

— Tu me croiseras près du buffet.

— J'ai jamais compris comment tu savais si on avait lu nos livres ou non, lance-t-il alors en faisant basculer la chaise sur ses deux pieds arrière.

— Je vous posais des questions.

— Oui, mais ça voulait dire que tu avais lu les bouquins toi aussi. C'était fou ! On avait l'impression que tu avais emprunté tous les titres de la bibliothèque de l'école.

— Pas vrai, j'ai été obligée de lire *Pretty Little Liars* pour Hollis.

Il rit, et la chaise retombe sur ses quatre pieds.

— J'avais oublié !

— Pas moi. J'en ai fait des cauchemars pendant des semaines. L'aveugle me terrifiait.

— Validiste !

— Elle faisait seulement semblant de l'être, alors on ne peut pas vraiment considérer… Bref. Laisse tomber.

— Laisse tomber les « laisse tomber ».

— Elle me foutait la frousse, c'est tout.

— Mais tu l'as lu ?

— Oui, les douze mille tomes. Parce qu'Hollis me faisait déjà peur à l'époque.

— Ouais, je me rappelle, dit-il en souriant. Vingt-trois tomes, punaise. Elle te menait par le bout du nez.

— Hollis nous menait tous par le bout du nez.

— À qui le dis-tu… Bon, justement, j'ai quelque chose à te demander.

— Je t'écoute.

— Un genre de service.

— D'accord…

— Je sais que tu ne comptais pas venir à la soirée d'Hollis ce soir…

— Caplan, elle ne m'a pas réellement invitée.

— Si, je t'assure. Elle m'en a reparlé.

— Comment ça ?

— Elle m'a dit qu'elle espérait que tu viendrais. Je lui ai répondu que tu l'avais sans doute pris comme une blague…

— Oui, parce que c'en était une…

— Alors elle m'a demandé si tu la pensais aussi méchante que ça.

— Pitié…

Je me prends la tête à deux mains.

— Et ensuite elle m'a demandé si, moi, je la pensais aussi méchante que ça.

— Évidemment, dis-je.

— Et donc, soupire-t-il avant de poursuivre, je lui ai sorti que je m'étais planté, que tu avais sans doute été touchée par son invitation et que tu devais être impatiente de venir.

— Ah oui ?

— Ouais, et ça lui a fait super plaisir.

— Pourquoi ? Elle a l'intention de m'asperger avec du sang de porc ?

— Il y a une réf ? Je l'ai pas, en tout cas.

— *Carrie.*

— Carrie qui ?

— Laisse tomber.

— Laisse tomber les…

— Cap, qu'est-ce que tu veux exactement ?

— Je crois qu'elle aimerait que tu viennes. Elle essaie d'être sympa. Allez, Mi, ne hausse pas les sourcils comme ça. Et puis je… Ouais, moi aussi je trouve que ça serait chouette que tu sois là.

— Caplan, pourquoi…

— Parce qu'on s'amuse bien en soirée. Parce que tu es amusante. Et parce que je pige pas pourquoi tu détestes autant ça.

— Tu devrais voir *Carrie*.

— C'est à cause de ton truc avec les odeurs ? Avec l'alcool ?

L'irritation commence à me gagner.

— Non, c'est terminé. Tu m'as déjà vue en présence de gens qui boivent de l'alcool. On a pris du champagne hier soir.

— Alors viens !

Il fait sa petite tête déloyale, avec ses fossettes, puis, quand je croise les bras, il se rallonge sur la table pour m'attraper les poignets.

— S'il te plaît, Mi…

Il retire tout à coup ses mains et s'assied bien droit.

— Quinn serait fou de joie, aussi.

— Pourquoi est-ce que Quinn en aurait quelque chose à faire ?

— Il m'a plus ou moins avoué que tu lui plaisais.

Je le dévisage. Il fait pareil, hausse les épaules.

— Je lui plais ?

— Ouais, tu lui plais… plais.

— T'as cinq ans ou quoi ?

— Hé, ne t'en prends pas au messager.

— Mais… c'est tellement débile, je ne vais même pas m'abaisser à répondre.

— Les gens ont envie que tu sois là.

— Tu as envie que je sois là, lui rétorqué-je.

— C'est vrai, avoue-t-il. Alors, tu viendras ?

— Je vais y réfléchir.

— Génial. Merci.

Je veux corner ma page mais elle l'est déjà, parce que je n'ai pas avancé de plus d'une phrase.

— Quinn t'a vraiment parlé de moi ?

— Oh, oh, dit-il en se levant et en fourrant ses fiches d'espagnol dans son sac. C'est qu'on est curieuse maintenant. Tu vas devoir venir ce soir pour le savoir.

— Tu devrais pas mettre tes affaires en vrac dans ton sac, quel bazar.

— C'est toi le bazar.

Et il m'ébouriffe les cheveux.

— T'es bizarre aujourd'hui, lui dis-je. Tu as tapé dans la main de l'agent municipal chargé du passage piéton ce main.

— Je suis de bonne humeur, riposte-t-il en me suivant vers la sortie de la bibliothèque. Tu vas pas me poursuivre en justice quand même ? Ça sentait l'été ce matin. Et on va à une fête ce soir.

Au moment où je m'apprête à quitter la maison, ce soir-là, ma mère me retient, ce qui ne lui ressemble pas.

— Tu vas où ?

— Voir Caplan.

— Vous avez un rendez-vous ?

— Maman… Pourquoi tu me poses cette question ?

Elle est en haut de l'escalier, moi en bas.

— Tu es jolie, c'est tout. Je me demandais pourquoi tu t'étais faite toute belle.

— Je ne me suis pas faite toute belle.

— D'accord, Mina.

Elle soupire et se touche le front, juste au-dessus de son œil gauche. Puis elle tourne les talons pour regagner sa chambre. Je lui lance :

— Je vais à une soirée.

— Ah ?

— Oui. Avec des potes de Caplan. C'est l'anniversaire de sa copine.

Elle me sourit de son air bizarre. Je la foudroie du regard.

— C'est sympa de leur part de t'inclure, dit-elle en descendant les marches. Je me souviens, c'était pareil pour moi à la fin du lycée, les gens accordaient moins d'importance à la popularité des autres, au fait d'appartenir à telle ou telle bande.

— Sympa, maman, merci.

— Oh non, je suis désolée, je ne voulais pas…

Je la fais taire en la serrant dans mes bras. Elle me paraît minuscule, plus mince que moi. Elle me rend mon étreinte.

— Je te taquinais, lui soufflé-je à l'oreille. Je sais bien que je ne suis pas la reine du lycée.

— Je te trouve super, moi, observe-t-elle en tirant sur ma tresse. Pourquoi tu n'as pas plutôt mis tes lentilles ?

— D'accord, bon, j'y vais.

— Tu es si ravissante avec le visage dégagé !

— Salut, maman ! Je t'aime !

— Pourquoi est-ce que tu te caches ?

J'ai déjà ouvert la porte quand je lui réponds :

— Si je ne mets pas mes lunettes, alors ils n'auront aucun doute sur les efforts que je fais.

— Ce n'est pas si mal d'en faire, tu sais.

— Je pourrais te rétorquer la même chose.

Je tire un petit coup sec sur la ceinture de sa robe de chambre. Ça la fait rire. Ce qui nous surprend toutes les deux. J'ai l'impression qu'elle va pleurer, et pourtant elle dit :

— On devrait aller t'en choisir une nouvelle paire, une paire qui te plaira vraiment. Pour la rentrée prochaine.

Je crois que, même quand mon père était encore là, ma mère était déjà introvertie. Les opposés qui s'attirent, et tout et tout. Aujourd'hui, sa seule vraie amie est Julia, et c'est parce que la mère de Caplan a refusé de baisser les bras – et puis la proximité aide. Il y a longtemps, quelque part entre la chemise de nuit à fleurs bleues et l'espace où elle évolue aujourd'hui, il lui arrivait d'avoir d'étranges sursauts d'énergie frénétique, je m'en souviens. Elle en ressortait comme en apnée, en manque d'oxygène. On aurait dit qu'elle voyageait dans le temps et se réveillait brusquement sans savoir en quelle année. Je me rappelle un cours de musique maman-enfant pour lequel j'étais notablement trop grande. Elle m'a plantée au milieu de la première séance, et je l'ai retrouvée en larmes dans les toilettes. Je me rappelle aussi un club de lecture mère-fille auquel participait une de ses anciennes collègues de travail ; elle nous y avait inscrites, mais nous n'y sommes jamais allées. Et, bien sûr, il y avait les vacances annuelles avec les vieux amis de Yale de mon père, qui avaient tous des enfants de mon âge. La version adulte de ces jeunes hommes hilares, devenus pères, qui la portaient sur leurs épaules pour danser – les photos de mariage en témoignaient. J'ai d'étranges et beaux souvenirs de ces séjours à l'époque où mon père était en vie, aussi fragmentés et distants que si je les voyais à travers un kaléidoscope, on m'emmaillotait avec d'autres minuscules corps dans une seule serviette de plage, immense et à rayures colorées, et nous nous endormions, blottis les uns contre les autres, sur le sable. J'ai aussi l'image d'une autre mère m'appliquant de la crème solaire sur le nez.

À la mort de mon père, ils ont continué à nous inviter tous les ans. Tous les ans, elle m'en parlait, et je n'osais pas espérer. Tous les ans, la période entre Noël et le jour de l'An passait, et avec elle les vacances rêvées, pendant que nous restions chez nous. Je ne sais pas pourquoi ils persévéraient, pourquoi ils nous proposaient toujours de nous joindre à eux, alors qu'elle les avait ignorés si souvent. Soit ils avaient de la peine, soit les liens que mon père avait tissés dans sa résidence universitaire en première année de fac étaient plus forts que tout, plus forts que la mort, que les générations, que les familles. L'année de mes treize ans, l'invitation a coïncidé avec l'une des rares phases de vigueur de ma mère, et c'est comme ça qu'après cinq années d'isolement social nous sommes parties avec eux aux îles Turks-et-Caïcos. Je me contenterai de dire que le séjour ne s'est pas bien passé.

Elle ajuste la ceinture de sa robe de chambre et s'écarte de moi pour remonter.

— Va donc t'amuser, espèce d'adolescente insouciante et irrespectueuse.

Une fois dehors, je sors mon téléphone. J'ai reçu un texto de Caplan.

> ne me tue pas mais j'y suis allé
en avance pour donner un coup de main

Je commence à taper une réponse, puis je m'interromps. On avait prévu d'aller ensemble à pied chez Hollis. Et c'est tellement normal, tellement classe de sa part d'être allé aider sa copine, et si anormal, si peu classe de la mienne d'être incapable de débarquer à une fête, de débarquer dans n'importe quelle pièce sans lui que je donne un coup de pied dans le trottoir. Ça fait un mal de chien. Je m'assieds et tiens mon pied alors que des larmes me montent aux yeux. Je me sens si ridicule avec le mascara de ma mère et ma robe d'été qui date de la seconde. Je reçois un autre message de Caplan.

> interdiction de te dégonfler,
je viens te chercher

Je lui réponds :

> Pas la peine. Ça va.

> alors tu viens ?

Je ne réponds pas tout de suite.

> je viendrai t'accueillir dehors
quand tu arriveras

Chapitre 9

CAPLAN

Hollis n'est jamais aussi heureuse que lorsqu'elle reçoit du monde. Je le lui ai fait remarquer un jour, et elle m'a rétorqué qu'elle adorait être au centre de l'attention, et exceller dans un domaine. Le premier souvenir marquant que je garde d'elle, c'était justement dans son jardin, lors d'une fête.

Le jardin occupe une longue pente douce, idéale pour faire de la luge. Quand on était petits, elle invitait tout le monde, chaque année, à la première grosse chute de neige. Ses frères et sœurs conviaient eux aussi des amis, des camarades de classe, des voisins. Ils appelaient ça le carnaval des luges. La première fois, ça devait être l'année de nos neuf ou dix ans, j'avais trouvé ça bizarre d'aller traîner chez une fille, mais Quinn m'avait persuadé de l'accompagner : il avait, à la récré, entendu Hollis parler de sa pente. Elle avait dit que faire de la luge dessus, c'était comme voler. Il y avait du chocolat chaud sur la terrasse, et plus de guirlandes lumineuses de Noël que je n'en avais jamais vu. Je me rappelle les lumières, les arbres, les guimauves et l'arrière de la tête d'Hollis, ses longues tresses blond vénitien dépassant d'un bonnet en laine bleue qui virevoltaient devant moi sur la luge, aussi rapide qu'un éclair, que l'enfance, et cette émotion nouvelle, puissante et précise, qu'on ressent la première fois qu'on se rend compte que les filles sont aussi jolies.

Ce soir l'air est chaud et lourd, et elle fête ses dix-huit ans. Quand j'arrive, je l'aperçois, juchée sur un tabouret pour suspendre une lanterne en papier. Elle souffle pour chasser une mèche de cheveux de son visage. Elle porte mon tee-shirt de l'équipe d'athlétisme du lycée et un short en jean coupé. Tout à coup, j'éprouve une grande tendresse pour elle, et aussitôt après de la tristesse, même si je ne comprends pas pourquoi. En me voyant elle sourit, puis me tend une main en gémissant. Je la prends sur mes épaules pour l'aider à suspendre les autres, ses cuisses se collent aux côtés de mon cou à cause de la chaleur. Une fois qu'on a terminé, les lanternes se balancent du sommet de l'arbre jusqu'à la balustrade de la terrasse. On rentre pour qu'elle puisse se changer et on couche ensemble.

Les invités arrivent au moment où le soleil décline dans le ciel, et la lumière des lanternes s'intensifie. Il y a un feu de joie et certains gars jouent à un jeu à boire avec des bières sur la grande planche en contreplaqué posée sur deux tabourets – elle est restée comme ça pendant presque toute la durée du lycée, dans ce but très précis. Quinn doit partir de bonne heure puisqu'il s'acquitte encore de travaux d'intérêt général le vendredi soir, mais juste avant son départ on retourne la planche ensemble pour qu'il montre à Hollis ce qu'il lui offre. Je lui ai filé un coup de main en le prévenant chaque fois qu'on sortait, elle et moi, pour qu'il puisse peindre le dessous en secret. Sur un fond vert et or, il a écrit : *PROMO 2016 DU LYCÉE DE TWO DOCKS*. Et en dessous, en lettres dorées : *VIVE LA REINE, LONGUE VIE À HOLLIS !* Il a aussi dessiné une carte sommaire de notre ville, avec tous les endroits qu'on fréquente : les établissements scolaires, de la primaire au lycée, la rivière Little Bend, le bar Orben and Sons', le lac. C'est génial de voir la tête d'Hollis au moment où on retourne la planche. Quinn est le seul à pouvoir peindre un truc pareil, avec des grosses lettres façon graff et des lignes parfaitement régulières. Je me dis que j'aurais dû lui apporter un truc plus perso, de mon côté.

Après avoir pris un millier de photos, elle part chercher une poignée de feutres pour que tout le monde puisse signer à l'intérieur des immenses lettres blanches. Elle a demandé l'autorisation à Quinn avant son départ, et il lui a répondu qu'elle pouvait monter sur la planche pour danser jusqu'à ce qu'elle se casse en deux si ça lui chantait parce qu'elle lui appartenait désormais. Quand vient mon tour, j'écris : *Joyeux anniversaire à la meilleure, bisous, Cap.* Ça me vaut quelques remarques, mais je m'en fous.

Dès que Mina m'appelle, je sors l'accueillir devant la maison. Elle a l'air si crispée, avec ses bras croisés sur son sac à main, que j'ai l'envie instinctive de lui prendre la main, ou n'importe quoi, pour qu'elle se détende, mais ça ne marcherait pas. On entre et je regrette que Quinn ne soit pas déjà revenu – il est doué pour la faire rire. Hollis nous fait signe de la rejoindre.

— C'est magnifique, la complimente Mina en levant la tête vers les lanternes.

— Viens voir ce que Quinn a fait !

Hollis l'entraîne vers la table. Elle se montre un peu autoritaire, mais ça force Mina à décroiser les bras. Plusieurs personnes sont en train d'installer des gobelets pour refaire un jeu à boire, et Hollis leur demande de s'interrompre le temps que Mina puisse signer.

— Voilà, maintenant j'ai les noms de tout le monde !

Ça fait sourire Mina. Elle sort un livre de son sac.

— T'as apporté un bouquin ? s'étrangle Becca.

Je la déteste.

— Oui…

Mina observe les gens autour d'elle avant de reporter son attention sur le livre.

— C'est pour toi, explique-t-elle à Hollis, qui le considère comme si elle en voyait un pour la première fois. De la part de Caplan, s'empresse-t-elle d'ajouter. Il l'a choisi. Je l'ai pris chez Dusty's.

— Tu veux dire qu'il l'a oublié là-bas, c'est ça ? lâche Hollis en roulant les yeux.

Elles pouffent de rire, et soudain tout paraît très naturel.

— On pourrait noter tous les objets que tu as perdus sur cette carte, reprend Hollis en me montrant la table. Ça couvrirait la totalité de la ville.

— Oh, c'est juste qu'il a été distrait par la réponse de la fac, dit Mina.

— La fac ?

Hollis pose les yeux sur Mina puis sur moi.

Mon cœur dégringole dans mon bide. Je cherche désespérément à me souvenir quand j'ai annoncé la nouvelle à Hollis. Je l'ai forcément fait, non ? Comment aurais-je pu oublier une chose pareille ?

— Ils t'ont pris ?

— Ouais, dis-je. J'étais sûr et certain de…

Elle me serre déjà dans ses bras.

— Félicitations, murmure-t-elle dans mon cou.

Je suis si soulagé que je l'embrasse. Becca, qui continue à bouder, essaie d'entraîner Hollis pour boire un verre, mais elle refuse de bouger, et elles ont une dispute éclair en silence, pleine de colère.

Becca se tourne vers Mina.

— Bon, et je voulais m'excuser d'avoir été aussi nulle dans le couloir cette semaine.

— Hein ?

— Quand j'ai fait la blague sur le toutou. Je me croyais drôle, mais… non en fait.

— T'inquiète, lui répond Mina. On se sent tous nostalgiques en ce moment.

— Exactement !

Hollis a l'air satisfaite et me fait un clin d'œil. Puis elle rentre mettre le livre à l'abri.

— Alors je peux savoir ce que je lui ai choisi comme bouquin ? murmuré-je à Mina qui s'est rapprochée de moi.

— Ça s'appelle *L'Amie prodigieuse.*

— Parfait.

— Je suis désolée, j'ai paniqué. Je pensais que tout le monde lui apporterait des cadeaux, et je me suis sentie con, et...

— Au contraire, t'as sauvé ma peau, tu sais ? Je ne lui ai rien acheté.

Elle secoue la tête, incrédule.

— Et je ne sais pas comment j'ai pu oublier de lui parler du Michigan.

Je m'empresse d'aller participer au jeu à boire – c'est mon tour –, je bois ma bière, puis je retrouve Mina.

— C'est quoi cette blague sur le toutou ?

— Je sais même plus.

On n'est pas loin du « laisse tomber », mais je ne l'embête pas avec ça, elle a l'air trop nerveuse.

— C'est bien que tu sois venue. Ça a fait plaisir à Hollis, je l'ai vu.

— J'en reviens pas que Quinn ait mis ma maison sur cette carte, observe-t-elle.

— Il pouvait pas faire autrement. La mienne et la tienne vont ensemble.

— Il est où, d'ailleurs ?

— Il fait ses travaux d'intérêt général. Il sera de retour vers 22 heures.

— C'est un super cadeau, dit-elle en observant la table.

— Ouais. Je lui ai filé un coup de main, tu sais. Je me suis débrouillé pour occuper Hollis loin de chez elle et tout.

Quelqu'un coupe brusquement la musique et deux filles descendent les marches de la terrasse avec un gâteau. Tout le monde chante « joyeux anniversaire », et Hollis nous sourit à tous – c'est vraiment la seule personne que je connaisse qui sait quoi faire dans ce genre de circonstances. Mina me donne un petit coup de coude et je vais rejoindre Hollis, qui m'embrasse avant de fermer les yeux pour faire un vœu. Elle souffle les bougies et tout le monde l'applaudit. Quelqu'un lui demande quel est son vœu.

— Ne réponds pas, lui chuchoté-je à l'oreille. Qu'ils aillent se faire foutre. C'est ton vœu.

Elle lève la bouteille de vodka qui se trouve à portée de main et la tend vers nous tous.

— J'aimerais que juin dure six mois !

Quelqu'un a secoué une bouteille de champagne pour nous asperger. Elle avale une gorgée de vodka avant de me passer la bouteille. La musique recommence et tout le monde danse en s'enlaçant, même Mina.

— À GENOUX ! crie un des garçons.

Il fait le tour pour verser de la vodka dans la bouche des autres. Hollis m'embrasse, la peau moite et collante à cause du champagne. J'ouvre les yeux juste à temps pour voir Mina. Ça se produit rapidement, tout le monde se cogne et s'interpose entre nous. Quelqu'un lui tend la bouteille, un bras surgi de la mêlée, qui ne semble appartenir à aucun corps en particulier. Mina secoue la tête, et peut-être que cette personne ne la voit pas, ou ne comprend pas, en tout cas elle n'interrompt pas son geste, elle lève la bouteille et l'incline. Mina recule, bouche close, coincée par les gens derrière elle.

Elle se retrouve trempée, et moi aussi. Tout le monde rit et danse, mais je vois son expression changer. Je quitte Hollis et je rejoins Mina une seconde avant que ses jambes se dérobent sous elle. Elle hyperventile. Les autres commencent à le remarquer.

Je la porte quasiment à l'intérieur. Les gens se retournent sur notre passage, avec un temps de retard à cause de leur ébriété. Hollis se précipite vers nous, me demande ce qui se passe. Je l'ignore.

Dès que nous sommes à l'intérieur, Mina fond en larmes. Je la conduis au sous-sol, où il y a une salle de bains avec une douche. Dès que l'eau coule, elle reprend un peu ses esprits. Elle continue à avoir une respiration trop rapide et trop superficielle, mais elle retire ses lunettes, augmente la température de la douche et me dit de la laisser.

— Non, je reste.

— Vas-y, c'est bon.

— Mina…

— S'il te plaît, retourne à la fête.

Elle me tourne le dos.

— S'il te plaît, fais comme si tout était normal, ajoute-t-elle.

Je m'assieds contre la porte de la salle de bains et j'écoute l'eau couler pour tenter de discerner un bruit de sanglots.

Chapitre 10

MINA

J'ai treize ans et il fait trop sombre pour y voir quelque chose, à moins que mes yeux ne soient fermés. Je suis sur un lit d'hôtel. Qui sait combien de personnes se sont allongées dessus avant moi. Je ne peux pas bouger parce qu'il y a quelque chose de lourd sur moi. L'air a une odeur âcre.

J'ai dix-huit ans et pour la première fois je me sens à ma place. L'air a une odeur âcre une fois encore, mais je me force à rester calme, à respirer par la bouche et j'essaie de me concentrer sur tout le reste. Les lanternes dorées qui se balancent dans un ciel indigo, les grandes bougies roses plantées dans un glaçage blanc, l'amour, qui paraît à la fois brouillon et éclatant. Quelqu'un m'attrape par le bras pour me faire danser, mais j'ai besoin de mes deux bras pour ne pas m'effondrer. Soudain je suis recouverte de l'odeur brûlante. Je ferme les yeux et cherche un refuge à l'intérieur de moi : je commets toujours cette erreur.

J'ai treize ans, il fait trop sombre pour y voir quelque chose et je ne peux pas bouger. Il y a quelqu'un de lourd sur moi. Qui sait combien de personnes sont restées ainsi, immobiles, avant moi.

Puis je décape ma peau à l'eau brûlante. Pour me nettoyer. Pour n'appartenir qu'à moi. Je suis seule, mais je sais où je me trouve maintenant, et je sais que Caplan n'est pas loin.

— Ça a duré combien de temps ?

— Presque rien. Vingt minutes. Je peux te toucher ?

Je fais non de la tête.

Il me tend une serviette.

— Je suis désolée.

— Ne t'excuse pas.

Il m'emmène au rez-de-chaussée pour me faire sortir par la porte d'entrée de la maison. Je m'assieds sur le bord du trottoir, tremblante et frigorifiée, je me sens un peu bête.

— Je...

— S'il te plaît, Mina, ne t'excuse pas.

— Mais je suis désolée.

— Non, c'est moi. Je t'ai forcée à venir.

— N'importe quoi. Personne ne m'a mis de couteau sous la gorge. Et on ne m'a pas aspergée avec du sang de porc.

— Ouais, juste avec de la vodka.

— C'était sympa. On s'amusait bien. J'ai tout gâché.

On reste assis là. J'entends les bruits de la fête.

— Ça ne m'était pas arrivé depuis tellement longtemps...

— C'est l'odeur ?

— Je crois.

Je mets ma tête entre mes genoux.

— Je peux te toucher ?

— Oui, dis-je en fixant le sol. Ça va maintenant.

Il pose une main sur mon dos, décrit de larges cercles.

— Je peux te poser une question, Mina ?

— Bien sûr.

— C'est pour ça que tu ne veux pas aller à Yale ? Parce que c'est arrivé pendant ces vacances que vous avez passées avec les amis de fac de ton père ?

— Aucune idée... Enfin, ouais, il est à Yale.

La main de Caplan s'immobilise dans mon dos.

— Il n'est qu'en licence. Il y sera encore l'année prochaine.

— Je croyais… Tu ne m'avais jamais dit…

La voix de Caplan est très bizarre, très faible. Ça me fait peur et je finis par relever la tête.

— Tu ne m'avais jamais dit que tu le connaissais, reprend-il. Je croyais que c'était un inconnu. Un type qui se trouvait dans le même hôtel.

— Je ne le connaissais pas très bien. Mais ouais, c'était le fils d'un ami de mon père. C'est pour ça qu'il m'a raccompagnée dans ma chambre et qu'il… ouais. Ne me regarde pas comme ça. Tu vas me faire pleurer.

Il semble incapable de parler.

— Je t'interdis de chialer, Caplan, putain.

Il m'enlace. Je finis par abandonner ma tête sur son épaule. Sans lui, je ne sais pas quand ni comment j'aurais appris à laisser d'autres gens me toucher.

— Leur carte de Noël est encore affichée sur la porte du frigo, tu y crois ?

Je pouffe.

— Oh, putain, Mina.

— C'est drôle.

— En quoi c'est drôle ?

Mais il me laisse rire tout mon soûl. Une fois que j'ai fini, il me demande :

— Pourquoi tu as envoyé un dossier alors ? Si tu savais qu'il serait là ?

— Je ne pensais pas être prise.

Soudain, ça vient, je vide mon sac :

— Je sais que tout le monde m'a prise pour une folle de ne pas postuler dans d'autres facs. Je te l'ai déjà dit, celle du Michigan n'était pas seulement un plan de secours.

Heureusement que j'ai la tête posée sur son épaule et qu'il ne peut pas voir mon visage.

— J'ai juste envie d'aller au même endroit que toi.

— J'aimerais tellement qu'on n'ait pas besoin de partir, ni l'un ni l'autre.

Un frottement de roues sur le bitume. Quinn surgit soudain dans le noir. Il descend de son skate et le relève pour l'attraper.

— Hé ! nous lance-t-il.

Caplan ne lui répond pas, alors je m'en charge, en m'écartant de lui.

— Salut, Quinn.

— Ça va ?

Il nous dévisage dans l'obscurité.

— Ouais, ça va, répond Caplan.

— Non parce que les filles sont toutes réunies devant la maison, elles parlent tout bas et vous regardent comme si vous étiez sur une scène de crime.

— Je m'apprêtais à raccompagner Mina, dit Caplan.

— Non, objecté-je en me levant. La fête n'est pas terminée. Va rejoindre Hollis.

— C'est bon, viens…

— Ne sois pas con, Caplan, tu ne peux pas partir.

— Arrête ça, je te raccompagne.

— Je peux rentrer toute seule.

— Je sais bien, c'est juste…

— Je peux m'en charger ! lâche Quinn.

On le dévisage et il ajoute, en mettant une main dans sa poche et en donnant des coups dans le trottoir avec la pointe de sa basket :

— Enfin, si vous voulez.

Il hausse les épaules et les sourcils. Il a l'air nerveux. Je n'ai jamais vu Quinn nerveux. Ça me donne envie de rire de plus belle. Je me sens toute drôle. Bizarre et légère à la fois, comme si je flottais.

— Tu viens juste d'arriver, protesté-je.

— Ouais, mais c'était pour voir si t'étais encore là. Enfin si vous étiez encore là, Cap et toi. Alors si tu pars, je peux te déposer, puisque tu es sur mon chemin. Plus ou moins.

— D'acc.

— Tu es sûre ? me demande Caplan, qui a aussi l'air nerveux tout à coup. Je compte pas rester dormir ici. Je passerai te faire coucou à mon retour…

— Non, reste, dis-je d'un ton définitif en repliant la serviette pour la lui remettre. Et excuse-moi auprès d'Hollis. Pour mon départ et… bref, souhaite-lui encore un joyeux anniversaire de ma part.

— Entendu.

Il reste planté là avec la serviette dans les mains. Il ne retourne vers la maison qu'une fois qu'on s'est engagés dans la rue, Quinn et moi.

— Bon alors, pourquoi t'es mouillée comme ça ? me lance-t-il.

— Oh, longue histoire, très chiante.

— Et c'est à cause de la même histoire que Caplan te regardait de cette façon ?

— Comment ?

— Comme si tu étais un petit oisillon.

— Ouais… Je sais pas.

— T'as envie d'en parler ou pas ?

— Ben…

— Rien t'y oblige, tu sais…

— Oui, c'est bon…

— C'est pas mes affaires…

On parle en même temps, lui et moi. Je me sens vraiment très bizarre, mais pas dans le mauvais sens du terme pour une fois.

— Ça va, je t'assure. C'était pas grand-chose, j'ai juste été angoissée.

— Plus que d'habitude, tu veux dire ?

— Tu te moques de moi, là ?

— Un peu, ouais, dit-il, un sourire au coin des lèvres. C'est plus fort que moi. Enfin, c'est aussi une question sincère.

— Quelqu'un m'a aspergée de vodka. J'ai paniqué, et il a fallu me coller sous la douche parce que ça me calme parfois. Voilà pourquoi je suis trempée.

— Je comprends tout à fait.

— C'est vrai ?

— Bien sûr, rétorque-t-il en haussant les épaules. Tout le monde a des côtés chelous.

— Je ne pense pas que les côtés chelous des autres, comme tu dis, leur fassent perdre les pédales et gâcher des fêtes.

— Oh, à mon avis, t'as rien gâché du tout.

— Je me suis ridiculisée en tout cas.

— Dis-toi que la semaine dernière, dans ce même jardin, après avoir passé la journée à boire et tiré sur le bang, j'ai dégueulé devant tout le monde.

— C'est répugnant.

— Mais tu te sens mieux, non ?

Il traverse la flaque de lumière d'un lampadaire.

— Ouais. C'est vrai en plus.

— Tu te souviens de la fois, en CM1, quand M. Grant a refusé de me laisser faire mes origamis pendant un contrôle, que j'ai renversé mon bureau et que j'ai été envoyé dans le bureau du proviseur ?

— Oui…

— Ben voilà.

— Tu veux en venir où, Quinn ? C'est ta façon de me dire que personne n'oubliera jamais cet épisode ?

— Nan ! Que tout le monde a ses problèmes.

— Merci.

— Je t'en prie, Mina.

— Et merci de me raccompagner.

— Ça me fait plaisir.

— Et merci de m'avoir invitée au bal de fin d'année. Même si c'était aussi pour te payer ma tête.

— T'arrêtes pas de me remercier pour des choses que j'ai envie de faire.

Je lui coule un regard en biais. Son profil se découpe nettement dans la lumière des phares d'une voiture, qui arrive à une intersection. On remonte sur le trottoir, et il m'effleure le bas du dos avant de retirer aussitôt sa main. Une vague déferle dans mon ventre. Je me demande si je vais encore m'écrouler. Je m'encourage à tenir bon. J'ai l'impression qu'il est en train de m'arriver un truc bien pour la première fois de ma vie et je n'ai pas envie de passer à côté. Pas un truc terrassant et terrible, pas un cauchemar, pas un drame, juste un truc agréable et normal. Aussitôt après avoir eu cette pensée, je me sens ridicule. Je me fais juste raccompagner chez moi. Par un garçon. Quinn.

Quand on était petits, c'était l'élève le plus bruyant et le plus brouillon. Il dessinait sur les murs, cassait des objets et renversait toutes les tasses qu'il touchait. Il avait les oreilles décollées et un petit visage pointu. Une tignasse de cheveux bruns. Je ne pouvais pas faire deux pas sans qu'il tende la jambe pour me faire trébucher. Je ne pouvais pas répondre à une question en classe sans qu'il ricane. Je trouvais même qu'il ressemblait à un lutin maléfique. Je chasse ce souvenir.

— Tu as froid ? s'inquiète-t-il.

— Non, ça va.

— Mais tu as la chair de poule !

— J'ai pas…

— Si, et ta robe est encore humide.

Il a raison. Humide et complètement transparente.

— Tiens…

Il veut retirer son sweat-shirt et son tee-shirt vient avec, découvrant le haut d'un boxer écossais rouge qui dépasse de son jean. Il a de sacrés abdos.

— Mais non ! m'écrié-je en lui baissant les bras.

— D'accord, d'accord !

Il est mort de rire.

— J'arrête, promis.

— T'arrêtes quoi, Quinn ?

— Ma drague de collégien.

— Tu ne me draguais pas.

— Plus ou moins, si.

On marche en silence. Je cherche désespérément quelque chose à dire. *Après le prochain lampadaire, j'aurai trouvé. Ou après la prochaine intersection.*

— Bon, désolé, finit-il par lâcher. Je ne te proposerai plus jamais mon sweat.

— C'est pas ça, Quinn. On est presque arrivés chez moi.

— On y serait plus vite en skate, riposte-t-il.

Il a retrouvé ses accents de lutin maléfique.

— Je ne sais pas en faire.

— Je parie que t'as pas essayé.

— Je tiendrais même pas debout sur cette chose.

— Bien sûr que si !

Il lâche le skate entre nous deux.

— Essaie…

— Quinn !

— Monte dessus. C'est juste une planche, et là elle est immobile.

Il me tient par les deux mains et je pose les pieds dessus.

— Tu vois ? Fastoche, non ?

Il se met à marcher lentement, sans me lâcher les mains.

— D'accord, là, ça ressemble à de la drague de collégien.

— Non, proteste-t-il en accélérant, là, ça ressemble à du skate.

Je le laisse avancer de quelques pas. Je m'agrippe bien trop fort à lui pour qu'il y ait quoi que ce soit de mignon dans tout ça. J'ai les mains moites. Je ne suis pas capable de le regarder, alors je fixe mes jambes, toutes tordues et maladroites, avec mes genoux en dedans, et ses baskets, qui se déplacent en pas chassés, dans un mouvement étonnamment gracieux, tandis que la rue défile autour de nous.

— Bon, j'en ai assez, dis-je en sautant et en trébuchant.

Il court après le skate.

— T'es douée, ironise-t-il en revenant vers moi.

— Et toi, t'es un idiot.

Je croise de nouveau les bras. On est presque arrivés chez moi, je suis un peu déçue. On cale à nouveau nos pas l'un sur l'autre.

— Alors, comment ça s'est passé, tes travaux d'intérêt général ?

Super, la question. Plus ennuyeux, tu meurs.

— Bien. Je donne un cours au centre de loisirs.

— Tu enseignes ?

— Eh oui. En fait, ce n'est plus vraiment des travaux d'intérêt général techniquement. Puisque j'ai déjà terminé les heures que je devais.

— Quand ?

— Euh, en troisième ? Ou en quatrième, je sais plus. Maintenant ça ressemble plus à un petit boulot.

— Et tu enseignes quoi ?

— Ah, lâche-t-il avec un rire nerveux en balançant son bras libre. La couture…

— Tu sais coudre ?

— Bah oui, c'est moi qui ai fait ça, dit-il en indiquant le petit arbre sur sa casquette.

On est arrivés devant chez moi.

— Quinn, c'est pas de la couture, ça, c'est… de la broderie.

— Sans doute, oui. Ne le répète à personne.

On est plantés l'un en face de l'autre.

— Alors tu enseignes la broderie au centre de loisirs le vendredi soir ?

— Oui, surtout à des gamines de dix piges. Et à deux vieilles dames trop classes.

Il me regarde comme s'il se tenait en équilibre sur un rebord et qu'il attendait que le vent le fasse basculer. Quelque chose se dénoue à l'intérieur de moi. Je l'embrasse. En tout cas j'essaie. Je colle ma bouche à la sienne. Sa casquette tombe. Puis je cours jusque chez moi sans me retourner.

Chapitre 11

CAPLAN

À la seconde où ils se sont éloignés ensemble, j'ai su que c'était une erreur de laisser Mina entre les mains de Quinn alors qu'elle était encore secouée. Mais je savais aussi que ça aurait été une erreur de la raccompagner chez elle pour éviter Hollis. Je presse les talons de mes mains contre mes paupières avant de remonter vers la maison. J'ai la tête qui tourne. Quelques filles sont agglutinées près du portail, elles ne font même pas semblant de ne pas parler de moi. Il reste quelques personnes dans le jardin, occupées à fumer autour du feu. À travers les fenêtres, j'aperçois Hollis qui s'agite dans la cuisine.

Elle ne redresse pas la tête quand je la rejoins à l'intérieur. Elle empile des gobelets en plastique poisseux, verse le restant de bière dans l'évier.

— Tu veux un coup de main ?

— C'est bon, j'ai presque fini.

— Hollis…

Je me faufile le long des placards en me frottant le front.

— Je suis vraiment désolé.

— C'est pas grave.

— Mina avait besoin de moi, c'est… difficile à expliquer.

— Je ne te demande pas de m'expliquer.

— S'il te plaît, ne sois pas fâchée. Ou alors, crie-moi dessus qu'on en finisse une bonne fois pour toutes. C'est pire, là.

— Caplan… Tu me prends pour quel genre de personne exactement ?

— Quoi ?

— Pourquoi est-ce que je serais fâchée ?

— Tu l'es pas ?

— Non. J'ai déjà été témoin d'une crise d'angoisse, tu sais.

— Ah…

— Est-ce que ça va aller pour Mina ?

— Ouais. Quinn la raccompagne chez elle.

— C'est sympa de sa part.

Elle se laisse glisser le long d'un placard pour s'asseoir par terre à côté de moi, puis elle ajoute :

— Cap, pourquoi tu ne m'as pas dit que tu avais été pris à l'université du Michigan ?

— Je sais pas, j'ai oublié. Je suis désolé.

— C'est pour ça que tu es parti aussi précipitamment, quand on était dans ma caisse ? Pour aller l'annoncer à Mina ?

— Non, je suis allé ouvrir le mail avec elle.

Hollis secoue la tête. Elle sourit mais elle a l'air triste aussi, si triste. J'ouvre la bouche pour dire je ne sais même pas quoi, cependant elle est plus rapide :

— Tu veux rester ?

— Je peux, vraiment ?

Elle se met debout et m'aide à me relever. Elle pose sa tête sur mon torse et me dit :

— Tu peux virer tout le monde pour qu'on puisse aller se coucher ?

J'opine, et mon menton cogne sur le sommet de son crâne.

— T'es pas fâchée, sincèrement ?

— Je ne suis pas fâchée.

— Alors pourquoi tu parles pas plus ?

— Parce que je suis fatiguée.

Après la petite comédie qui consiste à remercier ses parents, dire au revoir, sortir par la porte de devant puis revenir ensuite discrètement par la porte du sous-sol, on est enfin allongés ensemble dans son lit. Elle est blottie contre mon flanc, si bien que je ne la vois pas.

— Merci encore d'avoir été aussi compréhensive. Et merci d'avoir invité Mina.

— Je suis désolée que ça ait aussi mal tourné. Avec un peu de chance, ça se passera mieux la prochaine fois.

— La prochaine fois ?

— Oui, j'ai décidé que, puisqu'elle était ton amie, elle était aussi la mienne.

— Sérieux ? C'est… c'est génial…

— Et j'ai aussi décidé de ne plus me mettre en compétition avec elle.

Je ne sais pas quoi répondre à ça.

— J'en reviens pas que tu aies avoué ton vœu à tout le monde.

— Pas grave, j'ai pas besoin qu'il se réalise.

— Comment ça ?

Elle roule sur le côté pour me regarder et réfléchit, mains jointes sous sa joue.

— C'est ce que j'ai ressenti un instant en voyant tout le monde. Que je voulais que cette fin de terminale dure éternellement. Mais ça n'a été vrai qu'une seconde. Ce n'est pas du tout ce que je souhaite en réalité.

— Ah bon ?

— Non, bien sûr que non. Je veux me casser d'ici, putain. Ça devient trop petit pour nous.

— Tu crois ?

— Carrément. Pas toi ?

— Je ne sais pas. Je n'y avais pas réfléchi.

— C'est tout toi, ça. Tu vogues avec insouciance comme si rien ne se terminait jamais, et ensuite tu oublies de dire au revoir.

— Au revoir, Hollis, marmonné-je alors que mes paupières se ferment.

— J'ai tellement hâte d'être à New York. Il n'y aura pas moins populaire que moi là-bas.

— Et pourquoi est-ce que tu aurais envie de ça ?

— Parce que je suis capable de m'adapter. Imagine un peu tous les échelons que j'aurai à gravir.

— Tu ne voudras même plus m'adresser la parole.

— Et tant mieux.

— Hé !

— Quoi, tu voudrais sincèrement que je devienne Mme Hollis Lewis ?

— C'est vrai que ça craint. On ne peut pas t'imposer ça en effet. Quelle horreur ! Qu'est-ce qu'on va faire ?

Elle reste silencieuse un instant mais je devine qu'elle sourit contre ses mains.

— J'y pense souvent, tu sais. J'adore mon nom. Je n'ai pas envie d'en changer, d'un autre côté j'aurai aussi envie de porter le même que le reste de ma famille un jour.

— Hollis Cunningham. C'est un joli nom.

— Je pourrais faire comme ta mère. Appeler mon fils Cunningham et prendre le nom de famille de mon mari.

— Du moment que c'est un nom cool, dis-je en l'attirant contre moi. Je t'autorise à épouser quelqu'un d'autre, mais seulement si il, ou elle, a un meilleur nom de famille que le mien.

— Marché conclu.

— Hé, Hollis ?

— Cap ?

— Joyeux anniversaire.

Je me réveille à 5 heures, avec une petite gueule de bois et le ventre noué par un mauvais pressentiment. Hollis dort encore à côté de moi. Je me répète qu'elle n'est pas fâchée. Que tout va bien. Je l'embrasse vite fait et je l'enjambe. Sur le chemin du retour, j'écris à Mina. Elle est réveillée. C'est un truc génial avec elle : elle est toujours réveillée.

Elle vient m'ouvrir. Elle porte une vieille chemise bleue de son père, qu'elle a fini par user aux coudes. Elle s'est trompée dans les boutons. Je la suis dans la cuisine.

Elle fait les cent pas autour de l'immense îlot en marbre pendant que j'observe les boîtes de céréales dans le placard. Sa maison est plus grande et plus agréable que la nôtre, mais on dirait que personne n'y vit. Elle est trop épurée, trop vide, et d'une propreté flippante. Il n'y a pas d'entrée chez moi. On tombe directement sur notre bordel, nos baskets et nos sacs à dos, nos piles de courrier, la grande coupe pleine de clés. En arrivant chez Mina, on découvre une seconde porte intérieure avec deux montants du même bois sombre que le parquet et les rampes, surmontée par un vitrail. Quand j'étais petit, je n'arrivais pas à décider si ça faisait endroit chic ou maison hantée.

— Qu'est-ce que tu lisais ? lui demandé-je.

— Quoi ?

— Tu as l'air concentrée, comme quand tu es au milieu d'un passage particulièrement captivant d'un livre.

— Ah...

Elle s'arrête de marcher puis ajoute :

— Non, je réfléchissais juste.

Elle me sort un bol et les Cheerios au miel et aux noix, puisque c'est ce que je finis généralement par prendre.

— Merci.

Elle s'assied et prend une poignée de céréales pour les manger comme ça.

— Alors, tu te sens comment ?

— Mmh ?

— Par rapport à hier soir ?

Elle me jette un regard dur.

— Comment ça ?

— Ben, tu sais, ta petite absence ? Et puis ce que tu m'as confié ? Au sujet de Yale ?

— Ah, oui.

— T'as réussi à bien dormir ?

— Oui, bien sûr. Je me suis complètement calmée.

Elle se lève et laisse sa poignée de Cheerios sur la table. Elle se remet à faire les cent pas.

— Allez, Mina, parle-moi. Comment ça va ?

— J'ai peut-être bien embrassé Quinn.

Je me pétrifie, ma cuillère à mi-chemin entre le bol et ma bouche.

— Tu... quoi ?

— Oui, je l'ai embrassé.

Elle reprend sa trajectoire circulaire autour de l'îlot derrière lequel je suis assis.

— Comme une extraterrestre qui n'aurait qu'une idée très approximative de la façon dont se comportent les adolescents humains, je lui ai sauté dessus comme ça, sans prévenir, et puis ensuite je... J'ai couru me réfugier chez moi. Tu imagines ?

— Eh là...

Je la fais asseoir sur sa chaise, et je lui sers un verre d'eau. Elle s'est caché le visage dans les mains et elle pousse une sorte de gémissement de douleur continu.

— C'est vraiment le dernier de nos problèmes ! lui dis-je.

— Oui, c'est vrai, merci de me le rappeler, rétorque-t-elle sans découvrir son visage. J'ai pleuré en public et gâché l'anniversaire d'Hollis alors que tout le monde était plutôt sympa avec moi. Et quand Quinn a aussi été sympa avec moi, j'ai pété un câble et je l'ai attaqué. Avec ma bouche. Et maintenant ma vie est foutue. Je n'ai même pas de vie. Je ne savais pas qu'on pouvait foutre sa vie en l'air alors qu'on n'en a pas, mais apparemment si, puisque c'est mon cas.

— Pourquoi tu dis ça ?

— Tu ne m'as pas écoutée ou quoi ?

Elle abat ses deux mains sur le plateau en marbre.

— Bois ton eau.

— Ne me donne pas d'ordre.

Elle avale une gorgée.

— Alors déjà, Hollis n'est pas fâchée. Je ne sais pas pourquoi, mais c'est comme ça. Et pour le reste, tu serais surprise… Globalement, les gens ne s'intéressent qu'à eux et se foutent des autres, surtout en ce moment. Personne n'y pensera plus lundi.

— Tu le crois sincèrement ?

— Oui, sincèrement.

— Et Hollis t'a dit qu'elle n'était pas fâchée ? C'est pas un truc que tu que tu supposes ?

— Elle m'a littéralement demandé : « Est-ce que ça va aller pour Mina ? »

— Ah…

Elle joue avec les Cheerios, forme un petit monticule bien régulier avec.

— C'est gentil, ajoute-t-elle.

— Et quant à Quinn…

Elle se cache le visage en gémissant. J'ajoute :

— C'était raté, ce baiser ?

— Quoi ?

Elle laisse retomber ses mains sur le marbre.

— Pourquoi tu me demandes un truc pareil ? s'énerve-t-elle.

— J'essaie juste de comprendre pourquoi tu es aussi contrariée. Ça t'a pas plu ? Je vais être honnête avec toi. J'avais peur qu'il tente quelque chose et que ce soit la cata, vu ton état. Mais bon, apparemment, c'est plutôt toi qui l'as embrassé…

— Ah oui, c'était bien moi. Il était planté là, il s'occupait de ses affaires, et je me suis jetée sur lui.

— C'était décevant ?

Je ne sais pas du tout comment ça fonctionne pour les gens comme Mina qui ont vécu un truc horrible. Comment on se réapproprie ses premières fois lorsque quelqu'un d'autre vous les a volées ? Comment on empêche ce truc de vous gâcher la vie pour toujours ? J'imagine qu'on ne peut pas. Je me rends compte qu'à force de planter ma cuillère dans mon bol de céréales, je suis en train d'en faire de la bouillie.

— Euh, non, non, bredouille-t-elle, je ne pense pas que c'était raté. Disons que c'était, euh, court ?

— Ça me paraît plus difficile pour un baiser court d'être raté en effet.

— Tu avais peur qu'il tente quelque chose avec moi ?

— Ouais, je t'ai dit que tu lui plaisais, non ?

— Ça doit plus être le cas maintenant, me répond-elle d'un air piteux. J'ai été trop bizarre pendant tout le trajet, j'ai dû lui donner l'impression que je le détestais, et puis d'un coup, sans prévenir, je l'ai embrassé et je me suis enfuie.

Je soupire.

— Mina ?

— Quoi ?

— On dirait bien...

J'avale la fin de mon lait au miel avant de poursuivre ma phrase :

— ... que tu as fait un truc qui déchire.

Elle me prend le bol des mains.

— C'est répugnant, ce bruit.

Elle se lève et va s'adosser à l'évier, puis me dévisage.

— Arrête de te marrer, Caplan !

— Je me marre pas, protesté-je même si elle a raison. Je suis sérieux, j'ai l'impression que tu as assuré. Bien sûr, la soirée a pas été simple, mais ça t'a pas empêchée de passer à l'action. C'est classe.

— Je vais te tuer.

Elle aussi, elle rit, maintenant.

— Et sans conséquence, ajouté-je.

— Tais-toi.

— Parce que c'est Quinn. Il ne parle jamais des filles qu'il a embrassées une fois qu'il l'a fait. Tu verras, lundi, il se comportera comme si de rien n'était. Je te parie qu'il t'emmènera quand même au bal de fin d'année. Il fera des blagues, toi aussi, on dansera ensemble, et tout ira bien. Pas de problème. Rien ne changera.

— D'accord, souffle-t-elle. D'accord, tu as peut-être raison.

— Évidemment que j'ai raison. Mina ?

— Quoi ?

— Tu as échangé ton premier baiser !

Je lève une main pour qu'elle tope. Elle la regarde. Elle me regarde. Puis elle pousse un cri, qui ressemble à un cri de guerre, et elle se jette sur moi, elle me poursuit tout autour de l'îlot.

— Désolé… déso… lé…

Je halète, essoufflé à force de rire, et je lève les deux mains en signe de capitulation. Elle essaie de me taper et je lui attrape les poignets.

— Allez, Mina… C'est vrai, non ?

— Ouais, marmonne-t-elle, en quelque sorte. Je sais pas si ça compte, bref…

Elle continue à fulminer, dos collé au frigo, pendant que je la tiens par les poignets, de part et d'autre de son visage.

— Je suis désolé. Sincèrement.

Ses lèvres frémissent.

— C'est bon, me répond-elle. Mais fais un peu gaffe.

— Sinon quoi ? Tu vas me frapper ?

Je voulais dire un truc pour déconner, et c'est plus gênant que drôle. On reste dans cette position bizarre, où je lui bloque les poignets. Brusquement, j'ai trop chaud. Je sens mon pouls dans mon visage, dans mes tempes. Je la lâche d'un coup.

— Ça va ? s'inquiète-t-elle.

— Ouais, ouais.

Je me détourne avant d'ajouter :

— Je suis fatigué. Et j'ai la gueule de bois.

— Oui, il faut qu'on retourne se coucher.

— Je savais bien que t'avais pas dormi.

Elle roule les yeux.

— Hé, Mi, je peux dormir par terre, dans le sac de couchage ?

— T'es beaucoup trop grand maintenant, me fait-elle remarquer.

— Pas du tout !

— Et on a passé l'âge des soirées pyjama.

— C'est pas une soirée pyjama vu que le soleil est déjà levé. Je parlerais plutôt de sieste. Allez viens, on pourrait lire *Harry Potter*.

Elle cède, puis lâche, en m'observant tête penchée :

— D'accord, mais c'est toi qui commences à lire. Sinon, tu vas t'endormir direct.

Elle se dirige vers l'escalier.

— Je te rejoins dans une minute, lui dis-je. Je fais la vaisselle, d'abord.

— T'es vraiment bizarre ce matin, souligne-t-elle en s'éloignant.

Je lave mon bol et le pose sur l'égouttoir à côté de l'évier. Je jette aussi le petit tas de Cheerios, passe une éponge sur le marbre et remplis le verre d'eau pour le monter à Mina. Puis je vais voir le frigo. Il n'y a pas tant de choses que ça dessus. Une photo de ma famille, une autre des cousins de Mina et quelques-unes de gens avec des enfants beaucoup plus jeunes. Un cliché de Mina toute petite avec des bottes de pluie rouges, accroupie au bord du lac Michigan pour ramasser des galets tout en tenant la main de son père. Sa lettre d'admission à Yale. Et juste en dessous, la fameuse carte. Une photo d'une famille en rando – la mère, le père et trois garçons. L'aîné porte le benjamin sur ses épaules. Il a l'air un peu plus vieux que nous, mais pas de beaucoup. Il a un beau visage rond, et il plisse les yeux à cause du soleil. Il porte même un tee-shirt de Yale. *Que cette nouvelle année vous apporte paix et joie*, peut-on lire dessous, *de la part de Kate et Brian, Josh (16 ans), Liam (17 ans) et Daniel (21 ans)*. Je retire la carte de la porte du frigo et la déchire en minuscules morceaux. Je les jette dans la poubelle et les cache avec des feuilles d'essuie-tout. J'ai le sentiment que ce n'est pas suffisant, alors je décide de sortir la poubelle, puis j'installe un nouveau sac et, enfin, je monte rejoindre Mina.

Chapitre 12

MINA

Je tiens à préciser que je ne suis pas, contrairement à ce que pourraient suggérer les événements récents, une imbécile. Je suis même drôlement intelligente, merde. Alors je passe le week-end enfermée chez moi à réunir et analyser les faits. Quinn a eu, c'est indéniable, un comportement bizarre. On pourrait dire qu'il s'est plié en quatre pour trouver une occasion de me parler. Et j'ai remarqué qu'il était toujours en train de me regarder dernièrement. Je ne doute pas qu'il ait parlé de moi à Caplan. Il a proposé de me raccompagner chez moi et n'a pas essayé ni de me faire tomber de son skate, ni de me repousser contre le trottoir. Mais avoir un besoin de réparation des souffrances commises dans l'enfance, un désir d'infléchir le récit pour ne plus être le tourmenteur, ce n'est pas forcément synonyme de sentiments. Et avoir la curiosité de découvrir la fille bizarre du lycée avec une robe de soirée, on a déjà vu ça des milliers de fois. Un tableau grotesque, déconcertant et, en un sens, une transgression. C'est si tentant… Comme de percer un bouton.

Je fais part à Caplan de toutes ces réflexions lors d'une balade le samedi, et il me rétorque qu'il ne comprend littéralement pas un seul mot de ce que je raconte, mais que si je me compare à un spot, j'ai besoin d'une aide psychiatrique bien plus avancée que celle qu'il est capable de me fournir. Puis il ajoute que je dois lire trop de livres flippants et qu'il va me confisquer mon exemplaire de *Jane Eyre*. Je suis à deux doigts d'admettre qu'il se pourrait que je plaise vraiment à Quinn et de demander à Caplan ses conseils pour la suite, cependant je ne veux pas passer pour une fille qui se fait des idées. Non pas que je sois gênée devant Caplan. Quelque part dans le pays de l'enfance, entre les crises d'angoisse, les vomissements en voiture et la fois où il riait si fort qu'il a fait pipi au lit, j'ai perdu la capacité d'être embarrassée en sa présence. Sauf que, si je ne veux pas passer pour cette fille-là, c'est sans doute que je ne veux pas nourrir de faux espoirs, et espérer ne pas espérer en vain, bah, c'est quand même une façon d'espérer.

Le dimanche, il essaie de me convaincre de venir me baigner avec tout le monde à Little Bend. Je lui réponds qu'il peut toujours courir. Finies les activités d'adolescente américaine normale pour moi.

Ce soir-là, ma mère vient me trouver dans ma chambre pour m'informer que ma grand-mère a téléphoné pour savoir si on avait bien envoyé le montant des frais d'inscription à Yale.

— Je lui ai répondu que oui, dit-elle sans me regarder.

— Mais ce n'est pas le cas ?

Elle touche la moulure autour de la porte de ma chambre d'un geste délicat, comme si elle craignait qu'elle s'effrite.

— Ce n'est pas le cas, si ? insisté-je.

Elle soupire.

— Maman.

— Il y avait une date limite, Mina.

— Tu l'as fait sans m'en parler.

— Qu'est-ce que tu veux dire ?

Elle s'est déjà tournée de profil, comme pour prendre congé, ombre trop svelte dans le couloir.

— Je ne suis pas certaine de vouloir aller à Yale.

Elle finit par me regarder. J'attends qu'elle me demande pourquoi.

— Ils m'ont proposé de payer tes frais d'inscription, avoue-t-elle tout bas.

— J'ai reçu de l'argent du Michigan.

Elle ne bouge pas. Elle reste là, à fixer le cadre de ma porte.

— Je n'ai pas envie d'aller à Yale. Je préfère rester ici plutôt que d'aller là-bas.

— Par pitié, Mina, ne fais pas ta crise d'adolescence maintenant. Tu as toujours voulu aller à Yale.

Si j'entends ça encore une fois je vais hurler ! pensé-je au moment où elle se tourne pour s'éloigner. Pourtant, quand j'ouvre la bouche, c'est pour dire :

— Alors c'est pour leur argent, tout ça ?

— Je te demande pardon ?

— Eh bien, moi, je n'ai pas besoin de leur argent, mais peut-être que toi, si ?

On pourrait croire, à sa tête, que je viens de la gifler. J'essaie de culpabiliser, sans y arriver : j'ai obtenu une réaction.

— C'est pour maintenir une relation avec eux, et un lien. Avec ton histoire.

— Tu peux simplement dire « papa », non ?

— Mina.

Elle se cache les yeux comme si on n'était pas à l'intérieur avec toutes les lumières éteintes.

— Je n'y suis pour rien si on n'est pas proches d'eux. Tu ne peux pas m'envoyer à Yale pour compenser.

— J'ai essayé, se défend-elle. Avec ses amis, et leurs familles. Ils avaient tous des enfants de ton âge.

Mon abdomen se contracte.

— Ils continuent à nous inviter en vacances, tu sais ? Chaque année. Mais tu m'as dit que tu ne voulais plus y retourner, et je ne t'ai posé aucune question. Je ne me suis pas plainte. Je sais que ça n'a pas toujours été facile pour toi de te faire des amis…

Je me lève pour aller fermer la porte. Je reste figée sur place, une sorte de nausée monte en moi et je dois me pincer l'intérieur du bras pour rester là, dans l'instant présent. J'attends de l'entendre s'éloigner.

— Je ne suis pas la seule à nous avoir isolées, dit-elle à travers la porte close.

Il pleut des cordes le lundi matin, et le ciel est si sombre que je n'entends pas mon réveil. J'ai oublié mes lunettes chez Hollis, dans la salle de bains, ce qui me force à mettre des lentilles, et pour une raison inexplicable ce petit désagrément me rend si irritable que je snobe la tasse de café que ma mère m'a servie, alors même que c'est sa façon de présenter des excuses, je le sais.

À cause de la pluie, Caplan propose de me conduire au lycée, mais il est en retard parce qu'il a déposé sa mère avant. Je sens combien je suis glaciale, et j'attends qu'il me provoque, qu'il me parle et plaisante jusqu'à ce que je cède, pourtant il reste silencieux, lui aussi. J'arrive en classe bien après la sonnerie pour la première heure banalisée, trempée comme une soupe. Je sens les regards des autres élèves sur moi, et j'en déduis que c'est lié à mon retard. Jusqu'à ce que, au moment de m'asseoir et de poser mon sac sur mon bureau, je fasse tomber quelque chose. Un minuscule éléphant bleu en origami.

La voix de Caplan surgit soudain du haut-parleur. Je place la petite créature dans ma paume. Je continue à me sentir observée et j'envisage de la ranger dans mon sac, mais j'ai peur de l'écraser, alors je la replace à l'endroit où elle se trouvait à mon arrivée, dans le coin gauche de mon bureau, face au tableau.

Je retrouve Caplan devant l'administration ; il a toujours l'air chiffonné.

— Alors, c'était pas trop la honte ?

— Quoi ?

— Mon invitation au bal.

— Je ne comprends pas de quoi tu parles.

J'essaie de garder un œil sur l'extrémité du couloir. Je n'ai aucune envie d'être surprise par Quinn.

— J'ai profité des annonces du jour pour inviter Hollis, devant tout le bahut. T'as pas entendu ?

— Non, désolée. J'avais la tête ailleurs.

Je lui montre l'éléphant bleu.

— C'est un pari entre vous ? Tu l'as mis au défi de le faire ?

— Qu'est-ce que c'est ?

— Un éléphant.

— Je vois bien, merci. C'est Quinn qui l'a fait ?

— Je crois.

— Tu l'as trouvé où ?

— Il était posé sur mon bureau ce matin.

Caplan scrute le petit éléphant. Hollis approche avec un bouquet de roses. Elle lui tape sur la tête avec.

— Merci pour les fleurs. Et c'est oui, au fait.

Il est aussi immobile qu'une statue.

— Qu'est-ce qui se passe ?

Elle suit le regard de Caplan jusqu'à la paume de ma main.

— Oh, il est trop chou, lui ! s'exclame-t-elle.

— Quinn l'a déposé sur le bureau de Mina, finit-il par expliquer.

— Mais non !

Elle confie son bouquet de roses à Caplan pour prendre l'origami.

— C'est mignon à crever, ce truc.

Elle me le rend et ajoute :

— Attends, ça veut dire que Quinn et toi vous sortez ensemble maintenant ?

— Quoi ? Non !

J'ai l'impression que le col de mon tee-shirt est trop serré.

— C'est juste un éléphant, fait bêtement remarquer Caplan, qui tient toujours le bouquet de roses.

Heureusement que la sonnerie retentit. Hollis s'en va, mais après m'avoir dit qu'elle espérait que je me sentais mieux. Je lui réponds que oui, merci, je ne me suis jamais sentie aussi bien, tout en respirant par le nez et en me répétant que je connais par cœur l'emplacement de toutes les toilettes qui n'ont qu'une seule cabine dans ce lycée.

J'envisage de zapper le déjeuner, parce que je finis par penser que tout le monde a perdu la boule, que je ne comprends plus rien ni personne, mais il continue à pleuvoir, alors on est tous placés en quarantaine à l'intérieur de la cafétéria. Je suis complètement déstabilisée quand j'entre, partagée entre mon habituelle tendance à fixer mes pieds et mon besoin viscéral de savoir où est Quinn. Je me retrouve donc coincée quelque part entre les deux, regard droit devant, et je fonce vers une table dans un coin, occupée par Lorraine Daniels, seule. Ses lunettes rouges sont comme un phare rassurant. Et c'est pour cette raison que je n'aperçois Quinn que lorsqu'il se place littéralement en travers de mon chemin.

— Salut ! me hurle-t-il quasiment.

— Salut.

— T'as pas de lunettes aujourd'hui, dit-il en pointant l'index comme pour me toucher le visage avant de croiser brusquement les bras.

— Oui, je les ai oubliées quelque part.

— Ça te va bien.

— Ah...

— Désolé, reprend-il en se grattant la tête. Je suis méga relou.

— Non, ça va...

— Tout le week-end j'ai pensé à t'écrire, mais j'ai attendu trop longtemps, je m'en suis fait une montagne, après impossible de passer à l'acte, puis je me suis dit que tu serais peut-être à Little Bend, vu que tu participes plus souvent aux trucs de groupe dernièrement, et t'étais pas là, alors je t'ai laissé l'éléphant, en fait j'avais l'intention de te le filer dans le couloir avant la première heure, sauf que t'étais en retard, alors je suis entré dans ta classe pour le déposer sur ton bureau et tout le monde m'a maté, du coup j'ai pensé que c'était sans doute très chelou de faire ça, mais bon c'était trop tard, alors j'ai laissé l'éléphant sur ton bureau et je me suis barré. J'espère que ça ne t'a pas mise mal à l'aise ou un truc du style.

Je me force à fermer la bouche avant de le rassurer :

— Non, c'est bon.

Puis je lui montre mon poing, dans lequel je tiens son origami depuis ce matin, bien à l'abri. J'écarte les doigts comme une fleur. Il est couché sur le côté. Quinn le redresse d'un geste délicat.

— Tu aimes toujours ça, les éléphants ? Je me souviens que tu avais fait un exposé génial sur eux, en CM1 je crois, et tes panneaux étaient si beaux que ça avait collé la honte à tout le monde. Tu avais dit que c'était tes animaux préférés parce qu'ils étaient synonymes de chance et de sagesse, et qu'ils avaient une mémoire incroyable.

— C'est… c'est le cas… oui, m'entends-je dire.

— Dément…

— D'accord.

— Tu veux faire un truc cette semaine ?

— Quoi ?

— Aller voir un film ou autre chose ? précise-t-il.

— Comme un *date* ?

— Seulement si tu as envie, répond-il en décroisant puis recroisant ses bras. Ouais, c'est bon, on n'est pas obligés. Ça va…

— Non, j'ai envie.

— Sérieux ?

— Oui.

— D'acc, génial. Alors je t'écrirai.

— Super.

Je m'apprête à m'éloigner.

— Attends, tu veux pas manger avec nous ?

Je me sens à deux doigts de défaillir, alors je m'empresse de répondre :

— Non, merci. Mais écris-moi s'il te plaît.

Je me force à traverser calmement la cafétéria, dans la vague idée d'aller m'asseoir à la table où se trouve Lorraine, pourtant je semble incapable de dévier de la trajectoire sur laquelle je me suis engagée, alors je prends la direction de la porte la plus proche. En me retournant, j'aperçois Quinn à la périphérie de mon champ de vision : les mains dans les poches, il rejoint sa table en exécutant une drôle de petite danse. Quelqu'un lui tape dans la main. Je me jette contre la porte et sors sous la pluie tiède.

Chapitre 13

CAPLAN

— Putain, elle est bizarre, lance Quinn d'un ton joyeux, en observant, à travers les baies vitrées de la cafète, Mina qui s'éloigne sous la flotte.

— Alors elle a accepté ? lui demande Hollis.

— Ouais, j'en reviens pas. Merci de m'avoir poussé à le faire. D'après Caplan, j'avais aucune chance.

— Pourquoi tu lui as dit ça ? me lance-t-elle.

J'ai du mal à sortir de l'état second dans lequel je suis depuis ce matin. Vaseux et engourdi, comme si je dormais les yeux ouverts.

— Je pensais juste que ce genre de truc intéresserait pas Mina. Déjà qu'elle est pas trop branchée relations amicales...

— Ouais, embraie un des types, Noah. Vous vous souvenez, au collège, quand elle a pas dit un seul mot de, genre, toute l'année ?

Je suis à peu près certain que c'est Noah qui a aspergé Mina de vodka.

— Ce qui est sûr, c'est qu'on gagnerait à ce que vous, vous parliez moins, lui balance Hollis.

— Moi, je trouve ça bizarre qu'elle ait pas d'amies filles, ajoute Becca.

— C'est carrément un signe, tu veux dire, acquiesce Ruby, qui abonde systématiquement dans le sens de Becca.

— C'est simplement qu'à part Cap, elle a zéro ami, enchérit un autre gars.

Hollis me donne un coup de coude et je la regarde en clignant des yeux, avant de protester :

— Elle a d'autres amis.

— Tu veux dire d'autres gens seuls à côté de qui elle s'assied, observe Becca.

— Quinn, intervient Hollis en se tournant vers lui, je trouve ça génial, moi.

— Merci, Holly.

Mais c'est moi qu'il regarde en disant ça, pas elle.

— Moi aussi, ajouté-je.

Malheureusement Becca vient en cours d'histoire avec nous. Et elle se plaint à Hollis :

— Alors maintenant on l'aime bien ?

— Becca, on est des meufs canon, pas méchantes, lui rétorque-t-elle. Et l'aigreur, c'est vraiment un truc de pauvre fille.

— Je ne suis pas aigrie…

— Je sais que tu aurais voulu que Quinn t'emmène au bal de fin d'année…

— C'est juste… J'ai jamais dit…, bredouille-t-elle.

— Et puis tout s'arrange, parce que Noah compte t'inviter, il en a parlé à Caplan.

— Attends, c'est vrai ?

Hollis me donne un coup sec dans les dos, et je confirme :

— Oui.

— Il a dit quoi exactement ?

Hollis prend le relais et je laisse mon esprit vagabonder pendant qu'elles parlent de la taille de Noah et se demandent si Becca pourra porter des talons ou non. Je m'interroge : est-ce qu'Hollis a déjà mis Noah dans la confidence, ou est-ce que je vais devoir jouer un rôle dans son stratagème ?

Je m'installe à mon bureau en cours d'histoire et sors le devoir que Mina a relu très tard hier soir. Aujourd'hui, tout m'agace sans raison. Je ne peux pas prétendre que je suis fou de joie à l'idée que Quinn sorte avec Mina. Pendant toute ma vie ou presque – si on exclut cette brève période en primaire –, je me suis efforcé de veiller sur elle. De m'assurer qu'elle était en sécurité et heureuse. Et là, mon deuxième ami le plus proche après elle s'apprête à faire une sortie test avec elle et, potentiellement, à lui faire du mal. Quinn est un dragueur. Il charme tout le monde et enchaîne les histoires sans jamais rien vivre de sérieux. Ils vont m'impliquer dans leur relation. C'est inévitable. Ça va être compliqué. Dans le meilleur des cas, ce sera gênant, et je souhaite par-dessus tout à Mina, dont la vie tout entière a été une succession d'injustices, d'avoir un peu de répit et de simplicité. De s'amuser. Je voulais l'emmener au bal, moi. Et pas la peine de me lancer sur le sujet du soutien d'Hollis. La connaissant, elle trame quelque chose. Et moi, je ne veux pas de manigances. Je veux que tout reste normal, et je commence à en avoir marre de tout et de tout le monde. Autant dire que ça fait un cocktail explosif.

Pour la première fois, je m'autorise à penser que Mina pourrait réellement aller à l'université du Michigan l'an prochain. Que ça pourrait, au fond, être la meilleure solution pour elle. Que, puisque tout s'apprête à changer – et à se terminer –, la seule chose qui resterait stable ce serait nous deux. Cette perspective est un soulagement. Depuis le temps, je devrais pourtant avoir appris à ne pas présupposer ce qui est bon pour Mina, non ? Si elle veut rester dans le Michigan, je n'ai aucune raison de m'opposer à elle. Je ne suis pas très doué pour me battre de toute façon.

Elle se précipite dans la classe au moment de la sonnerie, tête baissée, dégoulinante, et elle s'assied devant moi. Je donne un coup dans sa chaise. Elle me fait signe de la laisser tranquille sans se retourner. Je donne un coup plus fort, et cette fois elle pivote vers moi. Son visage exprime un mélange étrange de gêne et de fierté.

— Quoi ?

Je lui décoche un immense sourire.

— Tu es excitée pour ton *date* ?

— Oui. Ne te moque pas de moi ou tu vas tout gâcher.

— Je ferais jamais ça.

— Je sais bien que c'est... Mais puisque tout le monde a l'air d'avoir perdu la tête, pourquoi pas moi ? me rétorque-t-elle avant de se retourner vers le tableau.

Je me penche vers elle :

— Je me disais...

— Pitié, change de sujet.

— C'était mon intention.

— Très bien. Quoi ?

— Je sais que la raison qui t'empêche de vouloir aller à Yale est on ne peut plus tordue ou injuste, mais je suis comme un dingue à l'idée que tu pourrais te trouver dans la même fac que moi.

Elle tourne légèrement la tête vers son épaule, si bien que je ne vois que son profil et une fossette, signe qu'elle sourit.

— C'est vrai ? me demande-t-elle.

— Ouais. Pourquoi on ne ferait pas éternellement ce qu'on a envie de faire ?

Le lendemain, le soleil est de retour, et tout d'un coup c'est l'été. La clim du lycée est cassée depuis on ne sait plus combien de temps, et c'est franchement pénible à l'intérieur, même si ça m'est égal parce que ça veut surtout dire que les vacances approchent et qu'il y a quelque chose d'agréable à râler, tous, profs compris. Je m'allonge carrément par terre en cours d'espagnol : M. Ochoa est cool, il s'en fout du moment qu'on fait nos devoirs – et puis comment nier que les températures s'envolent ? Quinn, qui est occupé à dessiner une bite sur le côté du bureau juste à côté de moi, me dit en me surplombant :

— J'en reviens pas de me dire que c'est la dernière fois qu'on transpire dans nos frocs ici.

— Tu penses avoir dessiné assez de bites sur assez de bureaux ?

— Oh, loin de là ! L'œuvre d'un artiste n'est jamais achevée.

— On se fait *SuperGrave* ce soir ?

— Impossible, me répond-il en utilisant sa gomme pour créer des effets de relief. Je vais au ciné avec Mina.

— Ah oui, c'est vrai. Vous allez voir quoi ?

— Le film dans lequel Blake Lively affronte un requin.

Il me regarde et ajoute :

— Quoi ?

— Rien.

J'éclate de rire.

— Hé, c'est elle qui l'a choisi ! C'était ça ou un truc qui s'appelle *Avant toi*.

— Ça a l'air plus romantique.

— Tu crois que ça veut dire quelque chose ?

Il observe son œuvre d'art, sourcils froncés.

— Qu'elle ait pas choisi le film romantique ? ajoute-t-il.

— Ne me pose pas la question à moi ! Tu t'aventures dans un territoire qu'aucun homme n'a encore exploré. Il n'y a pas de cartes pour se repérer au pays de Mina.

Ça le fait sourire.

— Je vais conquérir la lune.

— Non, t'en es encore à la chasse au trésor.

Il transforme la bite en fusée, et il s'attaque aux planètes autour quand M. Ochoa approche et lui donne une heure de colle, mais pas avant d'avoir éclaté de rire.

En primaire, trois années de suite, pour Halloween, je me suis déguisé en astronaute et Quinn en pirate. Ma mère a immortalisé les trois fois et fait imprimer les photos pour les encadrer et les afficher dans ma chambre. Cette année, on a renoué avec la tradition, en souvenir du bon temps. Hollis a failli me tuer parce qu'elle voulait qu'on se déguise en Daphné et Fred de *Scooby-Doo*. Je crois bien qu'on s'était séparés d'ailleurs – même si c'était plus le symptôme d'un problème que sa véritable cause –, mais on s'est réconciliés à la soirée d'Halloween. Elle portait la robe violette et le foulard vert de Daphné, et je ne suis qu'un pauvre humain, après tout. On a beaucoup plaisanté sur notre engueulade ce soir-là.

Je lui écris :

> tu te rappelles quand on a couché ensemble dans la salle de bains le soir d'Halloween, que Quinn nous a surpris et que tu as claqué la porte en le traitant de petit fouineur

Elle répond aussitôt :

> Évidemment

Puis :

> Il fait tellement chaud que j'ai envie de mourir. Je suis en brassière de sport à la bibli...

Je lui dis :

> tu veux vraiment relancer le sujet vestimentaire

Elle me rétorque :

> Non merci.

> oups

> Je dégouline de sueur

> degueu

> On devrait coucher ensemble à la bibli

> ouais sans doute

> Rejoins-moi.

> sérieux ?

> Non, bien sûr que non.

Puis :

> Les toilettes des filles au deuxième sont condamnées.

> j'arrive

On débarque en retard à la pause déjeuner, et il n'y a personne à notre table habituelle dehors, alors on entre dans la cafèt. J'ai la surprise de voir Mina assise avec tout le monde. Elle a un bouquin ouvert devant elle mais elle est là, à table, à côté de Quinn. Et quand on les rejoint elle est même en train de rire.

— Pourquoi vous êtes à l'intérieur ? demande Hollis.

— Mina s'est installée à cette table et je l'ai suivie, répond Quinn. Et vous étiez où, vous ? Pourquoi vous transpirez autant ?

— Tout le monde transpire, réplique Hollis en m'entraînant de l'autre côté de la table.

Il y a vraiment tout le monde… J'imagine que les autres ont suivi Quinn.

— T'as du mal à penser au-dessus de la ceinture, hein ? lui lance-t-elle.

— Eh ouais, riposte-t-il, je suis comme ça !

Mina glousse. Il lui fait une grimace en déformant son nez. Elle lui en fait une autre.

— C'est très bizarre, me chuchote Hollis, profitant qu'une conversation occupe les autres.

Mina, elle, a repris sa lecture en retenant un petit sourire.

— Mais j'ai aussi l'impression qu'ils se sont trouvés, ajoute Hollis.

— Je sais pas trop, lui dis-je. En tout cas, elle a l'air heureuse.

— Ouais, Quinn aussi. Ils se sont écrit jusqu'à 3 heures du matin.

— Comment tu sais ça ?

— Par Quinn. Il m'a dit qu'il avait eu l'impression d'avoir douze ans, planqué sous sa couette avec son téléphone. Enfin, dans le bon sens du terme, il s'est bien amusé. Il m'a envoyé des captures d'écran.

— J'ai rien reçu, moi…

— Parce que t'es pas doué avec les textos.

Je n'ai rien à répondre à ça, alors je prends la pomme posée devant elle et mords dedans. C'est de la bouillie tiède.

— Elle est vraiment marrante, reprend-elle en observant Mina, qui garde son petit sourire en coin pendant qu'elle lit. Je ne m'étais pas rendu compte qu'elle l'était autant.

— C'est pas faute de te l'avoir répété depuis des années. Cette pomme est dégueu. Tout est dégueu, ici. Y compris nous. On est tous en train de mijoter dans cette marmite brûlante, la température monte, monte, monte, on va finir par bouillir vivants sans s'en rendre compte.

— Tu me l'avais jamais dit, non, rétorque-t-elle en m'observant, moi, à présent. Tu as toujours insisté pour qu'on devienne amies, mais t'as trop rien fait pour que ça arrive.

— Ce que je sais, c'est que je ferais n'importe quoi pour ne pas avoir encore une fois cette conversation.

— D'accord. Tu veux passer ce soir puisque tous tes amis sont occupés ?

— J'ai d'autres amis…

— Cap.

Elle me prend le visage à deux mains et le secoue légèrement.

— Je te taquine, ajoute-t-elle. Ne sois pas aussi grognon.

— Désolé.

Je presse mon front contre le sien une seconde avant de m'écarter et de poursuivre :

— D'accord, je passerai. Je dois juste aller motiver Mina pour sa soirée.

— Je pourrais venir aussi. Qu'est-ce que tu vas lui conseiller pour sa tenue ? Ses éternelles Converse noires ? Un short et un tee-shirt rayé ?

— Hé, j'ai pas eu de captures d'écran, moi. Laisse-moi ça…

— Très bien. Et n'hésitez pas à m'appeler en vidéo si vous avez besoin de moi.

Pile à ce moment-là, Noah vient s'asseoir entre nous.

— Mec, Hollis m'a fait comprendre qu'une des filles de la bande avait laissé entendre qu'elle me kiffait, mais elle ne veut pas dire qui, pour une histoire de loyauté entre meufs ou chais pas quoi.

Il fixe Hollis en roulant les yeux. Elle avale une petite bouchée de sa salade sans le regarder.

— Moi, j'ai besoin d'une cavalière pour le bal, et Sophie, une meuf de seconde, m'a rembarré.

J'éclate de rire alors que je suis en train de boire une gorgée d'eau et manque de m'étouffer. Il me tape dans le dos. Hollis se lève pour aller jeter la fin de son repas. Je suis toujours en train de m'étrangler quand Noah insiste :

— Tu peux te renseigner pour moi ?

Je me racle la gorge et lui fais signe de se rapprocher.

— J'ai déjà la réponse. C'est Becca. Mais je ne t'ai rien dit.

— Elle est pas mal en plus, approuve-t-il avant d'aller s'installer à l'autre bout de la table.

— Tu devrais recevoir un A+ pour tous tes efforts en prévision de ce bal, glissé-je à Hollis lorsqu'elle vient se rasseoir. C'est ta plus grande réussite.

Les conneries fusent autour de la table, c'est toujours comme ça dès qu'on mange à l'intérieur, parce que les tables sont immenses, aussi longues que celle de la Cène. Dehors, leur forme ronde favorise les échanges intimes. C'est plus difficile d'intriguer en douce ou de faire des messes basses quand on est tous assis les uns en face des autres. Bien entendu, il a fallu qu'Hollis me le fasse remarquer.

— Merci, me dit-elle. L'idée de génie, c'était de ne pas lui en parler frontalement. Les mecs sont curieux de nature, ils restent des gosses, ils adorent avoir des missions et résoudre des mystères. Et puis une fois qu'ils se sont passionnés pour un truc, ils ne savent même plus très bien comment ça leur est venu. Et la machine est lancée.

— Plus rien ne l'arrêtera jusqu'au bal.

— Exactement.

— Dommage qu'ils ne sachent pas qui les manipule. Tu mériterais des remerciements.

— Je veux simplement qu'on soit tous ensemble. Et c'est important, les bonnes actions, ajoute-t-elle sérieusement. Les actions désintéressées.

Quand j'arrive chez Mina, cet après-midi-là, je la trouve dans sa chambre, étendue à plat ventre sur son lit, avec tout le contenu de sa penderie éparpillé par terre.

— Je vais devoir annuler, m'informe-t-elle d'une voix étouffée par son oreiller.

J'enjambe ses vêtements pour m'approcher.

— D'accord. Pourquoi ?

— Parce que tout ce que j'essaie me donne l'air d'être déguisée, que je dégouline de transpiration et que j'ai mille fois plus envie de regarder un film avec toi.

C'est stupide, pourtant aussitôt je sens une onde de joie se diffuser dans mon ventre.

— Sans blague, Mi, lui dis-je. Évidemment qu'on a toujours plus envie de faire ça.

Je ramasse quelques-unes de ses robes avant d'ajouter :

— Mais la vie s'obstine.

Elle roule sur le dos et rive ses yeux sur le ventilateur au plafond.

— C'est le mot du jour de mon application. *S'obstiner.*

— Un peu fastoche pour toi, non ?

Je lui montre la robe bleue qu'elle portait à la fête d'Hollis.

— Pourquoi tu remets pas simplement celle-ci ? Elle était bien.

— Comment ça « bien » ?

— Bah, moi, quand je t'ai vue avec, je me suis dit qu'elle était bien, pas nulle.

— Je ne peux pas faire ça, Caplan. Je donnerais l'impression d'être comme cette conne de Cendrillon et de n'avoir qu'une seule robe.

— Cendrillon est la plus bombasse des princesses.

— Tu parles, c'est une minable qui se laisse marcher sur les pieds et n'a pas de père.

Je ne sais absolument pas quoi répondre à ça. Elle me tend son téléphone.

— Invente une excuse, il faut que ce soit crédible et gentil.

Elle se remet sur le ventre et gémit :

— Et ensuite, laisse-moi mourir ici toute seule.

J'ouvre le fil de sa conversation avec Quinn. Il lui a écrit :

> j'ai peur des requins et des dates,
mais je suis aussi impatient de te voir
tu m'expliques ?

— Tu as un message, Mi.

Je lui rends son portable. Elle le lit et elle fait une tête que je ne lui ai jamais vue, avec la bouche légèrement entrouverte. Puis elle se mordille la lèvre et s'affale de nouveau sur son lit.

— Putain, putain, putain.

— Bon, dis-je en me relevant et en sortant mon téléphone. Trois « putain ». On a besoin de l'artillerie lourde.

— C'est-à-dire ?

J'appelle Hollis sur FaceTime. Elle décroche avec un air satisfait. En entendant sa voix, Mina écarquille les yeux et secoue la tête avec vigueur. Je lui fais signe d'arrêter et j'attaque la conversation bille en tête.

— Salut ! Tu avais raison et j'avais tort : on a besoin d'aide.

Je me baisse pour éviter la chaussure que Mina me lance. Elle me murmure que je profite de sa vulnérabilité, ou un truc du style.

— D'accord, passe-la-moi, me répond Hollis.

Je tends le téléphone à Mina, qui tape du pied par terre avant de le prendre.

— Salut, dit-elle, l'air parfaitement calme. Désolée, c'est la honte…

— Tu déconnes ? C'est le truc que je préfère au monde. Tu veux être bonne ou mignonne ?

— Euh, ben, les deux.

— Exactement ! D'accord, tu as un débardeur blanc tout bête, le style qu'on porte en cours de sport ?

— Oui…

— Parfait, alors enfile-le. Caplan va faire une petite encoche sur le côté, juste sous tes seins. Ou un peu plus bas si t'es pas à l'aise. Ensuite, retire-le, et déchire la partie du bas pour faire un crop top.

— D'accord…

— Tu te souviens de cette jupe blanche que tu portais en troisième pour le concert de printemps ?

— Je crois, oui.

— J'y ai repensé dernièrement, j'aimerais en avoir une comme ça pour le dîner après la remise des diplômes, mais je trouve pas la bonne, un truc simple en coton, de forme trapèze, un truc que porterait la Lena de *Quatre filles et un jean* quand elle est en Grèce…

— Elle vient de chez Gap et elle doit avoir dix ans.

— Tu l'as encore ?

— Possible. Je dois vérifier. Elle risque d'être un peu petite pour moi maintenant, non ?

— Essaie-la. Et Cap, trouve-moi des ciseaux !

De retour dans la chambre, je trouve Mina à quatre pattes à l'intérieur de sa penderie.

— Ça y est, dit-elle à Hollis, je l'ai trouvée.

Elle sort la jupe et un petit rectangle jauni tombe à mes pieds.

— Génial, approuve Hollis. Donc tu mets la jupe avec ton débardeur transformé en crop top et la veste en jean bleu foncé de Caplan. Elle doit être par terre dans sa voiture.

Je ramasse le papier cartonné et demande à Mina :

— C'est quoi ?

De son côté, elle lance à Hollis :

— Elle va pas être trop grande pour moi ?

— C'est le but ! Une minijupe, un mini top, et une veste géante. Mais rappelle-moi si le résultat ne fonctionne pas.

Elle raccroche.

La fiche que je tiens a l'air tout droit sortie d'un vieil album de souvenirs.

— C'est quoi *Chrysanthème* ? Et tous ces noms en dessous ?

Elle soupire.

— C'est rien, un vieux machin.

Elle pose la jupe et le débardeur sur le lit.

Je brandis les ciseaux et elle les foudroie du regard.

— Tu veux pas plutôt me frapper avec ?

— Mina…

— Pas forcément en plein cœur, mais dans la cuisse, ou même le mollet, il suffit que la plaie soit assez importante pour qu'il faille aller aux urgences.

— Tu n'as vraiment pas envie de retrouver Quinn ? Parce que tu n'es pas obligée, tu sais.

On échange un long regard.

— C'est bon, Mina, tu peux me le dire…

— J'ai hyper hyper envie d'y aller, lâche-t-elle soudain.

— Bon, d'accord. Dans ce cas, on va fabriquer ce crop top.

— Ne mate pas.

Elle commence à retirer son tee-shirt. Je ferme les yeux. Et tout à coup, sans raison, je me sens mal à l'aise. Mais genre super mal à l'aise. Au point que, si je ne dis rien, la pièce risque d'exploser, ou bien alors je vais perdre le contrôle de mon corps, rouvrir les paupières sans l'avoir décidé – mais dans ce cas, bon, je verrais le dos de Mina, et franchement ça n'a rien de sexy, alors ça n'aurait même pas d'importance, et je ne sais pas pourquoi je pense à tout ça, peut-être que j'ai simplement du mal à me faire à l'idée que Mina a envie de sortir avec un mec. Et d'avoir l'air bonne.

— Je descends chercher la veste, dis-je en criant.

J'essaie de quitter la chambre sans rouvrir les yeux et je me prends un mur.

Je traverse la rue en courant, et la veste se trouve à l'endroit prédit par Hollis.

Je propose à Mina de la conduire au ciné, mais elle refuse en m'expliquant que je ne vais pas la déposer à un rancard comme si j'étais le fantôme de son père. Alors je me retrouve à errer de pièce en pièce chez moi, jusqu'à ce que ma mère m'ordonne de quitter les lieux parce que je la stresse. Je décide d'aller à pied chez Hollis et, au moment de sortir, je croise Oliver, qui rentre de son entraînement de lacrosse.

— C'est Mina que je viens de voir monter dans la voiture de Quinn ? me demande-t-il.

— Ouais.

— T'es vraiment teubé en fait.

— Quoi ? Pourquoi tu dis ça ?

Il secoue la tête.

— Allez, va te branler plutôt.

— Toi-même.

— Pas besoin, je vais voir ma meuf. Je t'explique, c'est une fille avec laquelle tu t'entends bien et donc, quand tu te retrouves seul avec elle…

Il essaie de me frapper avec sa crosse et loupe ma tête.

Sur le chemin de chez Hollis, je sors de ma poche le bout de carton que j'ai ramassé chez Mina et qu'elle a qualifié de « vieux machin ». J'ai l'intention de le jeter dans l'une des poubelles qui s'alignent sur le trottoir – les éboueurs passent demain matin –, mais brusquement je comprends ce que c'est. Mina les collectionnait quand on était petits : les fiches cartonnées des bibliothèques d'autrefois. Je me plonge dans la liste de noms à l'encre décolorée. *Eleanor Jacobs, 16 août 1996. April Halloway, 1er septembre 1996. Maggie Briggs, 14 septembre 1996.*

Puis *Eleanor* encore, six fois de suite. Et enfin, tout en bas, *Kitty Jacobs, 11 juin 1997*. Je retourne la fiche. D'une écriture qui ressemble à celle de Mina, plus petite et plus ronde, je lis : « *Chrysanthème*, de Kevin Henkes, premier livre préféré de Mina, 2001. » Je range la carte dans ma poche en veillant bien à ne pas ni la plier ni l'écorner.

— Ça a donné quoi ? me demande Hollis dès que je me suis écroulé sur son lit.

— Elle est habillée comme toi.

— C'est même pas vrai. J'ai justement fait gaffe à respecter son style et à pas lui imposer…

— Je déconne, Hollis. Elle n'était pas habillée comme toi, et elle était parfaite.

— T'as pas l'air de déconner.

— Ah bon, alors j'ai l'air de quoi ?

— Je sais pas.

Elle s'allonge à côté de moi et commence à dessiner sur mon bras du bout des doigts.

— Je peux te demander pourquoi tu t'investis autant dans cette histoire entre Quinn et Mina ?

J'ai l'impression de marcher sur des œufs.

— Ça te paraît pas évident ? me rétorque-t-elle.

— Non, et d'ailleurs rien de ce que font les gens en ce moment n'est évident pour moi.

— Eh ben, ça me soulagerait de ne plus avoir l'impression que tu as deux meufs en même temps.

J'ai du mal à croire ce que j'entends.

— Tu le penses vraiment ?

— Non, me répond-elle. Je suis excessive.

Je ne dis rien.

— Bon d'accord, ouais, parfois. Mina serait ta copine pour les sentiments et moi… je ne sais pas. Celle pour le sexe.

— Putain, c'est horrible.

Je ris avant d'ajouter :

— Tu devrais pas dire des trucs comme ça sur toi.

— C'est bon, Cap. Je suis fautive, aussi. Si j'étais moins jalouse, je me foutrais que ta meilleure amie soit une meuf, et on aurait zéro problème.

Hollis est si consciente de ses défauts et qualités, elle en parle avec une telle facilité que je suis à la fois impressionné et jaloux. Au point que je loupe presque ce qu'elle ajoute :

— Et puis j'étais persuadée qu'elle était secrètement amoureuse de toi.

— Jamais de la vie.

— Oh, si, elle l'était. Mais je crois que c'est terminé.

Ses mains s'immobilisent sur mon bras et je comprends qu'elle attend ma réaction.

— Si tu le dis…

— Je pense que la situation va être un peu plus équilibrée maintenant.

— Eh ben tant mieux, alors.

— Avant, j'aurais donné n'importe quoi pour qu'on soit un couple de meilleurs amis.

— Ils sont tellement chiants, ces couples-là. Je te parie qu'ils ne couchent jamais ensemble.

— Bien sûr.

— Une petite douche ?

Elle rit et roule de l'autre côté pour se lever.

— En route, meuf pour le sexe.

Je l'attire vers moi et la soulève pour la poser sur mon épaule.

— C'est vraiment pas drôle, Caplan.

— Alors pourquoi tu te marres autant ?

Une fois sous la douche, impossible de bander. Ça n'a rien de choquant ou d'inédit. Ça fait juste longtemps que ça ne m'est pas arrivé. Depuis la seconde à vrai dire. J'ai l'impression d'avoir quinze ans, et je voudrais qu'Hollis arrête de me dévisager. Je cherche un truc drôle à dire.

— Désolé.

— Je m'en fous complètement, me répond-elle en s'asseyant sur le rebord de la baignoire avec sa serviette. Ce qui m'embête, c'est que tu sois contrarié et te conduises bizarrement.

— OK, bon, je me conduis pas bizarrement.

— Mais tu te sens mal ?

— Je me sens incroyablement normal.

— « Incroyablement normal », d'accord…

Elle m'observe une seconde. Puis elle se lève pour venir m'enlacer.

— Désolé, répété-je.

— C'est vraiment rien, Caplan.

— Je peux toujours me servir de mes mains, si tu as envie que je te…

— Non, ça va. Tu veux me brosser les cheveux ?

— Bien sûr. Enfin, il est un peu tard, il faut que je rentre.

— D'accord.

Elle se poste devant le miroir et entortille ses cheveux au-dessus d'une de ses épaules pour les essorer dans le lavabo.

Elle ne me raccompagne pas.

Sur le chemin du retour, j'écris à Mina pour lui demander comment ça se passe. Elle ne me répond pas, et j'en déduis que tout va bien, qu'elle n'est pas allée se planquer dans les toilettes ou ailleurs. Je jette un coup d'œil à la fenêtre de sa chambre en passant, elle est plongée dans le noir. Puis, au moment où je remonte l'allée vers la porte de chez moi, la voiture de Quinn s'engage dans la rue. Soyons clairs : Quinn ne possède pas de voiture, elle appartient à son frère aîné, qui est à la fac. Il est dur en affaires et négocie toujours un truc balèze en échange ; même quand les tractations ont réussi, Quinn doit prendre le bus pour aller la chercher à East Lansing. La dernière fois qu'on en a eu besoin, Quinn a dû accepter de conduire tous les membres de la fraternité de son frère trois week-ends de suite pour leur permettre de se bourrer la gueule.

Je m'arrête au milieu de l'allée et j'attends qu'ils m'aperçoivent pour leur faire signe. Je proposerai peut-être à Quinn de fumer, mais il la raccompagne jusqu'à sa porte sans qu'ils m'aient, ni l'un ni l'autre, remarqué. Mina se tient les coudes dans le dos, bras croisés. Tout à coup, je me sens super gêné d'être là à les mater. D'un autre côté, je n'ai aucune envie qu'ils m'entendent ouvrir ma porte, alors je me retourne, je piétine un peu, je cligne des yeux et soudain… ils s'embrassent. Et pas du bout des lèvres, putain, ils s'agrippent mutuellement et ils se balancent sur place. Je panique et file me planquer derrière les poubelles sur le trottoir. Je m'accroupis comme un vieux pervers, j'enlace mes genoux et je respire aussi fort que si je venais de courir dix bornes. Que si quelqu'un venait de faire tomber un truc hyper lourd sur ma tête. Genre le ciel tout entier. Je le regarde justement. J'ai l'impression que la rue tangue pour aller à la rencontre des étoiles. Je me dis vaguement que ce serait la cata d'être surpris dans cette position, roulé en boule derrière les poubelles. Autant remonter mon allée à quatre pattes pour qu'ils ne me voient pas, et pourtant j'ai à peine fait quelques centimètres que je me sens complètement débile. Sois normal, enfin, comporte-toi en être humain normal, lève-toi et siffle-les, ou je sais pas quoi. Sauf que, quand je me mets debout, je vois que Quinn a les mains sur les fesses de Mina. La jupe est remontée autour de sa taille. Elle porte une petite culotte blanche toute simple.

Je me force à tourner les talons pour rentrer chez moi. Je m'empêche de courir et de claquer la porte. En cas d'urgence, gardez votre calme et dirigez-vous vers les issues, bla-bla-bla. Ma mère tente de m'adresser la parole quand je la croise dans l'escalier, mais il y a un problème avec mes oreilles, alors je vais tout droit dans ma chambre, je m'allonge de travers sur mon lit et je fixe le plafond.

Hollis m'a dit un jour que les mecs étaient tellement cons avec leurs sentiments qu'ils attendent d'avoir une tumeur pour se rendre compte du problème. Aux environs de 4 heures du mat', je prends la décision de ne pas laisser une chose pareille m'arriver. De ne pas m'enfoncer dans le déni. De prendre les devants.

Je suis attiré par Mina. Et ce n'est pas grave. Ce jour devait, sans doute, forcément arriver. Des tas de gens sont attirés par leurs amis. Ça se produit tous les jours. Des gens attirés par leurs amis canon sans que ça gâche leur vie. Je ne ressens sans doute ça que parce qu'elle a un faible pour quelqu'un d'autre, un de mes meilleurs potes, et c'est dans la nature humaine. C'est tout à fait naturel, pas de quoi en faire des caisses, je vais gérer.

Le lendemain au lycée, lorsque je sors de la première heure de cours, je la vois avec Quinn près de la fontaine à eau. Quand elle se penche pour boire, il l'attrape par la taille pour attirer ses hanches vers les siennes. Elle rit tellement qu'elle recrache de l'eau. Je suis hypnotisé par la scène et je percute de plein fouet la porte grande ouverte d'une salle de classe. Je me cogne la tête si fort que je vois trente-six chandelles.

Je comprends alors que la tumeur est peut-être déjà là.

Chapitre 14

MINA

Après le premier *date* de toute mon existence, je referme la porte d'entrée et m'assieds par terre. Je mets ma tête entre mes genoux. Je me répète que ce que je ressens, et que je suis incapable de définir, n'est pas désagréable.

Je continue à me le seriner pendant que j'agrippe mes tibias. Ce n'est pas désagréable. Je me rends compte que je souris. Je suis au bord de l'éclat de rire, mais je ne me rappelle pas ce qu'il y avait de drôle. Juste qu'on était en train de s'embrasser et de se marrer en même temps. Ce n'est pas désagréable.

Dans les grandes œuvres du cinéma et de la littérature, les baisers sont souvent comparés à des feux d'artifice. Ce n'est pas du tout ce que je ressens. Mais je me souviens tout à coup que, petite, je pleurais tous les ans à la fête du 4 juillet parce que je trouvais que ça faisait trop de bruit et trop de lumière. Alors tant mieux.

Je referme les yeux et laisse mon cerveau scanner mon corps entier. Tout a l'air en place. Je n'ai même pas mal au ventre alors que j'ai dû engloutir une centaine de bonbons.

Quand je monte, je constate que la lumière de la chambre de ma mère inonde le couloir. Je passe une tête à l'intérieur de la pièce, elle dort. J'entre pour éteindre sa lampe.

— J'ai lutté contre le sommeil marmonne-t-elle. Je voulais que tu me racontes ta soirée.

— Tout va bien, rendors-toi, maman.

— Je sais que tu as dit que ce n'était pas un vrai rendez-vous…

Elle soupire et glisse ses mains sous sa joue.

— Je crois que c'en était un, en fait. Un vrai.

— Un vrai rendez-vous ?

— Oui.

Elle sourit sans ouvrir les yeux. J'attends qu'elle dise quelque chose, mais elle s'est rendormie. Je vais dans la salle de bains me brosser les dents et je bloque sur mon reflet dans le miroir : je n'arrive pas à savoir si j'ai changé ou pas. J'ai les lèvres gonflées et les joues rouges. J'ai l'impression d'avoir été fendue en deux. Je me sens à la fois mal à l'aise et jolie. Ma bouche me paraît différente. Peut-être que c'est dû aux sensations qui sont différentes, je ne sais pas.

Je me glisse sous ma couette sans me livrer à mon habituelle routine du soir. J'ai des textos de Caplan qui veut savoir comment ça s'est passé. Je m'excuse pour mon comportement de la fin d'après-midi et je le remercie de m'avoir rassurée. Je lui dis que je me suis vraiment bien amusée et que peut-être je vais finir par devenir une fille normale après tout.

Le lendemain, j'ai l'impression d'évoluer dans la vie de quelqu'un d'autre. Quinn vient me chercher à la fin de chaque cours pour m'accompagner au suivant, et on marche si près l'un de l'autre que nos épaules se touchent.

— Les gens nous regardent, lui dis-je.

Il essaie de me prendre la main et je le pousse contre une poubelle. Je n'ai plus trop le temps de m'inquiéter des lorgnades des autres tellement je ris.

On arrive en histoire et il s'arrête à l'entrée de la salle, si bien que tous les élèves déjà arrivés peuvent nous voir. La prof n'est pas encore là, bref ils sont au spectacle.

— C'est un peu dingue, dis-je.

Je regrette de ne pas avoir lâché mes cheveux – il serait le seul à voir mon visage.

— Mais pas dans le mauvais sens, si ?

— Je ne sais pas encore.

— Préviens-moi quand tu sauras.

Il prend une profonde inspiration, comme pour se donner du courage et met les mains dans ses poches.

— Quoi ?

— J'allais t'embrasser sur la joue ou…

— Fais pas ça. Je vais mourir de honte.

Une lueur pétille soudain dans son œil, et il le fait, mais si vite qu'il cogne son menton contre le mien. Puis il prend littéralement la fuite.

— Salut ! me crie Caplan lorsque je m'assieds devant lui.

Il s'est tellement penché en avant que les deux pieds arrière de sa chaise ne touchent plus le sol.

— T'emballe pas, lui murmuré-je.

Il traîne sa chaise entre mon bureau et celui sur ma droite. Il est occupé par Lorraine Daniels, par chance plongée dans son carnet à dessins et qui nous ignore complètement.

— Alors, raconte.

— Il n'y a rien à raconter. Je te l'ai dit, c'était très sympa.

— Vous êtes ensemble ?

Il rapproche encore sa chaise de la mienne.

— Arrête.

— Mme Cane n'est même pas arrivée.

— Tu fais ton frimeur, là.

— Et pas toi ?

Une remplaçante entre dans la classe ; elle traîne un vieux téléviseur sur une table à roulettes. Elle éteint la lumière, et une lueur s'éteint aussi en moi. Je regarde droit devant en essayant de ne pas pleurer. C'est une chose d'avoir l'impression de faire semblant d'être une autre. De me sentir ridicule. C'en est une autre d'en donner l'impression.

— Mina, murmure Caplan.

Je secoue la tête.

— Mina, insiste-t-il, je suis désolé, c'était pour déconner.

La remplaçante nous montre un documentaire sur la peste bubonique. Je sens les yeux de Caplan sur moi dans le noir, pendant toute la durée de la projection. Je finis par ne plus en pouvoir et par demander l'autorisation d'aller aux toilettes. Je sais bien qu'il va me suivre.

— Caplan, lâche-moi.

— Miss Bidule a dit qu'elle n'avait qu'un seul passe et qu'on devait aller ensemble aux toilettes.

— Comme c'est pratique.

Quand je finis par le regarder, je constate qu'il a les yeux écarquillés et qu'il a mis sa lèvre en charpie à force de la mordiller. Deux demi-lunes violettes soulignent ses yeux.

— Qu'est-ce qui t'arrive ?

— Oh, tu sais, la peste, c'est pas trop mon truc, plaisante-t-il.

Je fais l'erreur de rire.

— Tu ne frimes pas, Mi. Quinn, oui, et il a bien raison, parce que tu es... Tu vois, quoi. Bref, je suis désolé. J'ai été nul de dire ça.

— Ça va. C'est un peu bizarre. Non, c'est carrément bizarre.

— Pas du tout.

Je roule les yeux.

— Arrête, Mi, je t'assure. Je peux te prendre dans mes bras ?

Encore un vestige du passé. Pendant des années, je sursautais chaque fois que quelqu'un me touchait. Caplan me demandait toujours l'autorisation. En allant mieux, je lui ai dit qu'il n'avait plus besoin de le faire, mais il continue de temps en temps. Je ne sais jamais si c'est le hasard, son instinct, ou un mélange des deux.

— Bien sûr.

— Amis ? demande-t-il en me serrant plus longuement que je ne m'y attendais.

— Évite juste de faire le con.

— Pigé. J'arrête.

On s'écarte l'un de l'autre puis on retourne en classe.

— Tu ne voulais pas aller aux toilettes ? me demande-t-il.

— Et toi ?

— Non, répond-il avec un sourire, pas vraiment.

— Moi non plus.

Au déjeuner, je suis fébrile ; j'ai peur que Quinn veuille s'afficher en public et que ça me mette mal à l'aise, mais il n'en a pas trop l'occasion parce que tout le monde me parle. Je m'assieds à côté de lui et, dès que je ne sais plus quoi dire, il vole à mon secours. Des gens qui ne m'ont encore jamais adressé la parole m'apostrophent à travers la table. Je crois qu'ils s'intéressent à moi, qu'il se montrent gentils uniquement à cause de lui, de ce garçon. C'est comme ça que fonctionne le lycée. Je l'écris dans une note de mon téléphone, que je passe à Caplan. Il me répond que c'est peut-être plutôt parce que je n'ai pas sorti de livre aujourd'hui.

Ruby est obligée de m'appeler deux fois par mon prénom pour attirer mon attention.

— Tu veux venir, Mina ?

— Désolée, je pensais à autre chose.

Elle me sourit comme si c'était quelque chose que je faisais constamment et qui l'attendrissait. Comme si elle me connaissait.

— On se retrouve chez moi ce soir avant la fête. Tu viens ?

— Ah…

Je me tourne vers Quinn, persuadée que, s'il avait eu envie de je vienne, il m'en aurait parlé. C'est la stratégie que j'ai toujours adoptée avec Caplan. Je ne m'inscrivais qu'aux sorties scolaires dont il m'avait parlé, au cas où il n'aurait pas été d'humeur à veiller sur moi. Quinn, lui, ne me dit pas quoi faire. Il se contente de me sourire.

— Ouais, bien sûr, avec plaisir, dis-je à Ruby. Merci.

— C'est pas dément que Mina vienne ?

Quinn s'adresse à Caplan tout en me tenant par les épaules. On a fini de déjeuner.

— Ouais, c'est super ! Génial.

— La fête a lieu où ? demandé-je.

— Chez un élève de Saint-Mary.

— Vous êtes sûrs que je suis invitée ?

Quinn se tord de rire, l'air de trouver ma question mignonne, alors je regarde Caplan, qui reste muet. Il fixe nos baskets. Arrivée devant ma salle de français, je me rends compte qu'ils m'ont tous les deux accompagnée en cours.

— Cap, tu peux rester une seconde ?

Quinn tire sur ma queue-de-cheval avant de s'éloigner à grandes enjambées dans le couloir. Je demande :

— Ça te pose pas de problème ?

Caplan cligne des yeux. Il ouvre la bouche, la referme puis l'ouvre de nouveau. On parle en même temps :

— Quoi, Quinn et toi ?

— Pour la fête de ce soir.

Il me dévisage.

— Je suis pas obligée de venir, tu sais. Ni à la fête ni avant chez Ruby. J'ai bien conscience que ce sont tes amis, ta vie, et je ne tiens pas à…

— Qu'est-ce qui te prend ?

— T'étais super silencieux pendant le déjeuner…

— Mina, j'ai toujours voulu ça, que tu sois là. Je te propose tous les vendredis de sortir avec nous.

— Alors ça te pose vraiment pas de problème ?

Il se mordille la lèvre avec cette drôle d'expression nouvelle, qui ne lui ressemble pas. Je m'apprête à ajouter que je n'ai pas réellement envie de venir si ça fait toute une histoire…

— Non, non, au contraire.

Puis ça sonne, et je le regarde s'éloigner en trottinant dans le couloir, juste avant d'être arrêté et de se prendre un billet de retard.

En français, je sors mon ordinateur pour répondre à un quizz en ligne. Tout à coup, je reçois un million de messages, accompagnés d'un petit *ding*. La prof me foudroie du regard, et je me dépêche de couper le son. Un numéro de téléphone inconnu m'a ajoutée à un groupe de conversation composé de numéros tout aussi inconnus.

Je n'ai jamais fait partie d'un groupe qui n'avait pas été créé pour un exposé en classe.

« Hourra ! Mina !!! » Le message s'accompagne de l'émoticône d'un feu d'artifice. Un sentiment très puissant se déclenche en moi, qui ne va pas sans rappeler un vrai feu d'artifice. Une symphonie silencieuse de stupeur et d'émerveillement.

« Allez, on se présente », dit le numéro qui m'a ajoutée. Et tous les membres du groupe le font. Je comprends que le premier numéro est celui d'Hollis. Mes mains tremblent, je tape et j'efface plusieurs messages avant de m'arrêter sur le classique : « Salut tout le monde ! »

Le groupe s'appelle « Sans couilles ». Je passe la fin du cours de français à suivre la pièce qui se joue sur mon écran :

> *On va mettre quoi*
> *on part à quelle heure*
> *Noah vient de roter en cours*
> *J'ai un de ces mal de bide, je suis super courageuse*
> *je suis aux chiottes pour prendre des sexpics, mais les meufs là veulent pas partir je déteste ce lycée*
> *moi je l'adore M. Ochoa est beau gosse ou j'ai vraiment trop faim*
> *il est pas mal mais oui tu as trop faim*
> *on peut sécher la dernière heure pour aller s'acheter à manger*
> *non on ira après les cours*
> *qui a une voiture*
> *j'ai envie d'un hot dog du supermarché*
> *dégueu*
> *ça me fait trop envie moi aussi t'es un génie*
> *Mina tu viens !*
> *On est en train de l'inonder la pauvre.*

> Pas du tout ! Et d'accord pour le hot dog !

> YOUHOU
> On a assez de voitures ?
> On se serrera

Après les cours, je vais attendre près de l'issue de secours, où je retrouve toujours Caplan. Il m'écrit pour m'informer que c'était son cinquième retard et qu'il est donc collé. Je suis là, à l'arrière du lycée, scotchée sur mon téléphone, quand la porte s'ouvre à la volée et qu'ils débarquent tous au soleil. Quinn essaie de me prendre le bras, mais Hollis est plus rapide et m'entraîne vers les filles.

— C'est injuste ! s'écrie Quinn.

— Retrouve-nous au supermarché ! lui dit Hollis.

Elle me laisse monter à l'avant, à côté d'elle.

— Normalement, il faut faire le premier trajet dans le coffre, observe Becca d'une voix étouffée. C'est un rite de passage…

— On ne va pas la bizuter, enfin.

— Merci !

Hollis tend la main vers moi pour ouvrir la boîte à gants. Elle contient des cannettes de boisson pétillante alcoolisée. Tout le monde m'applaudit quand j'en prends une.

— Je dois la vider d'une traite ?

— Si je bois d'un coup un truc qui pétille, moi, je vomis, me répond Ruby.

— Non, ajoute Hollis, tu n'es pas obligée de tout boire. C'est juste pour marquer le coup.

J'ouvre la cannette et avale une gorgée. Ce n'est pas mauvais. Un goût d'édulcorant, la pointe d'âcreté de l'alcool, rien de familier. Aucune des filles ne tient en place, elles sont trop excitées et parlent en même temps des milliers de minuscules victoires et défaites de leur journée, de leurs espoirs et rêves pour la soirée. Je renverse un peu de boisson sur moi. Mon abdomen se contracte, mais je me dis que ça va sécher. Ça me donne envie de rire à gorge déployée et de baisser ma vitre, ce que je fais. Hollis est une bonne conductrice, elle zigzague avec fluidité à travers la nuée d'élèves à pied. Elle me demande de choisir une chanson sur son téléphone, et je panique un instant avant de constater qu'elle a un millier de playlists au moins. J'en parcours une intitulée « Préparatifs entre meufs ». Je lance *Roses* des Chainsmokers, une chanson que je croyais détester. Elle monte le volume si fort que je sens les basses dans mes pieds et ma gorge, c'est comme une sorte de joie qui vibrerait dans mes os.

À l'angle du collège, Hollis s'arrête devant une fille dégingandée et couverte de taches de rousseur qui porte un sac de sport. Son regard nous balaie toutes.

— J'en déduis que je rentre à pied ?

— Désolée, Kel. Je te revaudrai ça…

— Viens, dis-je aussitôt en ouvrant ma portière. On peut se serrer.

La fille ne perd pas une seconde. Elle pose son sac à mes pieds et monte sur mes genoux. Elle reboucle la ceinture de sécurité autour de nous deux.

— Si j'ai une contravention à cause de vous…, proteste Hollis.

— T'as deux meufs dans le coffre ! Et ça va durer deux minutes !

— Très bien ! Mais baisse-toi si tu vois une voiture de police.

J'enlace par la taille la fille qui doit être la sœur d'Hollis, parce que je ne sais pas où mettre mes bras sinon, et ça n'a pas l'air de la déranger un seul instant. On discute ensemble pendant le court trajet. Je sens son poids sur moi, pourtant ça n'a rien de trop pénible.

— Alors, tu as des sœurs, toi ?

— Non, dis-je.

— La chance, soupire-t-elle. J'adore tes chaussures, ajoute-t-elle en admirant mes Converse. Alors tu es qui ?

— Kelly ! s'écrie Hollis.

— Quoi ? Désolée !

— C'est rien, je suis Mina.

— Enchantée de te rencontrer, Mina. Merci de m'avoir fait une petite place.

— Je t'en prie. J'ai l'impression que c'est un peu la politique de ta sœur.

— Ouais, quand elle a envie d'être gentille…

— Très bien, rien que pour ça, tu vas faire les derniers mètres à pied, lui annonce Hollis.

Kelly roule les yeux et descend.

Les garçons arrivent sur le parking au moment où on descend de voiture. Quinn se tient aux montants de la Jeep de Noah, à l'extérieur. Il saute et atterrit avec autant de grâce que Spider-Man au moment où Noah ralentit pour se garer. Devant le supermarché, j'aperçois Lorraine Daniels sur un muret avec des gens que je ne connais pas. Je suis étourdie par cette nouvelle vie sociale, et dans mon enthousiasme je lui adresse un signe de la main. J'ai juste le temps d'enregistrer sa surprise, Quinn m'entraîne déjà à l'intérieur.

Il met une éternité à se décider. Il s'assied en tailleur devant le rayon des chips et critique tout : la saveur barbecue, c'est pour les traînées, les classiques pour les vierges bien sûr, les Cheetos pour ceux qui se curent le nez, les Fritos pour les gens qui applaudissent lors des atterrissages.

— Viens ! me crie Hollis, qui est déjà à la caisse, dans la queue, et me fait signe par-dessus les rayons.

Quinn attrape le bas de ma jupe et joue avec le tissu. J'ai brusquement l'impression qu'on est seuls. Il pose le bout de ses doigts, si légers, juste au-dessus de mon genou. Je m'interdis de détourner le regard en premier.

— MAGNEZ-VOUS ! insiste Hollis.

Quinn se relève alors, sans décroiser les chevilles, tout en souplesse, puis choisit un grand sachet de chips classiques.

— Je vais dire bonjour à ma copine dehors, lui dis-je pendant qu'il se joint à l'embouteillage devant la caisse.

Lorraine ne relève la tête que lorsque je me place pile devant elle.

— Salut.

Elle fume une cigarette.

— Salut, me répond-elle en me la proposant.

— Non, merci.

— C'est mieux pour toi.

— Oh, non, c'était pas un jugement, j'ai juste jamais fumé.

— Je parlais de ton ascension sociale.

Je cligne des yeux sans comprendre.

— Tu as enfin tout ce que tu as toujours voulu.

— Pardon ?

— T'es en couple avec lui maintenant, non ?

Quinn vient de surgir du supermarché, il exhibe avec fierté son paquet de chips et ses six bières.

Je dévisage Lorraine.

— Je voulais juste te dire bonjour.

— C'est ça.

Elle se tourne vers le garçon à sa gauche, qui a fixé l'enseigne au néon clignotante pendant toute la durée de notre conversation, bouche ouverte, et lui demande une autre cigarette. On me klaxonne.

— Il s'appelle Quinn, dis-je en m'adressant aux chaussures de Lorraine.

— Je sais.

— Alors pourquoi tu fais comme si c'était pas le cas ?

Je tourne les talons sans lui laisser le temps de me répondre, gênée d'en avoir fait des caisses. Je monte dans la Jeep des garçons avec Quinn, le monde défile autour de nous en rugissant tandis que nous dévalons la rue, tout paraît incliné et doré sous le soleil de l'après-midi. On franchit un dos-d'âne trop vite et l'un des mecs qui se trouve debout à l'arrière me renverse son milk-shake au chocolat dessus. Il n'a pas fait exprès, c'est juste le bazar qui résulte de la trop grande proximité des gens, qui se heurtent les uns aux autres. Quelque chose finit toujours par déborder. Mais je lèche le milk-shake sur un de mes doigts, et c'est délicieux.

Une fois chez Ruby, Hollis et elle m'emmènent aussitôt à l'étage pour me faire retirer mon tee-shirt blanc au chocolat. Je m'assieds sur le lit, bras croisés. Ruby me rejoint avec un linge humide pour me nettoyer le cou et les clavicules. Son geste est si doux, elle est si concentrée et attentive que mes bras se décroisent d'eux-mêmes. Hollis examine les robes dans la penderie de son amie.

— Un truc sobre, pitié, lui dis-je.

Ils n'arrivent pas à ouvrir le placard à alcool en bas, quelqu'un crie à Ruby de descendre, et Hollis se tourne vers moi avec un minuscule bout de tissu bleu pâle.

— Très drôle.

— Je ne plaisante pas, Mina.

— Si je descends en portant ça, tout le monde va se moquer de moi.

Elle hausse les sourcils.

— Quoi ?

— Pour une fille intelligente, tu es parfois très bête.

Je me sens soudain mal, j'aimerais être dans ma chambre, à moins de dix minutes à pied de là. Sauf que je suis à moitié nue, poisseuse, et à la merci de la personne la plus terrifiante que je connaisse, alors que Caplan est Dieu sait où, que Quinn est en bas et s'attend sans doute à ce que je boive et me rasseye sur ses genoux, alors que j'ai juste envie de rentrer chez moi, mais je ne peux pas me lever et partir, parce que je n'ai plus de tee-shirt, et ces deux éléments sont, pour une raison qui m'échappe un peu, liés. Et puis si je fais des mouvements trop brusques, je risque de pleurer.

— Oh, punaise, Mina, ne fais pas cette tête ! Écoute, tu l'essaies, et si tu détestes le résultat, je ne te forcerai évidemment pas à descendre avec. Personne ne te verra avec, pas même moi. Je ferme les yeux.

— Je sais déjà que je vais détester le résultat.

— Alors pourquoi tu as si peur de l'essayer ?

Je lui prends la robe des mains et me détourne.

— Alors, c'était quoi le problème de cette fille ? Devant le supermarché ?

— Tu l'as entendue ? demandé-je en me débattant avec les bretelles.

— C'est une robe dos nu, enfile-la comme ça. Et non, je ne l'ai pas entendue, mais elle a dû lever les yeux au ciel quatre fois en t'écoutant parler.

— C'est une vieille copine d'école. Enfin, disons plutôt une fille de l'école. Elle se moquait de moi parce que je traîne avec vous.

Je crois que je dis ça pour être méchante : je suis en colère et je me sens humiliée qu'Hollis joue à la poupée avec moi.

Elle se contente de renifler.

— La revanche des binoclardes... Désolée, Mina. Elle est naze cette fille. Ça veut dire quoi de te critiquer sur tes relations ? Les gens peuvent te pourrir la vie pour deux raisons : ils ont été blessés ou ils sont jaloux, basta. Tu as déjà blessé cette fille ?

— Pas que je sache.

— Et voilà. Ne la laisse pas te gâcher ta soirée.

— Si c'est vrai, pourquoi tu m'as toujours pourri l'existence, toi ?

Je me pétrifie, atterrée par ce que je viens de lâcher. Est-ce que je suis ivre d'avoir bu cette boisson légèrement alcoolisée ? Ou d'avoir récolté un peu d'attention ? Hollis me prend par les épaules et je tressaille. Elle me fait pivoter sur moi-même pour que je puisse me voir dans le miroir.

— Réfléchis deux secondes, Mina. À ton avis ?

Chapitre 15

CAPLAN

Quand je finis par sortir de mon heure de colle, je ne prends même pas le temps de rentrer poser mes affaires chez moi et récupérer la caisse. Je vais directement à pied chez Ruby et je finis même par courir le long des derniers pâtés de maisons – avec mon sac à dos qui rebondit, j'ai l'air d'un débile. Je suis convaincu que si je laisse Mina trop longtemps entre les griffes d'Hollis celle-ci va commencer à planifier son mariage avec Quinn, avant qu'ils n'aient eu le temps de dire, l'un ou l'autre : « Je crois que j'en ai envie, oui. » Ce n'était vraiment pas malin de courir, parce que je débarque tout transpirant, assailli par un sentiment que je n'arrive pas tout à fait à identifier.

Tout le monde est dans le salon, agglutiné autour de trois boîtes à pizza aplaties, scotchées ensemble et recouvertes d'écriture au feutre – des noms, des gages… Mon cœur s'emballe aussitôt. J'ai déjà l'impression d'avoir de la fièvre et des hallucinations, je n'ai pas besoin en plus de jouer à un jeu qui a des instructions aussi subtiles que : « Retire un vêtement. » Je ne repère ni Mina ni Hollis, et je m'apprête à partir à leur recherche quand Quinn m'aperçoit. Il crie mon nom. Tout le monde redresse la tête, et la seconde suivante je suis déjà en train de vider une bière sans même avoir pris le temps de poser mon sac à dos débile.

J'en suis à ma troisième bière lorsque Quinn siffle. Je me tourne dans sa direction et découvre Hollis, qui descend l'escalier avec une fille que je n'ai jamais vue et qui ne peut en aucun cas être cette fille que j'ai côtoyée l'essentiel de ma vie. Elle porte une robe dos nu bleu pâle, ses cheveux sont relevés sur le sommet de son crâne et dévalent tout autour de son visage. Elle me considère avec une sorte de haussement d'épaules, ce qui fait monter puis descendre la robe bleue. Quinn l'attend au pied de l'escalier et l'attire contre lui. Je ferme les yeux.

— Pourquoi t'as encore ton sac à dos ?

— Hein ?

Hollis me le retire.

— Ah ouais, merci.

— Ne t'en fais pas, reprend-elle en suivant mon regard. Elle va bien, je t'assure. Je crois même qu'elle s'amuse.

Mina est toujours en train de parler avec Quinn. Elle a les bras ballants le long des flancs, paumes tournées vers lui.

— Tu as vu comme elle se tient ? On dirait quelqu'un d'autre. Le pouvoir de la robe bien choisie.

— Ah… Je crois pas qu'on fasse vraiment attention à ce genre de détails, nous, les mecs.

Je vais dans la cuisine qui est, par chance, déserte. Je fais couler l'eau pour qu'elle soit bien froide, puis je passe mon poignet dessous. C'est un truc que Mina m'a appris, censé apaiser les angoisses et la nausée. Je me rends compte que c'est ce que j'espère : être malade. J'espère que je couve un virus, ce qui expliquerait tout. Non, j'espère même que j'ai un gros problème médical qui va m'obliger à aller à l'hôpital et qui m'évitera de réfléchir à ce que je suis censé faire maintenant, putain. Je passe mon second poignet sous l'eau froide.

— Salut !

Je sursaute et me retourne. Merde, Mina est là, on dirait qu'elle glisse sur le sol, elle se prend pour une patineuse ou quoi ?

— Tu laisses couler l'eau ?

— Euh… non !

Je coupe le robinet et je m'essuie les mains sur mon short.

De près, elle se ressemble à la fois plus… et moins. Je reconnais ses taches de rousseur et ses lèvres gercées, mais ses yeux brillent et ses joues sont roses.

— Alors tu t'amuses ?

— Eh ben oui, étonnamment.

Elle se met à déambuler dans la cuisine et ajoute :

— Ça va te paraître ridicule parce qu'on est seulement au lycée, que tout ça n'a pas beaucoup d'importance, que toutes ces expériences sont tellement galvaudées…

— Tu sais, c'est pas ta faute si t'es au lycée. Ça doit pas t'empêcher de… profiter de l'instant présent de temps en temps. Ça veut dire quoi « galvaudé », déjà ?

— Mais, oui, c'est exactement ça ce que je ressens. Je suis dans l'instant présent, pour la première fois depuis je ne sais même pas combien de temps. C'est comme si… J'ai déployé tellement d'énergie pour tenir le coup, pour entortiller ce bazar dans des fils bien serrés, j'avais constamment peur, en respirant un peu trop fort, d'être débordée, que tout explose. Et là, j'ai l'impression que Quinn a tiré sur un fil qui commençait à se défaire, ou je ne sais pas, et maintenant tout se défait, mais il n'y a pas d'explosion, simplement…

Elle pose ses deux mains sur son cœur puis baisse les yeux vers elles, surprise de les trouver à cet endroit, et elle lève les bras en l'air. Lorsqu'ils retombent, elle sourit dans le vague.

— Simplement je respire.

— C'est génial, Mina. C'est une bonne chose de respirer, non ?

— Oui ! Et « galvaudé » signifie « répandu au point de perdre toute originalité ».

— Bon, ben tu es l'opposé de galvaudée, toi. Et c'est aussi vrai de toutes les choses que tu fais et dis. Ou expérimentes.

— Pourquoi tu me regardes comme ça, Caplan ? J'ai l'air idiote ?

Elle croise les bras.

— Non, non, surtout pas, dis-je en replaçant ses bras le long de ses flancs.

Elle les laisse là, mais elle ne peut pas s'empêcher de nouer ses index devant elle.

— Tu recommences.

— Pas du tout.

Soudain, sa bouche s'arrondit.

— Attends, t'es en train de faire le mec ou quoi ?

— Hein ?

— Tu me regardes comme ça parce que j'ai les bras nus ?

Je ne trouve rien à répondre. Elle pouffe et je cherche un moyen de reprendre le contrôle de la conversation. De ramener l'échange sur un terrain que je maîtrise.

— Tu me déçois beaucoup, reprend-elle. Il suffit que je me dénude un peu et ça part en vrille ?

— Eh bien, dis-je en jouant avec le torchon sur sa barre pour occuper mes mains, c'est vrai que je les trouve agréables, tes bras. C'est si grave ?

— Agréables ?

— Ouais, genre... musclés.

— Oh, mon Dieu, Caplan...

— Écoute, je suis désolé, mais tu nous as fait une « Hermione débarque au bal » à l'instant. Et ne dis pas le contraire !

Je lui crie presque dessus.

— Je déteste tellement cette scène...

— C'est vrai ? Je savais pas.

— Elle est devenue culte, bien sûr, répond-elle en me prenant le torchon des mains pour le replier soigneusement, mais il y a ce truc bizarre dans le film où Harry la reluque. Le Harry du livre n'aurait jamais regardé Hermione avec ces yeux-là. La scène est une caricature de cinéma hollywoodien, ça dénature la simplicité et la puissance de leur amitié.

— Quoi ? Pourquoi les deux ne seraient pas possibles ?

— Comment ça ?

— D'après toi, il ne peut pas être son meilleur ami, et aussi se rendre compte qu'elle est, genre, super belle ?

— Ouais, sans doute... Est-ce que tout va bien, Cap ?

Je me frotte le visage.

— Oui. Oui, c'est juste... je pense que j'ai de la fièvre ou un truc.

— De la fièvre ?

Elle veut me toucher le front et j'ai un mouvement de recul.

— Ouais, ou une lésion cérébrale...

— Caplan ?

— Et puis tu me manques un peu aussi. En tout bien tout honneur.

— Ah...

Ses traits se radoucissent quand elle ajoute :

— Tu me manques aussi.

— TOUT LE MONDE DANS LE SALON ! crie Hollis, qui évolue dans un univers parallèle au nôtre.

— Tu crois qu'on pourrait rentrer ensemble à pied tout à l'heure, juste tous les deux ?

— Évidemment, mais tu es sûr que...

— Oui, oui, ça va, j'ai juste envie de... Ouais, je voudrais te parler de deux ou trois trucs.

— Quels trucs ?

— Pas des trucs importants...

— Dans ce cas, pourquoi attendre ?

— LES AMIS ! nous crie Hollis en se tenant au cadre de la porte de la cuisine.

Quinn se faufile sous son bras.

— La maîtresse de cérémonie s'impatiente, lance-t-il.

Elle lui donne un coup de coude dans le ventre et nous fait signe de la suivre. Je sens le regard de Mina sur moi quand j'emboîte le pas à Hollis et à Quinn sans un mot.

On s'assied en cercle autour des boîtes à pizza. Il y a tout un cérémonial pour faire ajouter à Mina son nom dans le petit espace à côté du mien. Je trouve que ça a un petit côté sectaire, et condescendant, mais ça n'a pas l'air de la gêner, elle. Une fois qu'elle a terminé, Hollis lui prend le feutre des mains et dessine un grand cercle autour de nos deux prénoms.

— Chaque fois que la pièce atterrira dans la zone de Mina, Cap devra aussi boire.

Cette règle lui vaut des rugissements d'approbation.

— Tu n'es pas obligée de boire si t'en as pas envie, chuchoté-je à Mina, qui ne m'écoute pas.

Ruby est la première à jouer, et sa pièce atterrit sur « faire une danse suggestive ». Elle choisit de se placer devant Mina, bien sûr, qui se cache les yeux mais glousse d'une façon qui ne lui ressemble pas le moins du monde.

Une fois, en quatrième, pendant un cours de gym, on a appris à danser le quadrille. Un cauchemar pour tout le monde : le prof avait formé des duos sans nous demander notre avis, et on devait se déplacer en se tenant par les mains. Je me souviens que Mina s'est retrouvée avec Jim Ferraby, un intello discret et vraiment pas menaçant. Quand il a voulu lui toucher le coude, comme le prof nous avait montré, elle a tellement pâli qu'elle est devenue grise et s'est mise à transpirer. Cinq minutes plus tard, elle a demandé l'autorisation d'aller aux toilettes. Elle s'est dirigée vers la porte en gardant un visage neutre et en marchant d'un pas calme, mais quelques secondes avant de l'atteindre j'ai vu qu'elle se préparait à courir. Après ce cours-là, elle a été dispensée de sport à cause de ses angoisses. Les autres filles disaient que c'était parce qu'elle avait l'air bizarre en short, je me rappelle très bien. Je ne me rappelle pas, en revanche, si ça lui est revenu aux oreilles. Ni si j'ai pris sa défense.

Ruby a retiré son pull et le passe autour du cou de Mina en se cambrant. Mina l'empêche de tomber en plaçant une main au bas de son dos. Au moment où Ruby se redresse, elles se retrouvent nez à nez, et elles rient si fort qu'elles doivent interrompre le numéro.

Après, on fait une « cascade », tout le monde doit boire d'une traite à tour de rôle. Un peu de bière me coule sur le menton. Vient ensuite le tour de Quinn, qui triche et pose la pièce sur le nom de Mina. Tout le monde est attendri. Avant qu'on boive, elle et moi, elle cogne sa cannette d'eau pétillante alcoolisée contre ma bière pour trinquer. Elle croise mon regard puis pose le sien sur le plateau de jeu comme si ce n'était rien.

Noah doit mater une vidéo porno avec des écouteurs et décrire tout ce qui se passe. Becca tombe sur la case « un sms ou un shot », et elle écrit à son prof particulier : *Ça va, chef ?* Juste après elle avale un shot, sans doute parce qu'elle en a envie. Hollis retire son tee-shirt, et le tour de Mina arrive. On se retrouve à faire ce truc horrible de la bouteille. J'ai à nouveau cette impression, celle que quelque chose d'énorme cherche à s'échapper de ma poitrine, alors que la bouteille de vin vide tourne encore et encore. Je me rends soudain compte que je ne sais pas si je préférerais la voir embrasser Quinn ou avoir à l'embrasser moi-même quand le goulot s'arrête sur Jamie, qui n'a pas de personnalité, qui ne représente aucun enjeu dans l'espèce de crise interminable que je traverse. C'est sans doute la personne la moins intéressante de la soirée. Tant mieux pour lui. Je me rappelle qu'on n'est pas dans un film. Que c'est ma vie, un vendredi soir comme les autres, où je participe à un jeu à boire avec des enjeux qui n'ont aucune importance.

Mina regarde Quinn en haussant les sourcils et il lui fait signe d'y aller. Il a toujours été beau joueur. Elle fait le tour du cercle à quatre pattes et dépose un baiser si rapide sur la bouche de Jamie Bidulechouette, que je le rate. Ils se tapent ensuite dans la main, on dirait de vieux potes. La sensation dans ma poitrine a empiré, et j'ai de plus en plus l'impression que la seule chose à faire pour que ça s'arrange, ce serait de prendre Mina par la main, de l'entraîner dehors, loin d'ici, et de lui avouer ce que je ressens en sanglotant, comme si ça ne la concernait pas directement, comme si tout était redevenu normal, comme si je m'étais disputé avec Hollis, que j'avais eu une note pourrie à un contrôle, que j'avais essayé d'appeler mon père et étais tombé directement sur sa messagerie, parce que je sais qu'elle réussirait à tout arranger, rien qu'avec ses mimiques, rien qu'avec ses mots.

— Caplan ?

Je me tourne vers Hollis.

— C'est ton tour, me dit-elle, l'air agacée.

Impossible de savoir ce que j'ai bien pu faire cette fois, étant donné que je ne lui ai pas adressé la parole de toute la soirée. Soudain, le déclic se fait, je comprends que c'est sans doute précisément ce qu'elle me reproche. J'essaie de lui sourire, mais mon visage ne m'obéit pas. Je lance la pièce très haut sans regarder le plateau. Elle se pose sur la grosse étoile avec les lettres « JJ » au milieu.

— LE JACKIE JENESSEN !

— WOUHOU !

Quinn tambourine sur la moquette et Hollis applaudit, oubliant sa mauvaise humeur.

— C'est quoi ? demande Mina.

— Mon gage préféré, lui répond Hollis en coupant la parole à tout le monde.

— Parce que tu as un côté sadique, dis-je.

— Tout le monde doit fermer les yeux. Cap va se placer au milieu du cercle, puis, dans l'ordre qu'il veut, il devra embrasser la personne qui lui plaît le plus, celle à qui il pense plaire le plus, et celle qu'il connaît le moins.

— La personne qui…

— Qu'il kiffe, qui le kiffe et qu'il ne connaît pas du tout.

— Compris. C'est diabolique.

— Ingénieux, oui. Jackie Jenessen était en terminale quand on était en cinquième. Iel est ma star.

— Iel a genre dix mille followers sur Instagram, ajoute Ruby en voulant montrer son téléphone à Mina.

Je me lève et crie :

— TRÈS BIEN ! Finissons-en.

Quinn se cache les yeux avec les deux mains, mais il a les doigts écartés. Je lui donne un petit coup de pied et il ferme ses yeux pour de bon. Je suis debout au milieu du cercle. Soudain, je me sens mieux. Je me sens seul. Je termine ma bière.

Hollis informe Mina :

— Caplan prend toujours son temps, c'est son côté rebelle.

Elle a les yeux fermés et la tête penchée sur le côté, menton relevé. Et un sourire narquois aux lèvres.

Je fais le tour du cercle, d'un pas plus allant. Je prends la bière que Quinn tient à la main pour la terminer, puis je lui rends la cannette.

— Cap, grouille-toi.

En temps normal, je me contente d'embrasser Hollis avant de me rasseoir, puisque personne n'en saura rien. Je me tourne vers elle. Je ne savais pas qu'on pouvait rouler les yeux avec les paupières closes, mais elle y parvient. Je m'agenouille et je colle mon front contre le sien pour ne pas la prendre par surprise. Elle lève le visage pour m'embrasser et pose une main sur ma joue, mais j'ai déjà pris appui sur les deux miennes, serrées en poings sur le sol, pour basculer sur mes talons. Mina est juste à côté, yeux fermés, l'air serein. Elle joue avec le bas de sa robe. Quelqu'un lui a mis un truc blanc et brillant sur les paupières. On dirait de minuscules éclats de verre. Je m'approche pour regarder de plus près. Je me rends compte que ce n'est pas blanc mais bleu pâle, de la couleur de ses yeux. Elle se gratte le nez en toute simplicité. Sans réfléchir, je tends un doigt vers l'endroit qu'elle vient de toucher.

Elle soulève les paupières. Elle entrouvre la bouche de surprise. Comme si elle était un aimant, comme si j'obéissais à une loi de la physique, comme si c'était la chose la plus naturelle du monde, je me penche vers elle.

Chapitre 16

MINA

Pour la toute première fois de ma vie, le vide se fait dans mon esprit. Caplan m'embrasse. J'embrasse Caplan.

Chapitre 17

CAPLAN

Je recule. Son visage exprime un choc absolu. Sa bouche reste entrouverte. Elle relève le menton comme pour dire quelque chose et, c'est plus fort que moi, je l'embrasse de plus belle.

— Putain, ça va pas ?

On s'écarte l'un de l'autre.

Hollis nous dévisage. Tout le monde nous dévisage.

— Ça va pas ! répète-t-elle.

Mon cerveau tourne au ralenti. Je tiens encore Mina par le poignet. Elle écarte mes doigts un par un. Ses mains tremblent. Je ne sais pas où poser les yeux. Quelqu'un rit nerveusement. Hollis se lève et me toise. Je veux parler mais pas un son ne franchit mes lèvres. Elle ramasse son tee-shirt et part en claquant la porte de la maison.

— Bordel de merde, lâche un des gars.

— Qu'est-ce qui s'est passé ? J'avais les yeux fermés !

— Caplan… Allez, mec.

Quelqu'un a passé ses bras sous mes aisselles pour me relever. Quinn.

— Tu dois la rattraper, me dit-il en me poussant vers la porte.

Je me retourne vers Mina, elle a le regard rivé sur la moquette.

La porte de la maison claque dans mon dos.

— HOLLIS !

Elle ne s'arrête pas.

— Allez, Hollis, attends.

— Attendre ? rétorque-t-elle sans se retourner. Attendre quoi ?

— S'il te plaît !

Je cours et elle marche, alors je la rattrape facilement. J'essaie de lui prendre le bras mais elle se dégage aussitôt.

— Attends, s'il te plaît.

— Pour quoi faire ?

Elle fait volte-face si brusquement que je manque de la percuter. Elle pleure. Et pas comme d'habitude. Elle ne contrôle pas ses traits déformés malgré tous ses efforts pour se retenir.

— Je suis désolé…

— T'es désolé ?

— Ouais…

— Mais de quoi, Caplan ?

— De l'avoir embrassée.

— Pourquoi tu t'excuses pour ça ? crache-t-elle. C'était un jeu, on s'en fout.

— Tu es contrariée.

Elle me tourne de nouveau le dos.

— Hollis, arrête, s'il te plaît.

— Non, toi, arrête.

Elle sanglote franchement à présent, sa poitrine est agitée de gros soubresauts. J'ai la tête qui tourne, j'ai l'impression qu'une tornade imaginaire soulève tout ce qui trouve par terre autour de moi, comme dans la scène catastrophe d'une bande dessinée, comme celle qui emmène Dorothy et les autres au pays d'Oz. J'essaie de l'enlacer et elle me laisse plus ou moins faire un instant, avant de me repousser.

— J'en ai assez, comment tu fais pour le supporter, toi ?

— Supporter quoi ?

— J'en ai assez, répète-t-elle très lentement, en détachant bien chaque syllabe.

Je ne trouve rien à répondre à ça. On s'observe longuement. Je voudrais parcourir les centimètres qui nous séparent, mais je ne sais pas comment.

— C'était humiliant, Caplan.

— Je suis désolé.

— Désolé pour quoi ? Dis la vérité. Pourquoi t'es désolé ?

— Je… Je sais pas où tu veux en venir.

— Est-ce que tu m'aimes ?

— Je… Putain, tu sais que j'ai des… problèmes avec… Merde, Hollis, je… j'aime ma mère, et c'est sans doute la seule personne, mais ça veut pas dire que je… Tu sais… t'es… t'es la plus…

— Est-ce que tu aimes Mina ?

Tous mes organes changent de place dans mon corps. Elle patiente. *Non*, pensé-je, *bien sûr que non. Je ne suis pas amoureux de Mina. Personne n'a parlé d'amour, enfin.* Mais les mots ne viennent pas.

— D'accord, dit-elle. Bon, d'accord.

Elle n'a plus l'air fâchée, pourtant la nouvelle expression de son visage m'effraie encore plus. Puis soudain elle me prend dans ses bras. Je m'accroche à elle de toutes mes forces. Brusquement, comme dans un cauchemar, je me rends compte que je vais pleurer, moi aussi.

— C'est fini, nous deux, d'accord ? dit-elle sans me lâcher.

Je ne dis rien parce que j'ai trop peur de la voix que je pourrais avoir. Elle s'écarte.

— Je croyais avoir un peu plus de temps, tu sais ? ajoute-t-elle avec un petit rire, en pressant les paumes de ses mains contre ses yeux. Pas beaucoup, mais… je pensais que tu pigerais avant tes vingt-cinq ans au mieux.

— Piger quoi ?

J'ai la sensation que je lui fais de la peine, et je constate soudain que je suis aussi en pleurs. Ça la fait plier un instant. Je n'ai jamais pleuré devant elle. Je n'ai jamais pleuré devant personne en réalité. Elle tend une main vers moi, comme pour toucher mon visage, puis la laisse retomber le long de son corps.

— Tu dois me laisser partir maintenant, dit-elle en foudroyant du regard le sol sombre entre nous. D'accord ?

— D'accord.

— Et je finirai par te pardonner. Un jour. Parce que… Ben, ouais, pour ce que ça vaut, je t'aimais, moi. Pour de vrai. Si je te l'avais dit, t'aurais pas pu l'encaisser.

Elle tourne les talons.

Je reste là, en attente, convaincu malgré tout qu'elle va s'arrêter à l'intersection : c'est toujours ce qu'elle fait quand on se dispute, et je la rejoindrai, parce que ça se passe comme ça entre nous. Ou elle se retournera une dernière fois pour dire au revoir, au moins.

Mais non. Elle prend à gauche, et elle disparaît. Sa maison se trouve plus bas dans Brighton, tout droit. Elle n'avait pas besoin de tourner. Alors je comprends.

Chapitre 18

MINA

J'attends que la porte ait claqué derrière Caplan pour respirer de nouveau. J'ai conscience que tout le monde continue à me dévisager. Je hasarde un regard et je vois Ruby avec la bouche arrondie par la surprise, on dirait un personnage de dessin animé, c'est ridicule. Elle s'empresse de fermer la bouche.

— Ça, c'était du spectacle, lâche Quinn quelque part derrière moi.

Les gens rient et la pièce semble aussitôt se remplir d'oxygène. Quelqu'un suggère sans conviction de reprendre la partie. Je ne sais pas si certains décident de le faire. On remet de la musique. J'ai l'impression que le monde autour de moi est composé d'étranges taches de couleur. Je me rends soudain compte que je suis la seule encore assise en tailleur dans un cercle qui n'existe plus, et je me lève.

— Ça va ? s'inquiète Quinn.

— Ça va.

— Sacré Caplan…

Je hausse les épaules. Il rejette la tête en arrière pour rire aux éclats.

— Chaque fois que je m'attends à ce que tu fasses quelque chose, tu fais exactement l'inverse.

Je souris.

— Et voilà !

— J'aime pas trop ce jeu, je crois.

— Et ça se comprend… Tu veux qu'on aille s'isoler quelque part ?

J'essaie d'arquer un seul sourcil, comme Hollis, mais je suis à peu près certaine que les deux sont indissociables chez moi.

— Y avait aucun sous-entendu, reprend-il. Je peux te raccompagner chez toi. Ou on peut rester, si tu préfères.

— Non, allons-y. Sauf si tu voulais aller à cette fête ?

Il balaie cette éventualité et se dirige vers la porte. On hésite avant de sortir. Il l'entrouvre, jette un coup d'œil dans les deux directions.

— Ils sont partis. Mais faisons un détour pour être plus tranquilles.

On chemine un moment en silence.

— Bon, alors, dis-moi à quoi tu penses… Sinon, je vais chercher à deviner, et je vais me planter.

Je lui prends la main. J'aperçois sa fossette du coin de l'œil, bleu marine dans la nuit.

— Je suis désolée que tu aies dû assister à cette scène.

— J'y ai pas vraiment assisté, vu que j'avais les yeux fermés. J'ai loupé un truc ?

— Non, pas exactement. Il m'a juste prise par surprise.

— Ouais, sans blague.

— Quoi ?

— T'aurais vu ta tête !

Je lui lâche la main, mais il reprend la mienne aussitôt.

— C'était votre première fois ? Je veux dire…

— Oui. Sans aucun doute.

Il continue à ricaner, et je dis :

— Je comprends vraiment pas ce qui lui a pris.

— Arrête, Mina.

Il lève ma main au-dessus de ma tête pour me faire tourner.

— Moi, je sais pourquoi.

— Tais-toi.

— Toi, tais-toi.

— Non, toi, tais-toi.

On continue à avancer joyeusement. Enfin lui a l'air joyeux. Moi, j'ai un drôle de sentiment, comme quand je pars de chez moi et que j'ai oublié quelque chose sans réussir à me souvenir de quoi il s'agit.

— T'avais pas un cours à donner ce soir ?

— J'ai trouvé quelqu'un pour me remplacer.

— Comment ça ?

Il me serre la main.

— Ne joue pas les idiotes, l'intello.

— J'en reviens pas que tu m'aies dit : « Tu veux qu'on aille s'isoler quelque part ? »

— Oh, purée, oublie ça tout de suite, par pitié.

— Hors de question !

Je balance nos deux bras comme la tige d'un métronome.

— T'as bien compris ce que je voulais dire.

— Non.

— J'avais pas l'intention de te ramener chez toi pour te proposer un dîner avec du vin et t'encourager à coucher avec moi ou…

— Non ?

Nos deux mains se séparent et retombent chacune le long de nos cuisses. Il perd son sourire taquin.

— Ça me dérange pas si c'est pas le cas, dis-je d'une petite voix que je hais.

— Non, enfin, je… Juste… Tu pourrais être partante ?

Il pose la question en regardant droit devant lui.

Je m'arc-boute face à la foule de questions et d'hypothèses qui déferle en moi. Je sais bien que ça arrivera tôt ou tard. Mieux vaut tôt et mieux vaut Quinn. Oui, plutôt qu'un inconnu l'an prochain à la fac. Plutôt que Caplan.

À cette idée, je me fige. Mes pensées empruntent dix routes différentes à la fois, certaines qui remontent le temps, d'autres qui mènent dans les nuages et font des loopings incessants dans un monde imaginaire où c'est une option. Je me rends soudain compte que Quinn a plusieurs pas d'avance sur moi et qu'il s'est retourné pour m'attendre. Sur terre, dans le monde réel. Sur le trottoir, avec moi.

— Oui, dis-je. Enfin, je crois.

Il cligne des yeux.

— Tu as déjà… Enfin tu vois ?

Je me remets à marcher.

— Euh… en gros non. Enfin, non, pas vraiment.

— Ah ?

— Non, affirmé-je cette fois. Jamais. Toi oui, je suppose ?

— Exact, oui. Oui, déjà. Enfin pas avec des milliers de personnes, hein, juste une quantité… raisonnable.

— Je ne tiens pas à connaître les détails, Quinn ! Ça ne me dérange pas, tu sais. C'est même sans doute mieux. Comme ça l'un des deux saura s'y prendre au moins.

— Bien vu.

Il s'arrête et je sursaute en me rendant compte qu'on est arrivés devant chez moi. Je regarde alentour, mais Caplan et Hollis ne sont pas dans les parages.

— Tu pensais à… ce soir ? Genre… genre tout de suite ?

Je bafouille :

— Ah, je… je sais pas trop où on pourrait… Ma mère ne dort peut-être pas encore, et…

Il a l'air soulagé.

— OK, très bien. Mais un autre jour, ouais, je suis partant.

— Tu en as envie, alors ?

— Mina, lâche-t-il en se prenant la tête. Évidemment que j'en ai envie.

— OK, très bien.

— Très bien ?

— Génial. Fantastique. Et genre bientôt ?

— Ouais. Il ne faut pas en faire une affaire d'État ni rien, mais il faut quand même que ça soit une occasion spéciale. Pour toi.

— Oh, punaise, arrête tout de suite.

— On pourrait même… enfin oui, bientôt, c'est super.

— Même quoi ?

— Oublie, me rétorque-t-il.

— Non, je veux savoir.

— Tu vas te moquer.

— Je te promets que non.

— Ben on pourrait le faire le soir du bal de fin d'année.

On se dévisage un long moment.

— Tu te retiens de rire, lâche-t-il.

— Non, pas du tout. Enfin, si, un peu. Mais tu me fais toujours rire, alors c'est injuste.

— Je t'avais bien dit que c'était idiot.

— Pas idiot, juste traditionnel.

— C'est con.

— Les traditions existent pour une bonne raison en même temps.

On reste plantés là dans le noir. Je l'observe, les reliefs de son visage mangés par l'obscurité, le mouvement nerveux de ses épaules, et je pense, pour une raison inexplicable, à la définition du mot *galvaudé* que j'ai donnée à Caplan. À sa façon de me dire que ce n'était pas ma faute si on était au lycée.

— Alors c'est d'accord, on fait ça.

Il agite les sourcils pour une raison qui m'échappe.

— Quoi ?

— On *fait* ça.

— Oh, Quinn…

— On va le *faire*.

— Oui, en effet, c'est vrai.

— Le soir du bal !

Il lève les deux poings en l'air.

— Peut-être !

— D'accord ! Peut-être ! répond-il.

Il me tend une main et je la serre. Ça dure longtemps, il ne lâche pas la mienne. On se retrouve main dans la main. On se rend compte au même moment que quelqu'un approche, une grande silhouette qui descend Corey Street.

— On devrait…

— Ouais, acquiesce-t-il. Enfin, vas-y, toi, je vais attendre une seconde.

Je fonce chez moi – et je ne suis pas fière de décamper aussi vite. Je claque la porte derrière moi en croisant les doigts pour que ma mère soit plongée dans un sommeil que les somnifères rendent imperturbable.

Ma chambre est un vrai bazar et il fait froid. J'ai laissé la fenêtre grande ouverte, des vêtements partout sur le lit, ma couette par terre. Pour la première fois de ma vie je n'ai pas eu des heures entières pour nettoyer, ranger, remettre chaque chose à sa place. Toute ma vie, Caplan m'a taquinée pour ma psychorigidité, et voir ma chambre dans ce désordre me procure un étrange plaisir. Elle donne l'impression d'être habitée par quelqu'un de très occupé, qui n'a que le temps d'aller et venir. Je m'allonge sur mes vêtements et j'essaie de m'imaginer coucher avec Quinn. Je n'avais même pas rêvé de ça : entrer à la fac en ayant eu au moins un rapport sexuel normal. Et nos baisers jusqu'à présent ont été très agréables.

Caplan m'a embrassée.

Mais pourquoi a-t-il fait une chose pareille, enfin ?

Je roule sur le ventre et presse mon visage contre le matelas. Je ne peux même pas comparer les deux. Caplan m'a prise au dépourvu, je n'ai pas eu le temps de réfléchir. Quand j'embrasse Quinn, je ne cesse jamais d'utiliser ma cervelle : *Est-ce que je fais ce qu'il faut ? Est-ce que c'est agréable ?* Je pourrais avoir des pensées bien pires. Je me rends compte, avec un sursaut de panique, qu'il me faut quelque chose à porter au bal. Est-ce que Caplan m'a embrassée par pur respect des règles du jeu ? Et dans ce cas quelle instruction s'appliquait à moi ? Je ne suis certainement pas la personne qu'il connaît le moins bien. Ni celle qui lui plaît le plus. Il reste donc celle à qui il pense plaire le plus. Une vieille détresse familière m'envahit. Il sait, bien sûr qu'il sait, parce que tout le monde sait.

En même temps il m'a embrassée deux fois, tenté-je de me raisonner. Oui, deux fois distinctes.

Serais-je la personne à qui il pense plaire le plus *et* la personne qui lui plaît le plus ? Ou celle qu'il connaît le moins ? Évidemment que non, enfin. Lui et moi, on se connaît par cœur.

Enfin… Dans ce cas, pourquoi suis-je là à me triturer les méninges et à tenter de comprendre la raison de son comportement ? Quel message a-t-il cherché à me faire passer enfin ? À une époque, je l'aurais su, non ? Et dans le cas contraire, quand me suis-je déjà sentie dans l'impossibilité de lui poser une question ? Je frissonne alors que la brise gonfle le rideau en s'engouffrant dans la chambre. Peut-être, peut-être oui, que le second baiser ne faisait plus partie du jeu. Peut-être que Caplan en avait juste envie. Je me lève pour fermer la fenêtre et me pétrifie en entendant les voix qui montent jusqu'à moi.

Chapitre 19

CAPLAN

Je n'ai pas le souvenir d'avoir pris la décision de rentrer. J'ai simplement laissé mes pieds vivre leur vie. Hollis a pour habitude de dire que je suis comme le personnage d'un jeu vidéo, avec un nombre illimité de vies, qui réapparaît au même endroit après être mort. En pleine forme, prêt pour la partie suivante, invincible. J'ai beau être torché, je retrouve toujours le chemin de chez moi.

Je me rends compte, en tournant dans une rue, que si je suis toujours arrivé à bon port, c'est sans doute grâce à Hollis. Je me rends aussi compte que je suis dans mon impasse.

— Cap ?

Quinn se trouve sous le lampadaire devant chez Mina. Je m'attends à ce qu'il vienne à ma rencontre, mais il n'en fait rien. Il met les mains dans ses poches et il attend.

— Hé, dis-je en le rejoignant.

— Hé.

— Ça va, Hollis ?

— On s'est séparés.

— Ah. Et ça va, toi ?

— Ouais.

— T'as pas l'air.

— C'est marrant, je me sens en pleine forme.

— Vous allez vous réconcilier rapidement.

— Mouais, chais pas…

— Au bal au plus tard. Je te parie vingt dollars.

— T'y crois vachement !

— Je prends le pari… Si vous n'allez pas au bal ensemble, je ne porterai pas de froc sous ma toge le jour de la remise des diplômes.

— Pas de slip tu veux dire ?

— Un slip, mais pas de pantalon.

On scelle le marché d'une poignée de main.

— Alors, qu'est-ce qui s'est passé ? me demande-t-il.

— Pour notre rupture tu veux dire ?

— Non, qu'est-ce qui t'a pris d'embrasser Mina comme ça, devant tout le monde ?

— Je sais même pas.

— Sérieux.

Il a toujours les mains dans ses poches, et son ton est décontracté, mais il m'observe avec attention.

— Parce que, bon, j'ai fait exprès d'en parler avec toi avant, justement, par peur que tu puisses… Tu vois.

— Que je puisse quoi ?

Il soupire. Mon cœur bat très vite et je ne sais même pas pourquoi.

— Caplan, si ça te pose un problème, je préfère que tu me le dises maintenant. Dis-le et je renoncerai.

L'image surgit dans mon esprit, comme le flash d'un vieil appareil photo : Mina dans la cuisine, qui crie, un bras en l'air, incandescente de joie, qui participe aux conversations, qui respire, et Quinn.

— Tu ne te dis pas que, peut-être… T'es sûr que… Elle ne te plaît pas, si ? reprend-il.

— Oui.

— Oui quoi ? Elle te plaît ou pas ?

— Pas.

— Pourquoi tu l'as embrassée alors ?

Je hausse les épaules. J'aurais préféré qu'il accepte ma réponse et me foute la paix.

— Chais pas, moi. Tu sais toujours pourquoi tu fais les trucs ?

— Qu'est-ce que tu racontes, Cap ?

— Ben, c'est ça, j'ai joué au con. J'ai peut-être été jaloux une seconde. J'en suis pas fier. Mais ouais, c'est tout.

Je ne vois pas Mina comme ça. Pas vraiment. Je... Ouais. Je pourrais pas.

— T'es certain ?

— Ouais, certain.

Il hoche la tête.

— Je suis désolé d'avoir fait ça.

— Les erreurs, ça arrive. J'ai embrassé Ruby au bal d'Halloween en sixième.

— Quand je sortais avec elle?

— Techniquement, vous vous étiez séparés ce jour-là.

— Je savais pas.

— J'ai raté sa bouche. J'ai mis trop de puissance à l'atterrissage. Enfin ce qui compte, c'est que j'ai tenté le coup.

Il me donne une tape dans le dos puis s'éloigne dans la rue, fait un petit saut à l'intersection et, c'est plus fort que moi, je ris.

Cette nuit-là, je fais des rêves bizarres. Je suis dans un bus, le genre que je prenais pour aller aux colos de foot. Il rétrécit ou grandit à mesure que les gens montent et descendent. J'ai l'impression qu'on fait un tour du pays et que les passagers s'en vont un par un, État après État. Je ne connais aucune de ces personnes, et pourtant j'ai de la peine chaque fois que l'une d'elle disparaît. Je me demande si je vais rester à bord jusqu'au terminus. Peut-être qu'il n'y en a même pas et que le trajet va se prolonger éternellement. Puis j'entends des voix, qui parlent bas, calmement. Je ne distingue pas ce qu'elles disent, mais je sais qu'elles appartiennent à Mina et à ma mère. Je me lève pour les chercher, et impossible de les trouver à bord du bus. Je les cherche sous les sièges, dans un dédale de jambes et de bagages. Je me rends soudain compte que je peux seulement aller vers l'avant du bus, pas revenir en arrière.

Je me réveille transpirant et nauséeux, la bouche sèche. Ce qui s'est passé la veille au soir me revient et je roule sur le côté pour le cas où je vomirais. La nausée reflue. Je chasse

Hollis de mes pensées et me concentre sur mon baiser avec Mina, puisque c'est la seule situation qui peut encore être arrangée. Je devrais lui envoyer un texto. Non, je devrais aller frapper chez elle et lui présenter mes excuses. Je m'assieds et la pièce se met à tanguer de façon inquiétante. J'aperçois un bout de mon téléphone qui dépasse sous mon sweat-shirt en tas, dans un coin. L'atteindre est au-dessus de mes forces. Tout à coup je comprends que Mina est là, au rez-de-chaussée, avec ma mère. Elles chuchotent. Ma mère rit. J'essaie d'entendre ce qu'elles disent. Ma mère : « J'ai trouvé ça dans sa poche. Ça a failli passer à la machine. J'adore *Chrysanthème* moi aussi ». Mina la remercie.

Quand je me réveille à nouveau, la lumière a changé, et mon téléphone vibre sur la moquette. Je le regarde un instant et j'envisage de me rendormir.

Ma mère ouvre la porte.

— Bonjour, là-dedans.

— Fais pas ça...

Elle allume malgré tout.

— ARGHHHHH...

— Tu vas devoir te lever pour éteindre.

Elle vient s'asseoir au bord du lit.

— Mina t'a dit quoi ?

— Rien. Elle m'a demandé de ne pas te réveiller mais de te prévenir qu'elle partait voir ses grands-parents et qu'elle ne serait pas autorisée à consulter son téléphone pendant le brunch sous peine d'être condamnée à mort.

Elle me tend un verre d'eau et un Advil. Je les avale.

— Tu devrais aérer un peu, ça sent le désespoir.

— Tu peux t'en charger ?

— Lève-toi, chéri. Ça va te faire du bien. Accueille cette belle matinée... Cet après-midi.

Elle s'arrête sur le seuil de ma chambre.

— Mina m'a aussi chargée de te dire que tout allait bien. Et de ne pas t'inquiéter.

— Mmm.

— Tu veux me raconter ?

— Tu peux éteindre la lumière ?

Elle le fait.

— Hollis m'a quitté, entre autres choses. Ouais…

Elle soupire et revient vers le lit pour écarter les cheveux sur mon front. Puis elle entrouvre la fenêtre.

— Je pars à l'hôpital. Je suis de garde ce soir. Tu t'arranges avec Ollie pour le dîner ? On se voit demain matin au petit déjeuner.

— Oui.

— Prends une douche. Sors te promener.

— Je te promets rien. Mais merci, maman.

J'avale une autre gorgée d'eau.

— Dois-je te demander si tu as respecté le couvre-feu ?

— Désolé…

— Je te pardonne. Ça fait déjà une personne.

— Comment tu sais que je dois me faire pardonner de quelqu'un d'autre ?

Elle lève les deux mains puis elle sort et referme ma porte sans bruit.

Quand je finis par m'extirper de mon lit, un autre comprimé d'Advil m'attend près du lavabo, dans la salle de bains.

Chapitre 20

MINA

Le soleil me fait pleurer sur le trajet du retour. Les parents de mon père vivent dans un EHPAD qui s'appelle River House et qui ressemble à un spa, dans le village de Grosse Pointe Shores. C'est vraiment son nom. Ils me paraissent en très bonne santé, moi. Et très occupés. Toujours aussi indiscrets. Je cligne des yeux à cause de la luminosité et fait la sourde oreille à la frayeur qui m'envahit chaque fois qu'on prend l'autoroute. C'est marrant comme on peut s'habituer à un sentiment désagréable. Il devient une sorte d'ami. J'envisage de demander ses lunettes de soleil à ma mère, vu que c'est moi qui conduis, mais je n'ai pas envie de voir son visage.

Quand je me gare devant chez nous, je repère aussitôt Caplan, assis sur l'avancée du toit, sous ma fenêtre. Il agite la main. Je descends de voiture sans attendre, sans un mot pour elle, heureuse, au fond, d'avoir une bonne excuse pour filer.

Il me jette un regard par-dessus son épaule lorsque j'enjambe le rebord de la fenêtre. Il a un sourire penaud. Je m'assieds à côté de lui, en mettant de l'espace entre nous, et je laisse mes jambes pendre près des siennes.

— Alors, tu le pensais vraiment ? me lance-t-il.

— Je pensais vraiment quoi ?

— Que tout va bien entre nous ?

Il a les cheveux mouillés, donc plus foncés que d'habitude. Je sens l'odeur de son shampooing. Il porte un tee-shirt rouge délavé, dont il a retroussé les manches longues.

— Bien sûr que tout va bien.

— Je ne le mérite pas.

— Peut-être en effet.

— Écoute, Mina...

— Si tu t'avises de me présenter des excuses, je te pousse de ce toit.

— Tu mérites au moins une explication. Et je sais que je ne suis pas doué pour ça, pour... ce genre de conversations...

— Je n'ai pas besoin d'explication. J'ai compris. Mettons-nous d'accord pour ne plus en reparler, d'acc ?

— Ça va un peu à l'encontre de laisser tomber les « laisse tomber », tu crois pas ?

— Tu veux bien me faire plaisir, juste pour une fois, et oublier ? Je sais que tu as encore moins envie d'en parler que moi.

— D'acc.

Il pose les yeux sur sa maison, sur le soleil, qui disparaît peu à peu derrière le faîte du toit.

— Je sais que tu as dit que ça allait, mais c'est pas l'impression que j'ai, reprend-il.

— Je t'assure que si. Je me sens très bien. Peut-être que toi non.

Je lis alors sur son visage ouvert combien il est blessé. Je déglutis, me force à garder une expression neutre.

— Tu m'as embrassée alors que ça ne signifiait rien pour toi, et tu as de la peine pour moi. Mais je te dis que ça va... et c'est tout. C'est passé. On ne va pas en faire toute une affaire.

J'ai pris le temps de pleurer hier soir pour ne pas le faire devant lui, quand je lui parlerais.

Il continue à me dévisager comme s'il cherchait à trouver le moyen de présenter les choses sous le meilleur angle pour moi.

— Je suis désolée, Caplan, je n'ai vraiment plus envie d'en parler. La journée a été longue.

— Comment s'est passé ton brunch dans le cercle de l'enfer le plus chic ?

— Comme d'hab.

— Eh, Mina, t'as pas droit à deux « laisse tomber » d'affilée.

Je m'allonge sur le dos et regarde les arbres, leur feuillage dense et vert au-dessus de nous.

— Ils n'ont fait que parler de Yale. Et dès que je disais que je n'étais pas certaine d'y aller ou que j'essayais de discuter de l'option du Michigan, ils riaient comme si je faisais une bonne blague. Ils étaient intarissables sur la petite-fille d'un de leurs amis qui y fera sa rentrée l'an prochain, elle aussi. Ils veulent nous mettre dans la même chambre. Et elle s'appelle, je ne me fous pas de ta gueule, Arabella Van den Gers.

— Elle a l'air fun. Et ta mère a dit quoi ?

— Pas un seul mot.

Il s'allonge à côté de moi.

— Et si on s'enfuyait tous les deux ?

Je ne réponds rien. Si j'étire mes doigts, ils toucheront une partie de son corps, mais je ne sais pas laquelle.

— Ils ne peuvent pas te forcer à y aller, Mi.

— Je sais bien. Et pourtant, quand j'étais assise à table avec eux, j'avais l'impression que si. En fait, j'ai l'impression qu'ils ont déjà réussi. Que tout est prévu. À un moment, ma grand-mère m'a même dit, les larmes au bord des yeux, que mon père serait si fier de savoir que je suis ses traces.

— Et t'as dit quoi ?

— Rien. Je suis bien la fille de ma mère.

— Arrête, Mi.

— Rien de tout ça n'arriverait s'il était là.

Je m'essuie les yeux avec irritation, puis j'ajoute :

— Enfin, je peux même pas être sûre que c'est vrai.

— Pourquoi tu dis ça ?

— J'en sais rien… On raconte que plus on réexamine un souvenir, et plus il est faussé. Comme si chaque fois le cerveau le modifiait légèrement. Tous les souvenirs que j'ai de lui sont sans doute des fictions à ce stade. Je n'ai pas la moindre idée de ce à quoi ressemblerait la vie s'il était là. Peut-être qu'il aurait même insisté plus que personne pour Yale.

— J'ai du mal à imaginer ça.

— Qu'est-ce que t'en sais ?

J'ai répliqué trop vertement, même si je le pense. Et je veux qu'il le sache, bien que ça ne réponde à aucune logique.

— Je l'ai rencontré, t'as oublié ?

— Une fois, et tu avais sept ans.

— Ben ouais. Mais il m'a laissé une impression de l'homme qu'il était. Un sentiment général si tu préfères. Et je vous ai vus faire du patin à Pond Lake l'hiver où j'ai emménagé ici.

— C'est vrai ?

— Oui, tu lui apprenais à faire une pirouette. Tu avais les bras croisés sur ta poitrine, et je me souviens que j'avais trouvé ça impressionnant. Très pro. Il essayait de reproduire le mouvement, mais il n'arrêtait pas de tomber. Et ça commençait à t'énerver un peu. Tu as tenté de lui montrer comment placer ses mains, d'accompagner son mouvement, et vous avez fait une chute tous les deux. Vous n'arriviez plus à vous relever, vous glissiez sans arrêt. Et je voyais bien que vous passiez un super moment ensemble. Ensuite, je crois que tu as pris une de ses mains pour te mettre à décrire un grand cercle autour de lui pendant qu'il restait immobile. Enfin il tournait sur lui-même avec toi, bien sûr. Tu étais si heureuse qu'il y arrive enfin. Tu es allée de plus en plus vite, toi, toujours en cercle, lui, sur place.

Je suis d'abord trop sonnée pour réagir.

— Je ne m'en souviens pas du tout.

— Moi, je ne m'en souviens que parce que j'étais jaloux. Je me suis dit qu'il avait l'air… tu vois, quoi. D'un super papa. Et tu portais une écharpe rayée. Bleue, rouge et jaune. Je l'avais trouvée stylée. Je voulais la même.

— Je me rappelle d'elle, je crois.

Il me prend la main. Son geste est vif, mais nos doigts trouvent très naturellement leur place. C'est à la fois étrange et doux. Ce n'est pas dans nos habitudes. On reste allongés là, à regarder la voûte formée par le feuillage des arbres, fraîche et bleue dans le crépuscule, qui ploie sous la brise. Au bout d'un temps, je lui lâche la main pour croiser les miennes sur mon ventre.

— Tu t'es déjà réconcilié avec Hollis ?

— Non.

Il a les yeux tournés vers le ciel, pas vers moi.

— Non, reprend-il. Je crois que c'est fini. Et je crois que c'est bien.

— Je n'aurai pas passé beaucoup de temps dans la sororité.

— Comment ça ?

— Ben, c'est toi qui vas obtenir ma garde lors du divorce. Ça tombe sous le sens, Caplan.

Ça le fait sourire.

— Oui, c'est moi.

Il tourne la tête et nos visages se retrouvent à quelques centimètres l'un de l'autre. Je m'empresse de lui demander :

— C'était quoi ton mot, hier ?

— *Incandescent.*

— Mmh… Un beau mot.

— Complètement ridicule. Je ne m'en servirai jamais. Tu m'imagines faire une phrase avec ?

Je pouffe de rire.

— Non.

Il s'assied et sort son portable de sa poche pour regarder l'heure.

— Tu veux venir dîner à la maison ? On a prévu de faire des spaghettis avec Ollie.

— Ça ira.

Mes yeux sont attirés par l'écran de son portable, et il le remarque. C'est une photo d'Hollis petite, en ballerine, avec ses cheveux blond vénitien, qui hausse un sourcil. J'ai un étrange élan d'affection pour elle. Au point d'être tentée de lui envoyer un texto… Je ne saurais pas quoi écrire. Et puis je suis certaine que je suis la dernière personne dont elle a envie de recevoir des nouvelles.

— Il faudrait que je le change, dit-il.

— Oui, sans doute. On se voit demain.

Il tend la main vers le sommet de la cage à poules qu'on n'a jamais démontée, peut-être parce que mon père l'a construite, peut-être parce que Caplan l'escalade régulièrement.

— J'adore quand tu dis ça.

— Caplan ?

— Ouais ?

Je sais que c'est un peu lâche de n'en reparler que maintenant qu'il a regagné le sol.

— Évite quand même de me dire ce genre de trucs… qu'on pourrait s'enfuir ensemble.

Il me dévisage bouche bée.

— Pour éviter que je me fasse de fausses idées.

Je rentre dans ma chambre et ferme la fenêtre. Je m'affaire pour tout ranger, et je le fais bruyamment, exprès pour que ma mère sache que je suis rentrée et que je l'ignore. Ça devient rapidement très ennuyeux. Comme toujours avec la mesquinerie.

Caplan et moi, on ne parle pas souvent de mon père, mais chaque année le 22 septembre, c'est-à-dire le jour de sa mort, Caplan insiste toujours pour qu'on prévoie quelque chose. Il ne mentionne pas explicitement le fait que ce soit l'anniversaire de sa disparition, sauf si moi j'en parle, et ça m'a toujours beaucoup amusée, étant donné qu'on passe globalement toutes nos journées ensemble, mais si j'y réfléchis bien, le fait de rire ce jour-là est un plus grand réconfort que celui que m'a apporté la spécialiste du deuil chez l'enfant, chez qui mes grands-parents avaient insisté pour me payer des séances. Elle me demandait essentiellement de colorier mes émotions. Je ne sais pas très bien dessiner, et quand j'ai tracé une grille de morpion à la place, je dois bien lui reconnaître ça, elle a accepté de jouer et n'a pas cherché à me laisser gagner.

En troisième, le 22 septembre, on est allés au café. Après avoir commandé son sempiternel milk-shake au chocolat, Caplan s'est tourné vers moi. Depuis qu'on était petits, j'en prenais un à la vanille et lui un au chocolat, et il avait fini, au fil du temps, par avoir une idée : on buvait chacun la moitié de nos verres avant de mélanger le reste. Il appelait ça « le tourbillon vanille-choco » et il maintenait que c'était meilleur que chacun des parfums pris séparément. Lorsque nos mères nous ont emmenés en boire un pour fêter notre entrée au collège, je lui ai demandé s'il en commandait deux quand je n'étais pas là. Il a froncé les sourcils et m'a répondu que ça ne lui viendrait jamais à l'esprit d'en boire sans moi. Je ne m'en souviens aussi bien que parce que cet échange m'est brusquement revenu en mémoire la première fois que j'ai vu une photo de lui et de tous ses potes en première, après une soirée très arrosée. Hollis était assise sur ses genoux. Ils partageaient un milk-shake avec deux pailles. Mais au début de la troisième, il y avait encore certaines choses qu'on ne faisait pas l'un sans l'autre.

— Et un à la vanille pour elle, a dit Caplan en voyant que la serveuse s'impatientait.

— J'ai pas faim, ai-je protesté lorsqu'elle s'est éloignée.

— Peut-être, mais moi, si. Et je veux mon tourbillon.

— Tu veux dire que tu vas boire la moitié de chacun des milk-shakes avant de les mélanger ?

— S'il faut en arriver là, oui.

Je ne sais plus de quoi on a parlé ensuite. À un moment donné, on a abordé le sujet de nos pères et je lui ai demandé :

— Alors, à ton avis, c'est pire pour qui ?

— Comment ça ?

Il avait très bien compris, alors j'ai attendu.

— Tu poses sérieusement la question ?

Il a joué avec sa paille dans son milk-shake, puis a ajouté :

— Je ne répondrai pas.

— D'accord, on oublie.

— Bravo, Mi, bien joué. Toi évidemment.

— Tu crois ?

— Eh bien, t'avais un père génial et moi un père pourri. T'avais plus à perdre.

— Sauf que tu as toujours un père, Caplan.

— Pas vraiment. Il a jamais voulu de ce rôle, alors…

— Ce n'est pas vrai, lui ai-je rétorqué bêtement, du haut de mes tout juste quatorze ans, convaincue de savoir tout sur tout.

— Si, c'est vrai. Il l'a dit à ma mère.

— Il l'a fait devant vous ?

— Oui, ils se disputaient. Et elle lui a balancé qu'il pourrait au moins faire semblant d'apprécier son rôle de père.

Il a remué son milk-shake avant de conclure :

— J'ai pas entendu sa réponse, mais elle se devine assez facilement.

À ce stade, ça faisait presque un an que Caplan m'aidait à traverser chaque journée. J'aurais voulu être capable de l'aider moi aussi, même une seconde, et je ne savais pas comment faire.

— Et puis, a-t-il repris, les parents se séparent sans arrêt. Les divorces sont plus fréquents que… Tu vois…

— Les accidents de la route ?

— Punaise, Mina !

— Désolée, c'était une blague.

— T'as un vrai don pour l'humour, tu devrais te lancer dans le stand-up.

— Ouais, c'est ça, moi toute seule sur une scène devant des gens.

J'ai déballé ma paille pour m'occuper.

— Ça ne te dérangeait pas avant. Tu te souviens du concours d'orthographe du comté ?

— Ouais, bon, y avait plein de choses qui ne me dérangeaient pas quand j'étais petite. Ça s'appelle grandir. À ce propos, je voulais te parler de la soirée de rentrée.

— Oh, moi aussi, justement.

— C'est moi la première. J'en ai assez et j'ai décidé de m'affirmer. J'ai passé la totalité de mon existence de pré-adolescente à me laisser convaincre de participer à ces activités infernales et archaïques qui confinent au sectarisme, mais on est en troisième maintenant et je ne trouve plus ça mignon. Ça m'attriste. Il est temps pour nous d'accepter qu'on peut avoir des goûts différents et rester meilleurs amis.

— J'adore quand tu dis qu'on est meilleurs amis.

Il avait une moustache en chocolat. C'est toujours comme ça que je le vois lorsque je repense à cette phrase. Caplan, quatorze ans, une moustache en chocolat, un polo de rugby à rayures rouges et blanches, au col incidemment relevé d'un côté.

— Et tu es en train de me balancer que j'ai un goût pour les activités archaïques qui confinent au sectarisme ?

— Ben, ça se comprend. Tous tes disciples se réunissent là-bas.

— Je ne saisis pas tout ce que tu dis, et je parie que c'est méchant, alors…

— Plus méchant pour eux que pour toi…

— Ce que je voulais te dire, moi…

— Même si, en un sens, le roi des fous est le plus fou de tous…

— Je pensais inviter quelqu'un cette année.

À ce stade, il avait essuyé sa moustache. Et il fixait son verre.

— Inviter quelqu'un ?

— Ouais, une fille.

Il a aussitôt mesuré sa maladresse.

— Désolé, Mi, toi aussi, tu es une fille. Je voulais dire que j'avais envie de proposer à quelqu'un de m'accompagner au bal. Pas en tant qu'amie. Alors je voulais voir avec toi, puisqu'on y est toujours allés ensemble, si ça t'embêterait pas, mais j'ai l'impression que ça arrange tout le monde, vu que de toute façon tu comptes pas y aller.

— Oh... oui. Bien sûr que ça m'arrange. Alors qui est la petite chanceuse ?

— Justement, je voulais aussi t'en parler...

— Tu comptes inviter Hollis ou une autre fille pour la rendre jalouse ?

Je savais que ma question le surprendrait, ce qui était, au fond, une insulte à mon intelligence. Il suffisait d'avoir deux yeux pour se rendre compte qu'ils se plaisaient. Ça avait toujours été le cas. Aussi loin que remontaient mes souvenirs, chaque fois que Caplan, à la récré, faisait un truc particulièrement impressionnant avec un ballon de foot, il tournait la tête pour vérifier qu'elle l'avait vu.

— Je me disais, m'a-t-il répondu, que dans un esprit d'honnêteté et de maturité, je devrais inviter Hollis, oui.

— C'est sans doute la meilleure option.

— Je suis désolé, je sais qu'elle peut être... Enfin, tu vois...

— Terrorisante ?

— Elle peut être dure. Dans le genre « je me mets constamment en scène »... Oui, d'accord, terrorisante. Je ne sais même pas pourquoi elle me plaît.

— Ben moi, si.

Hollis était de ces personnes qui vous poussaient à l'action.

Je ne me souviens pas précisément du moment où j'ai pris la décision de ne plus ouvrir la bouche au collège. Je suis sûre qu'au début certains enseignants ont essayé de s'y opposer et de me faire réagir, mais quand j'arrive à reprendre le fil limpide et chronologique de mes souvenirs, je me rends compte que la plupart d'entre eux avaient tout simplement renoncé à me faire prendre la parole. Je méritais peut-être leur bienveillance après toutes ces années à les brosser dans le sens du poil – j'étais devenue une experte. Ou peut-être que mon travail écrit parlait de lui-même. Je n'ai jamais raté un seul cours, je n'ai jamais oublié de rendre un seul devoir. Je refusais simplement de m'adresser à qui que ce soit d'autre que Caplan, ma mère et sa mère. Puis, avec la nouvelle année scolaire, j'ai eu de nouveaux profs qui ne connaissaient pas d'autre version de moi.

Une fois que j'ai cessé de parler, mes persécuteurs ont dû changer de tactique : je ne leur fournissais plus beaucoup de matière. Et je dois bien reconnaître qu'ils ont su s'adapter avec brio. « Mina, si tu es une grosse nulle, ne dis rien » n'est clairement pas l'attaque la plus puissante du monde, mais d'un point de vue conceptuel elle est infaillible. Et ils ont persisté. « Si tu vis dans un asile de fous, ne dis rien. » « Si tu as la poitrine si plate que ton soutif glisse, ne dis rien. » « Si tu dors pendue la tête en bas, ne dis rien. » « Si tu veux qu'on t'attache pour épiler ton monosourcil, ne dis rien. » « Si tu te prends pour Stephen Hawking, ne dis rien. » Je crois que cette pique-là, c'est Quinn qui l'avait trouvée. Un jour, alors qu'on sortait des vestiaires pour aller en EPS, Hollis a crié, dans mon dos : « Si t'es sourde-muette et vierge, ne dis rien. »

La question de savoir si j'étais ou non vierge, était, pour des raisons évidentes, profondément troublante et bouleversante pour moi à cette époque. Et c'est pour ça que ce commentaire désinvolte et hors de propos m'a fait accidentellement sortir de ma réserve. Sans me retourner, j'ai répliqué : « Si tu es une poupée écervelée, prévisible et tyrannique, pousse un petit cri. »

Et elle l'a fait. Je n'exagère même pas. Je ne me souvenais plus depuis combien de temps je ne m'étais pas sentie aussi cool. Enfin cool tout court, d'ailleurs.

À compter de ce jour, elle ne s'est plus jamais moquée ouvertement de moi, mais le plaisir de cette trêve s'est rapidement estompé. Hollis est capable de vous ignorer avec superbe. Avec la violence d'un direct en pleine face. Elle réussit à produire cet effet, oui, sans rien faire, sans rien dire, simplement en semblant voir à travers vous. Impressionnant. C'est à peu près à cette époque que j'ai dû regarder la réalité en face : peu importait qu'elle me torture ou non. Moi, je continuerais à remarquer sa présence. Tout le monde remarquait la présence d'Hollis. Elle était de ces gens dont il est difficile de se détourner. Comme une autre personne de ma connaissance...

— Tu sais pourquoi elle me plaît ? a rétorqué Caplan, qui venait de se résoudre à attaquer mon milk-shake à la vanille. Dans ce cas, explique-moi, s'il te plaît.

— Parce que c'est quelqu'un de notable.

— Je ne comprends pas ce que ça veut dire.

— C'est la fille que tout le monde remarque.

C'est aussi à la même période que j'ai recommencé à parler. Petit à petit, jour après jour. Mais dans mes souvenirs, c'est en répondant à Hollis que j'ai réussi à passer de l'autre côté, dans un espace qui n'était pas nécessairement dépourvu de cauchemars ou de crises d'angoisse terrassantes, mais c'était un espace dans lequel la fille que j'étais pouvait parler, manger, dormir et se réveiller malgré tout.

— Santé ! a dit Caplan en levant son milk-shake choco-vanille.

J'ai constaté que mon verre contenait la moitié de la mixture et que j'en avais bu une gorgée sans m'en rendre compte.

Sur le chemin du retour, il m'a demandé pour qui je pensais que c'était pire.

— Pour moi, ai-je répondu. Ta logique est juste. Ta situation est plus ordinaire, statistiquement parlant.

— Oui, mais c'est pas la réponse qui t'est venue spontanément.

— Laisse tomber.

— On laisse tomber les « laisse tomber », Mina. T'as pensé que c'était pire pour moi.

— D'accord, j'avoue, oui.

— Pourquoi ?

Je me souviens que j'avais une sensation bizarre dans le ventre. Je n'avais pas eu l'estomac plein depuis longtemps.

— Vas-y, a-t-il insisté, je peux encaisser.

— Très bien. Mon père serait là pour moi, s'il en avait la possibilité. Je crois. Le tien choisit d'être absent.

Il m'a dévisagée longuement sans parler.

— Pardon, ai-je dit.

Il a hoché la tête avant de la tourner pour observer la rue. On se trouvait à l'angle de Corey Street. L'entrée de notre petite impasse dans l'immensité de l'univers.

— C'est l'intérêt de laisser tomber les « laisse tomber », a-t-il lâché. Et j'ai une question aussi : pourquoi t'as arrêté de parler, l'an dernier ?

Je n'ai rien répondu.

— De manger. Et de sourire aussi.

J'ai haussé les épaules.

— Qu'est-ce qui t'est arrivé pendant ces vacances de Noël ?

J'ai été si surprise que je l'ai regardé droit dans les yeux. Je n'aurais pas dû être étonnée. J'imagine que c'était évident pour tous ceux qui avaient deux yeux. Je parlais peut-être dans mon sommeil. Il avait peut-être lu mon journal intime. On confie peut-être toujours ces choses-là à quelqu'un, de différentes minuscules façons, chaque jour, sans s'en rendre compte. Et c'est comme ça qu'on renaît à la vie. Tant qu'il s'agit de la bonne personne. Tant qu'elle écoute.

Au lieu de continuer à ranger ma chambre, je ramasse la fiche d'emprunt de la bibliothèque que Julia m'a rendue. Elle m'a dit qu'elle l'avait trouvée dans la poche de Caplan et qu'elle avait failli la faire passer à la machine. Je lui ai dit que c'était un vieux truc. Et c'est vrai. Et pourtant, savoir qu'il l'a gardée, et Julia aussi, ça m'a clouée sur place, sur le tabouret de leur cuisine, tellement j'étais soulagée.

Maintenant que ma chambre est immaculée, elle me déprime un peu, et je descends. J'ai dans l'idée de poursuivre le ménage au rez-de-chaussée, signe que je suis au fond du trou, et pourtant je me retrouve face à la porte du frigo, à balayer du regard les cartes de Noël pour voir son visage, comme un défi, mais celle de ses parents a disparu. Je vérifie derrière le frigo, par terre, dans la poubelle. Je continue à chercher alors que je comprends brusquement que Caplan s'en est débarrassé. L'espace sur la porte du frigo, étonnamment propre à l'endroit où elle se trouvait, me perturbe. C'est un cadeau, et c'est un gouffre béant. Je choisis un aimant pour accrocher, à la place, la fiche d'emprunt de *Chrysanthème*.

Chapitre 21

CAPLAN

Le soleil se couche à deux reprises, ce soir-là, à Two Docks. Une première pour tout le monde, à 21 h 15, pendant qu'on est étendus, Mina et moi, côte à côte, sur son toit. Puis une seconde fois pour moi tout seul, à 3 heures du matin, quand la fenêtre de sa chambre est enfin plongée dans le noir.

Je comprends que c'est le cas depuis presque toujours, sans que j'en aie eu conscience. Je ne vais jamais me coucher sans au moins me demander si elle est déjà au lit ou non. Et si, pendant dix ans, je ne me suis pas inquiété de ce que ça pouvait signifier, je devrais pouvoir facilement retrouver le même état d'esprit.

Les deux dernières semaines de cours sont une vaste plaisanterie, mais plutôt bonne en général. Cette année, c'est un tourbillon déroutant. Chaque journée est consacrée à un thème différent. Chaque soirée est occupée par la fête d'un élève de terminale. Lundi et mardi, on a nos exams. Mercredi, on doit venir déguisés en choisissant une décennie. Jeudi, on célèbre les jumeaux et les jumelles. Vendredi, on incarne des personnages de films qui se déroulent au lycée. Le lundi suivant, tous les terminales sont censés sécher les cours. Le mardi, on célèbre l'esprit d'ouverture. Le mercredi soir, c'est le bal de fin d'année. La tradition veut que ce jour-là les terminales viennent en cours en pyjama et que tous les autres élèves portent des tenues clinquantes de mauvais goût. Jeudi, pas de cours. Et vendredi matin, c'est la remise des diplômes. Rideau.

Je vais à pied en cours avec Mina le lundi et le mardi des examens. On s'interroge, elle me fait réciter en un long monologue toutes mes connaissances sur les différentes révolutions et guerres, et moi je lui pose des questions tirées de ses fiches de révision en physique – ce qui me fait parler une langue que je ne comprends pas. Quand on discute d'autre chose, on discute de rien, et plus elle semble se conduire normalement, plus j'ai l'impression de devenir fou. Même si j'ai décidé de laisser la voie libre à Quinn, je me surprends constamment à chercher un moyen de passer plus de temps avec elle, de la voir seule, de la toucher, ne serait-ce qu'une seconde. La culpabilité me tord le bide, mais je n'arrête pas pour autant. J'ai l'impression de manquer de temps, il n'y a plus assez d'oxygène dans nos vies. Comme si quelqu'un avait accéléré les horloges et que personne ne s'en était rendu compte, à part moi. On n'a presque plus l'occasion de passer de véritables moments ensemble. Quand on le fait, elle se montre amicale et enjouée, mais d'une façon dure et fermée. Je n'arrive pas à comprendre comment elle fait. Elle n'est ni distante ni froide, pourtant elle a réussi à couper le robinet des émotions, à tout verrouiller. Je n'ai pas la moindre occasion de dire ou de faire quoi que ce soit qui sortirait de l'ordinaire. Des projets – foireux, égoïstes et impossibles – tournent en rond dans ma tête. J'ai des conversations imaginaires avec elle dans mon lit, le soir, j'essaie d'imaginer ce qu'elle me dirait et ce que je lui répondrais.

Chaque journée à thème est un nouvel enfer en soi. À part le mercredi des déguisements. Là, ça passe. Je me défile et me contente de porter ma veste de capitaine de l'équipe de foot. Quinn a choisi de mettre une toge, ce qui ne correspond à aucune logique. Hollis déchire tout avec une veste en daim à franges, des bottes blanches et de minuscules lunettes de soleil. Elle est imprévisible : la plupart du temps elle m'ignore superbement, mais de temps en temps elle me dit bonjour juste pour me voir sursauter.

Mina refuse de se déguiser, par principe, ainsi qu'elle l'a toujours fait.

Le jeudi, Quinn est mon jumeau. Ce soir-là, Becca organise sa soirée sur le toit du seul hôtel pas trop pourri de la ville. Elle m'informe le matin même que je suis « désinvité » puis, comme elle se fait engueuler par Hollis, elle me réinvite à l'heure du déjeuner.

— Pour info, me lâche Hollis lorsqu'elle me croise dans le couloir, je lui avais rien demandé.

Elle ne s'arrête même pas.

— Ah, merci.

— Les endroits où tu vas, ce que tu fais, je m'en fous complètement.

— Tu veux qu'on annule ton pari pour le bal de fin d'année ? proposé-je à Quinn, qui se trouve à côté de moi.

— Je suis un homme de foi. Je crois aux fins heureuses.

— Vous êtes deux idiots, nous lance Hollis, qui nous a dépassés depuis plusieurs mètres. Et porter un sweat noir à capuche ne fait pas de vous des jumeaux.

Mina n'est pas invitée chez Becca, et j'essaie de me convaincre que ce sera une occasion de me détendre, de prendre du bon temps avec mes amis. Je passe pourtant toute la soirée à me demander où elle est et comment elle va. Il n'y a pas vraiment de dîner, juste un défilé interminable de petits fours répugnants sur des plateaux en plastique brillants, et je me retrouve donc rapidement bourré. Il y a 99 % de chances qu'elle soit en train de lire un bouquin chez elle et, si je pars maintenant, je pourrai aller lui faire un coucou, personne ne viendra nous déranger puisque Quinn sera occupé ici et que moi…

— Vous avez goûté ces trucs enroulés dans du bacon ? C'est plutôt pas mal, dit-il en en gobant un.

— Ce sont des pruneaux, l'informe Hollis, qui se joint brusquement à nous autour d'une table haute.

Il le recrache dans sa flûte de champagne. Elle lui décoche un regard cinglant, puis s'éloigne.

— Quoi ? s'exclame-t-il. C'est censé faire chier, les pruneaux, non ?

Je hausse les épaules.

— Quelle soirée de merde, reprend-il. Pourquoi y a pas un endroit où s'asseoir ?

Deux minutes plus tard, alors qu'on a établi notre camp sous la nape blanche amidonnée, Quinn et moi, Becca passe la tête dessous.

— Qu'est-ce que vous foutez là ?

— Euh… On prend l'air.

Quinn confirme d'un hochement de tête, l'air sérieux, les deux lèvres pincées.

— Vous vous planquez pour éviter Hollis ?

— Oui, dis-je, absolument.

Elle roule les yeux, puis disparaît.

Quinn recrache la fumée qu'il gardait dans sa bouche en toussant. Je sors sa pipe de la poche de ma veste. Un peu d'herbe s'est renversée. Je la récupère et forme un petit tas sur une serviette à cocktail, à côté d'une minuscule crevette et de tranches de charcuterie. Il gobe une olive et se sert du cure-dents pour nettoyer la pipe.

— Tu peux aller me choper un autre truc au bacon ?

— T'es sûr ? Pas de projet pour plus tard ?

— Nan, Mina est à son dîner d'intellos.

Je suis saisi d'une indigestion subite à l'idée qu'il est au courant de cet événement et pas moi.

Il sort son portable. Elle lui a envoyé une photo. J'essaie de la zieuter discrètement quand, tout à coup, il me la montre. Elle pose devant une estrade érigée à la va-vite dans la cafète et décorée de fausses fleurs vertes et jaunes. Elle tient un prix sur lequel on peut lire « Prix Jane B. Emmett » imprimé en typo manuscrite et fixé sur un carré de cuir noir brillant. Elle porte une robe violette soyeuse que je n'ai jamais vue. Elle a des poches et pas de bretelles. La fille à côté d'elle, qui a de grosses lunettes rouges, me dit vaguement quelque chose. Elle tient Mina par les épaules. Elles sourient toutes les deux. Le texto d'accompagnement dit :

> Ma mère a pris cette photo mdr
Je ne savais pas à qui l'envoyer

— C'est qui ?

Je pose cette question, sur l'autre fille, pour trouver quelque chose à dire.

— C'est Lorraine, me répond Quinn. Lorraine Daniels.

— Ah, oui.

— Elles sont plus ou moins potes. Enfin, la semaine dernière Lorraine a pas été cool avec Mina, elle s'est foutue de sa nouvelle vie sociale, avec nous. Mais bon… désolé.

— Pourquoi t'es désolé ?

— Bah, parce que j'imagine que tu sais déjà tout ça. Je trouve juste ça sympa de sa part d'avoir remis le prix à Mina après l'avoir fait chier. C'est plutôt stylé. Elle respecte le code d'honneur des intellos.

Je triture nerveusement la pipe de Quinn.

— Et… euh… c'est quoi ce prix ? Celui que Mina a reçu ?

Il me regarde puis fixe ses chaussures.

— Un prix de littérature pour sa dernière disserte, je crois.

— Ah, oui.

— Ça portait sur quel bouquin ? Tu te souviens ?

— Arrête ça, Quinn.

— Quoi ?

— Ça portait sur une comparaison entre *Anne de Green Gables* et *Jane Eyre*, grommelé-je avant de sortir de sous la table le plus dignement possible, à quatre pattes.

Pour la journée personnages de films, avec Quinn et Hollis, on avait prévu il y a longtemps de se déguiser en Ferris Bueller, Cameron et Sloane. Étant donné qu'elle a déjà sorti la veste à franges pour son déguisement du mercredi, j'ai reçu le message pas très subtil et compris qu'elle n'était plus de la partie. Au moment d'enfiler la tenue qu'elle a chinée pour moi il y a des mois de ça, je me demande si Quinn va me planter lui aussi, vu comme j'ai été bizarre avec lui la veille à la soirée de Becca. Je suis tenté de renoncer – je ne suis pas certain d'assumer d'être le seul déguisé –, mais je tiens bon. Au moment où je vais partir de la maison, ma mère me rappelle de passer prendre des glaçons au supermarché avant de rentrer.

— Pour quoi faire ?

— Pour ce soir, enfin ! répond-elle en me dévisageant. Pour ta soirée !

— Ah oui, bien sûr, quel idiot. On a besoin d'autre chose ?

— Non. Les parents de Quinn se sont occupés de la nourriture. Rentre directement après le lycée pour nous aider à tout préparer. Je ne peux pas atteindre l'étagère du haut dans le garage et j'ai une horrible banderole à accrocher.

— Entendu. Ah, et j'ai invité papa. Enfin, je lui ai envoyé un mail pour le prévenir. Il viendra sans doute pas, mais je préfère que tu sois au courant au cas où.

Elle s'adosse au chambranle de la porte, l'air de s'apprêter à énoncer le genre de vérités dont les mères ont le secret, qui sont aussi géniales que pénibles à entendre. Alors je fais diversion.

— Merci d'avoir tout organisé. Et d'avoir posé ta journée.

— Ça n'arrive qu'une fois dans une vie, la fin du lycée. Je ne raterais ça pour rien au monde.

Je rebrousse chemin pour la prendre dans mes bras.

Elle me serre contre elle avec sa main libre – de l'autre, elle tient un café.

— Pourquoi j'ai droit à un câlin ?

— T'as jamais rien loupé, et je t'ai jamais vraiment remerciée.

— Si, bien sûr que si. Tu le fais chaque jour, tu ne t'en rends même pas compte. Maintenant file, ou tu vas être en retard.

Je suis allongé sur le banc devant l'administration quand j'entends soudain le proviseur gueuler. Il parle de violation des règles de sécurité, du fait qu'il peut encore distribuer des heures de colle. Puis Quinn surgit au détour du couloir, son skate à la main. Il porte le maillot de hockey rouge et blanc de Cameron dans *La Folle Journée de Ferris Bueller*. Il ne ralentit pas au moment de me dépasser, mais il m'adresse un petit signe avant de s'engouffrer dans les toilettes des filles.

Le proviseur déboule comme un fou.

— Vous n'avez pas vu passer Quinn Amick ? me demande-t-il en m'avisant.

— Non, monsieur, pas du tout.

Il observe ma tenue un instant, sourcils froncés. Quand il pige ce qui se trame, je jurerais le voir sourire. Puis il me dit de me dépêcher de faire les annonces.

Une fois que j'ai terminé, je trouve le couloir envahi d'élèves qui se rendent à leur premier cours en prenant leur temps. Ils friment, posent pour des photos. Un petit attroupement s'est formé devant le casier d'Hollis, et je me prépare mentalement à découvrir le choix qu'elle a fait pour sa tenue. J'aperçois, Ruby, Becca et plusieurs autres filles, qui sont habillées comme les personnages du film *Heathers*. Elles sont trop nombreuses. Je ne me souviens pas d'une fille en violet. Puis elles s'écartent et je découvre Mina en tenue de pom-pom girl du lycée et Hollis qui porte les vêtements de Mina : jupe écossaise, pull sans manches, chaussettes jusqu'aux genoux et mocassins. Elles prennent la pose pour une photo, main dans la main, aussi souriantes que les jumelles diaboliques de *Shining*.

— Qu'est-ce qui t'a pris ? me demande Mina lorsque la sonnerie retentit et que les autres se dispersent.

— À moi ? Comment ça ? T'es censée être déguisée en quel personnage, toi ?

— On a décidé d'incarner plutôt des archétypes.

— Tu te déguises jamais.

Elle hausse les épaules.

— C'est Hollis qui a eu l'idée. Ça m'a amusée.

— Sauf qu'Hollis est pas pom-pom girl.

— Je sais bien. J'ai emprunté cette tenue à Ruby.

— Je croyais que c'était moi qui obtiendrais ta garde lors du divorce ?

— Détends-toi, me rétorque-t-elle en s'éloignant.

Je lui emboîte le pas.

— C'est juste pour déconner, reprend-elle. Je ne me déguise jamais, parce que personne ne me le propose jamais.

— T'as toujours dit que c'était débile !

— Eh bien j'ai décidé d'ouvrir un peu mon esprit et d'essayer de nouvelles choses.

— Je vois ça, ouais.

— Tu sous-entends quoi ?

Elle a les mains sur les hanches. Elle porte du maquillage et une queue-de-cheval, elle a plaqué ses cheveux en arrière avec une tonne de gel, comme Ruby lors des matchs. Je presse mes mains contre mes yeux, j'ai l'impression que c'est un cauchemar, une blague de mauvais goût. Lorsque je retirerai mes mains, Mina sera redevenue elle-même.

— Tu te laisses manipuler par Hollis. Pourquoi ?

— Comment ça, manipuler ?

— Elle fait ça pour m'emmerder, enfin ! Elle se sert de toi.

Le visage de Mina reste de marbre, et je recule d'un pas.

— Il t'est vraiment impossible d'envisager que tout ne tourne pas autour de toi ?

— Mina…

— Ou que quelqu'un d'autre que toi puisse me vouloir comme amie ?

Elle me plante là, au beau milieu du couloir, pour aller en cours.

Hollis poste leur photo sur Instagram. Je suis si incapable d'en détacher les yeux que je me fais confisquer mon portable.

Chapitre 22

MINA

Quinn nous siffle, Hollis et moi, quand on sort de la cafète. Je tente de rebrousser chemin pour disparaître à l'intérieur, mais Hollis m'attrape par le coude et me traîne avec elle. Il n'est que midi et la journée a déjà été très longue. Je n'arrive pas à savoir si je m'amuse ou si j'ai envie de rentrer me coucher pour rester dans mon lit jusqu'à la fin des temps. J'ai pourtant décidé que me débiner reviendrait à donner raison à Caplan, à lui confirmer qu'il a réussi à me mettre mal à l'aise. Ce qui est le cas. Je lui en veux tellement, je n'arrive même pas à savoir précisément pourquoi.

— Désolé, s'excuse Quinn en baissant la tête avec un sourire en coin quand j'atteins la table. Mais bon, tu peux pas m'en vouloir, si ?

En fait, si. Je sais parfaitement pourquoi. Embrasser quelqu'un avec qui on n'envisagerait « jamais rien d'autre que de l'amitié », c'est cruel. Pire, c'est stupide. Le comble, c'est que ce baiser est venu se loger dans mon cerveau comme du chewing-gum dans mes cheveux, et plus j'essaie de m'en débarrasser, plus ça crée des nœuds bizarres et collants. Si c'est ce que j'ai ressenti en embrassant quelqu'un qui voulait simplement s'assurer qu'il n'était pas attiré un seul instant par moi, je dois vraiment avoir un problème médical, et émotionnel. J'ai l'impression que l'ensemble de mon expérience du monde est déformé, comme si je le voyais à travers une lentille cassée qui inverse tout. Et qu'y a-t-il de nouveau là-dedans ?

— Venez, dit Ruby en nous prenant, Hollis et moi par la main.

Elle nous fait asseoir sur la table avant de placer les garçons sur le banc devant.

— C'est la dernière, promis, ajoute-t-elle pour calmer leurs jérémiades.

— L'annuaire est déjà imprimé de toute façon, se plaint Quinn, allongé par terre au premier plan.

— Mais vous serez contents d'avoir cette photo dans vingt ans, promet-elle.

— Et Caplan ? Il est où ? demande soudain quelqu'un.

— Collé, je crois…

— On l'attend ?

— Non, l'annuaire est déjà une sorte de culte à sa personnalité…

Un nœud me serre soudain le ventre. Qu'est-ce que je fais là ? Qu'est-ce que je cherche à prouver ? Comment pourrai-je un jour sortir cette photo et ne pas me sentir humiliée d'avoir, à la toute fin du lycée, pendant une demi-seconde, fait semblant d'avoir des amis ?

— Tu sais, me dit Hollis en regardant droit devant elle, menton baissé, tu as toujours eu ça en toi. Et je trouve ça impressionnant.

— Je ne comprends pas…

— Tu te souviens, quand on t'avait traitée de sorcière en CM1 et que c'est justement le déguisement que tu as choisi pour Halloween ? C'est comme ça que j'ai su que tu accepterais mon idée.

Je ne suis pas certaine de voir le lien, mais quelque part ça me réconforte.

— J'en ai pas fait trop, si ? me demande-t-elle une fois que la séance de pose est terminée. En publiant notre photo sur Insta ?

— Tu l'as postée ?

— Bien sûr.

Elle sort son portable pour me montrer la publication.

— D'ailleurs, il faut vraiment qu'on te crée un compte avant ton départ pour la fac. Un truc sobre, avec une photo du bal, une autre de toi petite, histoire que tes amis potentiels sachent que t'es normale.

Je l'entends à peine, trop occupée à fixer l'image sous mes yeux. On pose, Hollis et moi, devant son casier, main dans la main, et notre expression se situe à mi-chemin entre le regard noir et le sourire ironique. Je ne me savais pas capable de faire cette tête. Je n'avais pas conscience qu'on voit mon nombril quand je me tiens droite. On aperçoit des mains qui nous applaudissent sur un des côtés du cadre.

— On fait la même taille, je m'en étais jamais rendu compte.

— Ça te dérange pas ? s'inquiète-t-elle. Je peux la retirer si tu veux…

— Non, non ! Laisse-la.

Je me prends la tête à deux mains.

— Est-ce que tu es bouleversée d'avoir l'air aussi stylée ?

— Ouais, je crois, murmuré-je contre mes paumes. Je ne sais pas comment me comporter.

Ça la fait sourire.

— Prends ça comme un rôle. Comporte-toi en meuf qui déchire.

— Et comment je fais ça exactement ?

— Aucune idée… Si, une chose : lève le menton et mets tes seins en avant.

— Ça en fait deux…

— Moi, chaque fois que j'ai l'impression que le courage me manque, qu'il y a tromperie sur la marchandise, je me force à faire un truc qui me terrifie, comme ça j'ai l'impression d'être une meuf qui assure trop.

— Tu devrais faire imprimer ça sur des affiches, pour motiver les élèves.

Après le déjeuner, je la suis à l'intérieur et j'essaie de me concentrer sur la première partie de son conseil à défaut de la seconde. Et je constate, à mon grand étonnement, que ça marche plutôt.

— J'en reviens pas que tu te sentes comme ça en permanence.

— Je recommande de ne pas dépasser les six ou sept heures par jour. Sinon tu vas développer un complexe de déesse.

— Ça veut dire que tu en es à combien, toi ? Huit ou dix heures ?

Elle me donne une petite tape sur le bras. Mon téléphone vibre.

— Quoi ? me lance-t-elle en voyant que je me suis arrêtée.

— Rien, dis-je en le rangeant aussitôt dans mon sac.

— Caplan fait sa crise ? Il te confesse son amour ?

— Non. Non, bien sûr que non.

— Ça ne va plus tarder, crois-moi sur parole.

Son visage ne trahit pas la moindre émotion lorsqu'elle dit ça. Je ne sais pas si elle cherche à m'embrouiller ou à me tester, si elle suit un code d'honneur qui dépasse tellement mon domaine de compétence que je ne sais pas comment l'appeler.

— Pas du tout, insisté-je. Et je parle en connaissance de cause. J'ai la meilleure des sources.

Elle paraît tentée de poursuivre ses questions ou de s'entêter, alors je change de sujet :

— J'ai reçu le mail d'une ancienne étudiante de Yale qui m'avait fait passer un entretien.

— Qu'est-ce qu'elle voulait ?

— Aucune idée.

— T'as pas envie d'y aller, si ?

Je la considère avec surprise.

— C'est Caplan qui te l'a dit ?

Elle ricane.

— Tu bugges chaque fois que quelqu'un en parle. Et le jour où on devait venir avec le tee-shirt de notre future fac, t'as séché les cours comme par hasard.

— J'étais malade. J'avais un mot du médecin et tout.

— Mmh, mmh.

— Bon, d'accord. Je veux pas y aller. Mais c'est trop tard.

Est-ce que je le pense ? Est-ce que je subis à ce point mon existence ? Est-ce que je tiens à ce point à dramatiser ? C'est peut-être moi qui la teste au fond. Et, dans ce cas, elle réussit l'épreuve avec brio.

— Tu te fous de moi, Mina ? On n'a même pas encore eu nos diplômes. Des tonnes de gens changent de fac en cours de route, genre en deuxième année. Ou ils prennent une année de césure. Ou alors ils arrêtent carrément pour inventer un truc ou publier le prochain grand roman américain, et ils deviennent riches et célèbres. Il n'y a pas de règles, et il n'est jamais trop tard. Tout est encore possible.

Il y a moins de monde dans le couloir. On n'a pas cours ensemble, et je sais que je devrais tourner pour me rendre en français, mais je continue à la suivre.

— Bon, d'accord, s'exclame-t-elle en me prenant par la main pour m'entraîner dans les toilettes des filles.

Quelques secondes discutent, adossées aux lavabos.

— Vous nous laissez ? leur intime Hollis.

Elles détalent aussitôt.

— Bon, alors, à qui as-tu dit que tu n'avais pas envie d'aller à Yale ?

— Euh… Caplan ? Et ma mère, mais elle devient brusquement sourde dès que j'aborde le sujet.

— Qui d'autre ?

— Eh ben toi. À l'instant.

— D'accord. Pourquoi on n'appelle pas le secrétariat de la fac pour lui dire ?

— Le secrétariat de Yale ?

— Ouais. Qu'est-ce qui nous en empêche ?

— Mais… mais on ne peut pas… C'est sans doute très compliqué de trouver le bon numéro et…

— Le voilà.

Elle me tend son téléphone. Il est ouvert à la page des inscriptions du site de Yale, à la rubrique « Contact », en lettres bleues glaciales.

— Tu veux que je compose le numéro ? me propose-t-elle.

— Oh, mon Dieu.

Je me laisse glisser par terre le long d'une cabine.

— D'accord, mais pas tout de suite.

Elle s'assied à côté de moi.

— Qu'est-ce qui arriverait si tu appelais pour résilier ton inscription ? Imaginons.

— Eh bien, je suppose que Yale devrait procéder à un remboursement, et mes grands-parents l'apprendraient.

— Et ensuite ?

— Ils seraient contrariés.

— Et ?

— Je ne sais pas. Ce serait dur pour ma mère.

— Tu crois vraiment qu'elle voudrait que tu ailles dans la mauvaise fac pour cette raison ?

Je réfléchis un instant.

— Non, je ne crois pas. Enfin je n'espère pas.

Elle soupire.

— J'ai conscience que c'est compliqué, Mina.

— Merci.

— Mais admets une bonne fois pour toutes, ici et maintenant, devant moi, que tu n'as pas envie d'y aller, que tu n'y es pas obligée. Et qu'il faudra bien que tu subisses tous les désagréments qui en découlent, non ?

— Oui, tu as raison.

Et c'est drôle, parce que ce sont des mots en l'air. Je pourrais très bien revenir dessus, et pourtant, dès qu'ils ont franchi mes lèvres, je me sens mieux. Moins tendue. Un autre nœud s'est desserré.

— Bien, dit-elle. C'est un début. Et puisque tu as accepté de faire un truc qui te terrifie aujourd'hui…

— J'ai jamais accepté…

— Annonce-le à quelqu'un d'autre, tout de suite. Quelqu'un qui n'est ni un membre de ta famille ni ta meilleure ennemie.

Ça me fait éclater de rire.

— Je ne peux pas appeler la fac sans prévenir ma mère avant.

— D'accord, alors réponds à cette ancienne élève. Elle ne bosse pas pour Yale, si ?

— Quel serait l'intérêt ?

— Faire un pas dans la bonne direction.

J'ouvre le mail. L'ancienne élève s'appelle Diana Morano. Je me souviens à peine de notre entretien. Je parcours le message en diagonale. Elle me félicite et me pose une question que je ne comprends pas très bien au sujet de mon essai.

— Peu importe ce qu'elle dit, intervient Hollis. Réponds-lui simplement que tu tiens à l'informer que tu n'iras pas à Yale l'an prochain mais que tu la remercies pour son aide et son soutien, ou une connerie du genre. « Je vous souhaite un très bel été, bien à vous, Mina. »

J'obtempère. Puis je fixe l'écran de mon téléphone. Je sais que je viens de dire que ça n'avait pas de conséquences, pourtant j'ai soudain l'impression que c'est tout l'inverse, que je vais mettre en branle une suite d'événements sur lesquels je n'aurai plus prise ensuite.

Hollis regarde par-dessus mon épaule.

— Ça m'a l'air bien. Tu veux que je l'envoie ?

— Quoi ?

— On a parfois besoin d'une amie pour appuyer sur « envoyer ».

— D'accord.

Je lui tends mon portable.

— Tu es sûre ?

— Oui, certaine.

Elle envoie le mail et ça fait ce petit bruit de courant d'air, un son qui évoque une liberté incroyable, une porte qui se ferme.

— Voilà une bonne chose de réglée, me dit-elle en me rendant mon téléphone et en se levant. Bravo.

J'ai envie de la serrer dans mes bras ou de pleurer, mais je ne veux pas la mettre mal à l'aise.

— Alors, continue-t-elle, c'est quoi cette source sûre au sujet des sentiments de Caplan ?

— Tu as vraiment envie de parler de ça ?

Elle réfléchit et ses traits se détendent un peu, elle laisse momentanément tomber ce masque terrifiant tout en pommettes.

— Non, tu as raison. Mais je t'aime bien, Mina. C'était accidentel, je n'avais pas prévu que ça arriverait. Mais puisque c'est le cas, je serais furax de ne pas pouvoir être ton amie à cause de lui.

— Alors ne t'en fais pas, lui dis-je. La fenêtre de ma chambre était ouverte, et je l'ai entendu dire à Quinn qu'il ne pourrait jamais me voir comme ça.

Hollis prend le temps de méditer sur ces mots, en s'appuyant contre la cabine et en regardant le plafond.

— Tu sais, on a fait un jeu cet automne, lors d'une soirée. À tour de rôle, on s'assied sur une chaise et on est obligé de répondre à toutes les questions que les autres posent. J'ai demandé à Caplan quel était son plus grand regret. Il n'a même pas pris le temps de réfléchir, il a tout de suite dit que c'était d'avoir poussé tout le monde à te tyranniser en primaire.

Je pouffe.

— C'est absurde, enfin !

— Je sais. Il était tellement sérieux quand il a dit ça, tellement grand seigneur, je n'ai pas eu le cœur de lui dire que je t'emmerdais bien avant qu'il débarque à Two Docks.

— Est-ce que tous les mecs pensent, comme lui, que le monde tourne autour d'eux ?

— En toute honnêteté, Mina, je pense que tout le monde pense ça. Enfin les gens de notre âge. Ce que j'essaie de dire, c'est que Caplan souffre du complexe du sauveur.

On reste assises là en silence un moment. Je cherche à saisir les implications, le lien que ça peut avoir avec ce qu'il a dit à Quinn.

— Pourquoi tu m'as raconté ça, Hollis ?

— Parce que c'est dans ce genre de moments que j'ai compris qu'il t'aimait. Au sens total du terme. Et que même s'il ne s'en rendait pas compte pour l'instant, ça changerait un jour.

Elle l'affirme avec une telle force que je ne peux rien répliquer. Puis elle se lève.

— On devrait aller en cours maintenant.

Elle se regarde dans le miroir pour se remettre du baume à lèvres.

— On va avoir des billets de retard.

— Et ? Ne me dis pas que ce sera ton cinquième ?

— Non, non…

Je passe d'un pied sur l'autre, avant d'ajouter :

— En fait…

— J'y crois pas !

— Arrête, c'est pas comme si j'y attachais de l'importance…

— Tu plaisantes, Mina ?

— Ça paraît tellement dommage, si proche de la fin du secondaire.

— Ce sera ton premier de l'année ?

— Mon premier de tout le lycée.

Elle rit à gorge déployée.

— Viens là, la tocarde.

Elle passe son bras sous le mien.

— Dis que tu as tes règles, dis que tu étais en train de te faire une amie. Menton levé, seins en avant, personne n'osera te contredire.

Chapitre 23

CAPLAN

Ce n'est qu'en voyant Mina arriver que je m'en rends compte : j'étais terrorisé à l'idée qu'elle ne vienne pas à ma soirée. Mais elle est là, en avance, comme toujours, elle pousse la porte de la cuisine avec sa hanche, les bras chargés d'un plateau de brownies. Elle porte une robe blanche avec de petites fleurs rouges en bas et elle a retiré le gel de ses cheveux. Ils sont lâchés, mais elle a fait deux minuscules tresses à l'avant, qui encadrent son visage. Elle me rappelle les elfes canon du *Seigneur des anneaux*. Je vais à sa rencontre pour lui prendre le plateau.

— Je pouvais le porter, me dit-elle.

Elle me suit malgré tout. Je l'ai à peine posé à un endroit que ma mère le prend pour le mettre ailleurs. Mina me tend un paquet. Je ne l'avais pas remarqué sous son bras, emballé dans du papier de soie.

— Joyeuse fête, me dit-elle.

C'est une écharpe en laine rayée bleue, rouge et jaune. Elle est vieille mais propre, et très douce.

— Drôle de cadeau pour un mois de juin, observe Gwen, la mère de Mina, qui la suit.

— Oh, ces deux-là, lui rétorque la mienne, ils se comprennent entre eux, tu sais.

Je n'ai encore rien dit, alors Mina me prend l'écharpe des mains et l'enroule autour de mon cou.

— Je ne peux pas accepter…

— C'est malpoli de refuser un cadeau.

— Mina…

— Je veux que tu l'aies. Si un jour je ressens le besoin de la récupérer, je te la demanderai, d'accord ?

Je la serre dans mes bras.

— J'y ferai très attention. Je vais la ranger.

Je voudrais qu'elle me suive pour qu'on ait une seconde tout seuls. J'en profiterais pour lui présenter mes excuses, je ne sais même pas pour quoi exactement, pour tout, dans le désordre, mais Ollie a besoin d'aide pour brancher la chaîne stéréo. Quand je ressors de la maison, Quinn et sa famille arrivent ; Mina serre la main de tout le monde, je me demande s'il la présente comme sa petite amie, et je ne me sens soudain plus du tout désolé. Je m'attarde sur les marches qui mènent au jardin, on dirait un gosse stupide qu'on aurait mis au coin. Quinn me fait signe d'approcher. Les parents prennent des photos, et j'essaie de me rappeler que rien de tout ça n'est vraiment sa faute. Puis il tend la main vers Mina, qui proteste, « oh, non, non, non », en secouant la tête, mais ma mère la pousse vers nous. Elle vient se placer entre nous deux, et je prie pour ne jamais voir cette photo humiliante. Je rentre pour pouvoir me ressaisir. J'essaie de prendre de profondes inspirations, et quand je vois que ça ne marche pas, je sors une bière de la glacière qui attend les invités dans la cuisine. Le temps de retourner dehors, d'autres gens sont en train d'arriver et je perds la trace de Quinn et de Mina dans la foule. Lorsque je rentre faire une pause dans la cuisine, je tombe sur ma mère.

— Tu m'aides ? me demande-t-elle en me montrant la glacière, qu'on soulève chacun par une poignée. Pourquoi tu ne m'as pas parlé de Quinn et de Mina ?

Je dois me concentrer pour ne pas laisser tomber la glacière de mon côté. Je hausse les épaules.

Elle descend les marches à reculons et jette un coup d'œil par-dessus son épaule.

— Ils sont en couple ?

— En couple ? ironisé-je.

— Bon, d'accord… Sujet sensible ?

— Non.

— Alors, ils sortent ensemble ?

— Pose-leur la question à eux.

Elle ne répond rien, mais son expression me donne l'impression d'être un gros naze.

Je sais qu'Hollis va se pointer, parce qu'elle ne manque jamais une occasion de m'emmerder, pourtant, lorsqu'elle débarque avec ses deux parents, que je n'ai pas revus depuis notre rupture, ils se montrent tous incroyablement gentils. Sa mère me serre chaleureusement dans ses bras. Son père me fait peur, et ça a toujours été le cas. Hollis roule les yeux avant d'arranger le col de ma chemise et de me dire :

— Eh bien, félicitations.

Je cherche à trouver quoi répondre, un moyen de la remercier de sa venue, d'être encore là, mais elle s'écarte pour laisser la place à d'autres invités. Je m'efforce de saluer tout le monde, de remercier chacun pour sa présence, d'être un hôte à la hauteur pour ma mère. Les tables pliantes recouvertes de nappes bariolées gémissent sous le poids des plats apportés par les Amick, mais je n'ai pas l'occasion d'en goûter un seul. Du coin de l'œil, j'aperçois Mina sur le hamac, avec sa mère, elles partagent une assiette de desserts. J'espère que c'est le signe qu'elles se sont réconciliées et qu'elles ont trouvé une sorte d'arrangement pour la fac. Je me fais le serment de l'interroger sur ce sujet dès que possible, en mettant toutes ces conneries de côté.

Un peu après la tombée de la nuit, quand les gens ont commencé à danser dans l'allée devant chez moi, le frère aîné de Quinn me tend, avec un clin d'œil, une flasque d'alcool. Le mot *Dumb,* « stupide », est gravé dessus. J'ai comme l'impression qu'il y en a quelque part une seconde, *Dumber,* « encore plus stupide ». Je n'ai pas vu Quinn depuis un moment, justement, et j'en ai ma claque de parler des équipes de foot du Michigan avec les pères de mes potes, alors je pars à sa recherche.

Je le trouve assis sur le trottoir devant chez moi, avec d'autres mecs, occupé à faire circuler sa flasque, sur laquelle le mot *Dumber* est en effet gravé.

— Alors c'est le grand soir ? demande Noah.

— Nan, on pense plutôt attendre le bal.

— Pourquoi ?

— Attendre quoi ? demandé-je.

Quinn est le seul à me regarder, les autres sont trop occupés à se tordre de rire.

— Rien…

— Un vrai conte de fées, ricane l'un des mecs, un dépucelage pour la dernière soirée du lycée.

— Quoi ?

— Peut-être pas pendant le bal, dit Quinn en secouant la tête, plutôt après.

Il prend son pied, je le vois.

— Commence à la chauffer pendant le bal, reprend un type plus âgé, un des potes du frère de Quinn.

Il accompagne sa sortie d'un geste écœurant, avec deux doigts, et avant d'avoir même compris exactement le sens de celui-ci, je serre la flasque de toutes mes forces dans mon poing.

— Purée, je me demande comment elle va être…

— Raide comme un piquet.

— Pas du tout. Je suis sûr qu'elle cache bien son jeu. Et je me plante jamais.

— Moi, ça m'irait si elle était raide comme un piquet. Au moins comme ça on serait sûr qu'elle est bien étroite.

Ce n'est pas Quinn qui a prononcé ces mots, mais un gouffre béant s'ouvre en moi. Il rit avec les autres, sans me regarder, et je le pousse violemment. Il bascule contre les poubelles. L'une d'elles tombe et les ordures jaillissent en un arc de cercle parfait.

— Ça va pas, la tête ? lance-t-il en se relevant, paumes égratignées.

Plus personne ne rit.

— Cap, on déconne, c'est tout, se justifie l'un d'eux.

J'ai les mains qui tremblent. Je les bouscule pour remonter vers chez moi.

— Hé ! me crie Quinn. Écoute, si t'es jaloux, je peux comprendre. Parlons-en. Mais arrête de…

— Si c'est comme ça que tu parles d'elle, dis-je en me contenant pour garder une voix calme, j'ai aucune envie de te parler.

— Tu te fous de ma gueule ? s'esclaffe-t-il. Monsieur est au-dessus de ça maintenant ? Depuis quand tu refuses de parler de meufs, Cap ?

Je fais volte-face.

— ON PARLE DE MINA, LÀ ! On parle de Mina, tu peux pas utiliser ces termes-là.

— Mina appartient pas à une espèce rare qui serait à part, Caplan.

— Et tu peux pas… Tu peux pas coucher avec elle comme ça.

Je me force à murmurer. Si seulement les autres pouvaient se casser, putain.

Quinn me dévisage. Puis il lâche, d'une voix parfaitement normale :

— Ben si, je peux. Si elle en a envie.

— Mais elle en a pas envie, merde !

— Si, bien sûr que si. On en a discuté.

— Évidemment, si tu lui fous la pression…

— Qui a dit que je lui foutais la pression ? Merde, Caplan…

— Non, tu comprends pas, Quinn.

Je sais que je parle trop fort, que tout le monde écoute, mais je n'arrive plus à me contrôler.

— Tu peux pas comprendre, ajouté-je.

— Je vois bien les signaux, d'accord ? Je le vois à sa façon d'être quand on est ensemble, au langage de son corps, à sa respiration et à d'autres…

Je lui colle mon poing dans la figure, de toutes mes forces. Il chancelle, une main plaquée sur son œil. On se regarde avec la même surprise. Je m'attends à ce qu'il s'effondre, mais il balance son autre bras vers moi et m'atteint en plein dans le nez.

— OK, là ça dérape, je vais chercher quelqu'un, intervient Noah.

Une douleur cuisante et nauséeuse me force à fermer les yeux. J'essaie de me souvenir de la dernière fois où j'ai ressenti une sensation de ce genre, pour puiser du réconfort dans la comparaison, mais il y a certaines expériences qui sont uniques.

— Qu'est-ce que je comprends pas ? hurle Quinn. T'es assez taré pour penser avoir des droits sur elle ? Une connexion magique parce que vous avez pas de père ni l'un ni l'autre ? C'est des conneries, tout ça, Caplan. Ton père n'est pas mort, il s'est juste barré.

Je rouvre les yeux, le devant de ma chemise est couvert de sang. Je suis en train de penser que c'est celle que ma mère m'a achetée pour la remise des diplômes quand Hollis surgit près de moi.

— Oh là là, dit-elle. Oh là là. Venez. Maintenant. Lève-toi, Quinn. Ouais, je suis sûre que ça fait un mal de chien. Suivez-moi tous les deux.

Elle nous traîne vers chez moi.

— Je vais bien, protesté-je, arrête.

— Moi aussi, je vais bien, ajoute Quinn.

— Grandissez un peu, bordel. Vous n'allez pas bien.

— Dégage, insiste-t-il en la repoussant.

Il s'éloigne d'un pas vif.

— C'est à moi qu'il en veut, pas à toi, lui dis-je.

— Sans blague, Caplan.

J'essaie de m'échapper, moi aussi.

— J'ai même pas mal…

— T'es couvert de sang. Et si tu retournes le voir, là, il va y avoir une scène.

Je continue à résister, mais elle me tient fermement par le poignet.

— Et ça va faire de la peine à ta mère, Caplan.

Je la laisse me conduire directement à la salle de bains du premier. Elle me retire ma chemise et commence à me nettoyer. J'ouvre ma flasque pour avaler une gorgée. Elle proteste, bien sûr.

— J'ai super mal au pif, d'accord ?

— Je croyais que t'allais bien.

— Non, en fait.

Quelque chose dans mon intonation la convainc de ne pas insister. Elle vient de s'attaquer au nettoyage de mes cheveux quand j'entends quelqu'un m'appeler. Je me lève.

— Attends, Caplan…

— C'est Mina.

Je sors malgré les protestations d'Hollis. Mina traverse la maison comme une furie et s'arrête net en me voyant dans l'escalier, torse nu, avec encore pas mal de sang.

— Qu'est-ce que t'a fait ? me lance-t-elle.

J'ouvre la bouche puis la referme.

— Qu'est-ce que t'as dit à Quinn ?

— J'ai juste… J'ai pas…

— Caplan.

Sa voix est aussi dure que de la glace.

— Réponds-moi immédiatement. Qu'est-ce que tu lui as dit ?

— Je… Ben, ils discutaient entre mecs, au sujet du bal, de lui et de toi, et j'ai juste…

— Qu'est-ce que tu lui as dit ?

— Rien !

— Tu lui as forcément dit quelque chose, puisqu'il vient de me quitter.

Mes poumons se vident d'un coup.

— Il… il t'a quittée ?

— Oui ! Il a dit que tu lui avais fait comprendre quelque chose, qu'on devait arrêter, qu'on ne pouvait pas aller ensemble au bal.

Sa voix monte dans les aigus et, c'est plus fort que moi, je vais à sa rencontre.

— Tu lui as dit, gémit-elle en me repoussant des deux mains. Tu lui as tout raconté, pour moi, et il a flippé, c'est ça ?

— Mais pas du tout !

Soudain, j'ai le déclic et je comprends de quoi elle m'accuse.

— Pourquoi alors ? Qu'est-ce que tu lui aurais fait comprendre d'autre ?

— J'ai juste pété les plombs ! J'ai pas aimé la façon dont il parlait de toi et j'ai juste... Enfin, Mina, je raconterais jamais ça à personne, tu le sais bien.

— Alors POURQUOI, s'écrie-t-elle en me repoussant une nouvelle fois, pourquoi il m'a quittée ?

— MAIS C'EST PAS VRAI ! hurle Hollis, dans mon dos. Ça suffit. Toi, viens ici. Oui, oui, je suis sûre que Caplan a fait un truc très con, enfin ça sert à rien d'imaginer toutes sortes d'hypothèses. Assieds-toi.

Elle force Mina à poser ses fesses sur la dernière marche.

— Et toi aussi, ajoute-t-elle en s'adressant à moi. Maintenant, interdiction de parler. De crier. De vous toucher. Et de vous frapper surtout.

Elle me foudroie du regard.

— Ne bouge pas, Caplan.

— T'es en train de nous mettre au coin, là ?

— Exactement.

— Tu vas où ? lui demande Mina.

— Chercher Quinn. Pour lui demander ce qui s'est passé.

Je me lève aussitôt.

— Je veux pas le voir !

— ASSIS !

Chapitre 24

MINA

Caplan et moi, on patiente dans l'escalier en silence. Au bout d'une minute d'attente, il me tend sa flasque.

— Tu cherches à être drôle ?

Je m'écarte de lui et me pince l'intérieur du bras pour ne pas m'effondrer. Quand Hollis revient avec Quinn, il a l'air épuisé. Son œil est déjà gonflé. Il nous regarde, assis sur notre marche comme deux enfants.

— Ta mère te cherche, dit-il en s'adressant aux genoux de Caplan.

— Il ira dans une minute, rétorque Hollis. Pourquoi t'as quitté Mina ? C'est à cause de Caplan ?

— Ouais.

— Qu'est-ce qu'il t'a dit ? insiste Hollis.

— Il a pas eu besoin de me dire quoi que ce soit. Ça saute aux yeux.

Un sanglot me prend à la gorge. De toute mes peurs – la liste est longue –, c'est la pire : celle que les gens puissent deviner. Qu'ils puissent sentir que je suis abîmée. Comme si je portais une marque.

— Quoi ? lâche Hollis en rivant ses yeux sur moi. Qu'est-ce qui saute aux yeux ?

Quinn prend une profonde inspiration.

— Que, même s'ils ne le savent pas, ils sont amoureux l'un de l'autre pour l'éternité, bla, bla, bla, et que je préfère me retirer de la partie, d'accord ? J'y arrive plus, c'est trop pour moi. Cette vibe-là, entre vous, c'est pas du tout normal, vous en êtes conscients ? Il faut que vous le sachiez quand même. Ces histoires dramatiques de série télé. C'est trop naze. Et je suis désolé, sincèrement désolé, Mina, parce que je trouve que tu déchires, mais faut vraiment que vous arrêtiez tous les deux et que vous vous mettiez ensemble. Vous rendez tout le monde malheureux, à commencer par vous, et moi j'en ai assez, d'accord ? T'avais peut-être raison, finalement. Peut-être que je préfère aller au bal de fin d'année seul en costume de clown. Fais-moi un procès, si tu veux.

Un long silence suit ses paroles.

— Désolé pour ton nez, ajoute-t-il à l'intention de Caplan. Et je suis désolé d'avoir ri quand les mecs ont dit des trucs bien gras sur toi, poursuit-il en se tournant vers moi.

— Qu'est-ce qu'ils ont dit ?

— Mieux vaut ne pas savoir, intervient Hollis. Crois-moi. Je parle d'expérience.

— Ils expliquaient, en termes assez crus, que tu devais être un bon coup.

Je me lève d'un bond pour mieux toiser Caplan.

— Et toi, t'as voulu faire quoi exactement ? Défendre mon honneur ? Si ça se trouve, je suis un bon coup !

Je ne sais pas du tout ce qui me pousse à balancer une chose aussi énorme, en tout cas je pleure pour de bon à présent. Je sens les vagues de larmes monter en moi, et je n'ai aucune idée de ce qui va me déborder ensuite.

Ils essaient de me retenir, m'appellent, mais je me précipite dehors et traverse la rue en courant pour me réfugier chez moi, à l'étage, sous ma couette, où je sanglote, encore et encore, jusqu'à ce qu'il ne reste plus rien en moi. Je pleure comme quand j'étais petite – quand on ne sait pas encore parler et qu'on en est réduit à faire du bruit, des sons d'animaux, aussi bruyants que possible –, parce que personne ne peut m'entendre. Tout le monde est de l'autre côté de la rue, dans un autre monde, à la belle fête en l'honneur de mon plus vieil ami. Mon seul ami, qui en sait trop sur moi, qui sait tout et ne peut s'empêcher de vouloir me protéger contre le reste de l'univers, les gens normaux – ou plus exactement de les protéger de moi.

Je me réveille des heures plus tard, complètement essorée, vaseuse, malheureuse. Mon portable vibre quelque part dans mon lit. Je l'ignore, mais il recommence. Je finis par le repêcher entre les plis de ma couette et je vois le nom d'Hollis affiché sur l'écran.

— Allô ?

— Salut, et désolée, Mina, j'ai besoin de ton aide.

— Qu'est-ce qui se passe ?

— Je savais pas qui appeler d'autre.

— Ça va ?

— Moi, oui. C'est Caplan. Tu peux sortir ? On est un peu plus loin dans la rue.

— J'arrive tout de suite.

J'enfile un sweat-shirt sur ma robe et ne m'embête même pas à mettre des chaussures.

Je n'ai aucun mal à les trouver : Caplan a d'horribles haut-le-cœur violents et sonores. En approchant, je constate qu'il n'arrive plus à vider son estomac. Hollis est derrière lui, elle essaie de le maintenir assis en le tenant sous les aisselles. Elle est dans un sale état. Sa robe est couverte de vomi. La tête de Caplan roule sur son torse. Je m'agenouille devant lui et j'essaie d'aider Hollis à le redresser. Ses paupières papillonnent et, lorsqu'il m'aperçoit il se met à pleurer. Sa tête bascule sur mon épaule, et il hoquette contre moi tout en tenant des propos incohérents.

J'échange un regard avec Hollis.

— Qu'est-ce qui s'est passé ?

— Aucune idée. Après ton départ, je lui ai dit de monter mettre une chemise propre et de redescendre participer à sa fête, en faisant bonne figure.

Caplan pleure de plus en plus en fort, il pèse de tout son poids contre moi et je manque de basculer en arrière sur la chaussée.

— Et ?

— Et il a suivi les deux premières instructions, avant, je suppose, de vider cette flasque débile que le frère de Quinn lui a offerte. Je l'ai retrouvé dans un buisson, en train de se gerber dessus, mais il était encore à peu près conscient à ce moment-là, alors j'ai réussi à lui faire faire quelques pas avec moi dans la rue pour que sa mère ne le voie pas. Là, il a largement dépassé l'heure de son couvre-feu, elle arrête pas de l'appeler sur son portable et je n'arrive pas à le mettre debout.

Caplan bascule à quatre pattes, secoué de haut-le-cœur.

— D'accord, dis-je.

Je vais me placer d'un côté de lui, et Hollis de l'autre. On arrive à le relever sur ses deux jambes. On vacille tous les trois un instant.

— Je suis désolée, me souffle-t-elle.

— T'as pas à l'être.

— Bon… Allez, Cap, en route, lui lance-t-elle.

Il gémit. Ses genoux se dérobent mais on le retient.

— Il a même pas répondu, grommelle-t-il.

— Ça va aller, le rassure Hollis, tout va bien, Cap.

On remonte la rue à la vitesse de trois escargots – on le porte quasiment, toutes les deux.

— Mince, depuis quand…

Je suis complètement hors d'haleine alors qu'on n'a pas fait plus de vingt pas.

— … il est aussi mastoc ?

— C'est pour ça que les mecs ne sont pas censés jouer les demoiselles en détresse, halète Hollis. Pure question de physique.

— Il est pas venu, gémit Caplan.

On réussit à lui faire monter les marches de derrière, ses pieds semblent un peu plus coopératifs.

— Julia a forcément laissé ouvert si elle sait que Caplan n'est pas couché.

Hollis a déjà la main posée sur la poignée quand je dis ça. Et je me rends compte qu'elle est au courant. Bien sûr qu'elle est au courant. Elle connaît cette maison, les petites manies de Julia, et ce garçon bien plus intimement que moi.

On le traîne à l'intérieur et on le fait taire le temps de reprendre notre souffle, lorsque le palier du premier s'allume. Julia se tient en haut de l'escalier en pyjama et elle nous observe tous les trois. Elle analyse la scène : Caplan à peine conscient, nous deux qui peinons à le maintenir debout. Hollis ouvre la bouche pour lui fournir une explication mais Julia l'arrête d'un mouvement de la main. Elle descend les marches et vient le prendre dans ses bras. Il se laisse peser contre elle de tout son poids.

— Il... il... a jamais répondu, sanglote-t-il. Papa a même pas répondu.

Je ne sais où elle puise cette force surhumaine, en tout cas elle réussit à le conduire au premier. Arrivée sur le palier, elle se retourne vers nous. Hollis bredouille :

— On est... Est-ce qu'on...

— Merci à vous deux. Maintenant rentrez chez vous. Vos mères doivent être inquiètes.

Une fois dehors, Hollis se laisse tomber sur le trottoir et met sa tête entre ses genoux. Au début, je crois qu'elle pleure, mais je me rends vite compte qu'elle rit. Je m'assieds à côté d'elle.

— Comme si ma mère allait s'inquiéter ! Mes parents ferment la porte à clé à minuit, que je sois rentrée ou pas.

— Tu vas dormir où alors ?

Elle hausse les épaules.

— Je vais appeler les filles jusqu'à ce que l'une d'elles se réveille. Ou je cognerai à la porte de chez moi pour que quelqu'un vienne m'ouvrir. Qu'est-ce qu'ils pourront bien faire ? Me punir ? On sera diplômés la semaine prochaine, et après je me casse.

— Tu peux dormir chez moi, si tu veux.

Elle me dévisage.

— Vraiment ?

— Ouais. T'y es presque déjà. Et une douche ne te ferait pas de mal. Tu pues.

— Et toi, on dirait que tu t'es endormie en chialant.

— Sans blague.

— Je pourrai prendre une douche à 2 heures du mat ?

— Bien sûr. Ma mère n'est pas non plus du genre à s'inquiéter.

— Le mois de juin de la terminale ressemble au Pays imaginaire dans *Peter Pan*, décrète Hollis, une fois qu'on est couchées dans mon lit.

— Comment ça ?

Je n'ai pas envie de dormir, alors qu'il est 3 heures. Sans doute parce que j'ai fait un gros somme à 22 heures.

— Déjà, pour le côté magique, bien sûr. Il fait chaud, et tout pétille.

— Pétille ?

— T'as pas remarqué ? On est brusquement autorisés à boire du champagne. Et aussi, on se comporte tous comme si on n'allait jamais grandir. Alors que c'est précisément ce qu'il va falloir qu'on fasse.

Je ne dis rien pendant un moment. J'ai honte. Quand je pense que j'ai passé une grande partie de ma vie consciente à observer Hollis et que je croyais la connaître.

— T'es pas d'accord ?

— Si, si, t'as raison. Un pays peuplé de garçons perdus, qui jettent tout le monde, boivent trop et pleurent alors que ce n'est pas leur tour de pleurer.

— Exactement.

— Ce qui fait de toi Wendy.

— Non, Mina, soupire-t-elle. J'aurais beau essayer, y consacrer tous mes vœux, tu es Wendy, et moi cette maudite fée Clochette.

J'éclate de rire.

Elle roule sur le flanc pour me faire face mais ses yeux se ferment déjà.

— *Peter Pan*, c'était mon livre préféré quand j'étais petite, et toi ?

— Euh… *Harry Potter.*

— Non, ça, tu l'as partagé avec Caplan. Le livre qui ne serait qu'à toi ?

— Peut-être *Cendrillon*…

— Tu fais dans le classique.

On reste silencieuses un instant.

— Son père meurt aussi, dis-je. Je crois que c'est ce qui me plaisait. C'est franchement cucul.

— Pas du tout.

Puis elle ajoute :

— Je voulais te demander pardon pour ce que j'ai dit sur tes chaussures en CM1.

— Quoi ?

— À l'époque tu portais tes Converse noires tous les jours, et j'ai dit partout que c'était parce que ton père était mort… Bref, je te demande pardon.

— C'était toi ?

— Le pire, c'est que je cherchais pas à faire ma peste pour une fois. Je venais de lire dans un bouquin que les gens portaient du noir quand ils étaient en deuil, et je voulais que les autres filles arrêtent de les qualifier de chaussures de mec, mais tu m'as entendue, ça t'a fait pleurer, et je me suis sentie tellement mal…

— C'est pas grave. C'est même adorable de ta part.

— Oui, c'est tout moi, ça, marmonne-t-elle, la fille la plus adorable de Two Docks.

Après un autre long silence, alors que je pense qu'elle s'est endormie, elle dit soudain :

— Bon, maintenant qu'on est amies…

— On est amies ?

— Oui, et maintenant qu'on l'est…

— Tu vas te mettre à chanter *Popular ?*

— Arrête tes conneries, et dis-moi un secret.

— Un secret ?

— Ouais. Un truc que personne d'autre ne sait.

— D'accord, alors... l'ancienne étudiante de Yale m'a répondu.

— Pour dire quoi ?

— Elle m'a demandé quels étaient mes projets pour l'an prochain. En fait, dans son premier message, elle voulait savoir si ça m'intéresserait de retravailler mon essai pour la fac dans le but de le publier. De le faire paraître dans une revue, quoi.

Hollis se redresse aussitôt et s'assied.

— Comment ça ? Elle l'a lu ?

— Ben, il y a quelque temps, un membre du comité de sélection de la fac m'a contactée pour savoir si je les autorisais à faire figurer mon essai dans un guide à destination des candidats. Pour qu'ils aient des modèles ou...

— Et le tien était évidemment un exemple parfait. T'as écrit sur quoi ? La vie et la mort ?

— Non, sur rien. Je m'attendais vraiment à ce qu'on me rétorque que ça ne correspondait pas du tout aux attentes en la matière. J'ai juste raconté comment j'avais aidé Caplan à apprendre à lire en primaire. Enfin bref, j'imagine que c'est comme ça que cette ancienne élève l'a lu. Sa femme bosse pour une revue littéraire, et elles voudraient le publier. Et après que je lui ai annoncé que je n'irais pas à Yale finalement, elle m'a répondu pour savoir si ça pourrait m'intéresser de faire un stage...

— Oh là là, et tu as dit quoi ?

— J'ai pas encore répondu.

— La revue s'appelle comment ?

Je sors mon portable.

— *Le Culot.*

Elle prend son téléphone.

— Oh, mon Dieu, Mina, leurs bureaux sont à New York. C'est parfait, ça sera comme dans *Girls*. Regarde un peu cette rue...

— Je ne peux pas renoncer à la fac pour aller à New York. J'y ai jamais mis les pieds. Et je n'ai pas vu un seul épisode de *Girls*. Sans oublier que je connais personne là-bas.

— Ben si, tu me connaîtrais, moi, rétorque-t-elle en jouant les offensées. Et tu renonces pas à la fac, tu prends une année de césure.

— Tu parles, tu feras comme si tu me connaissais pas.

— Jamais de la vie. Tu m'as tout l'air du genre de fille qui va s'épanouir après le lycée. Je ne dis pas que tu n'es pas déjà épanouie, hein. Enfin tu vois.

Elle bâille et se rallonge.

— Arrête de me toucher avec tes orteils, ils sont gelés.

Puis après une ou deux minutes de silence, elle lâche :

— Je vais partir juste après la remise des diplômes. Je dégage de Two Docks pour démarrer ma vraie vie. Viens.

— Avec toi ?

— Oui, c'est ce que je te propose.

— Tu voudrais que je fasse partie de ta vraie vie ?

— Ouais. Tu pourrais m'emprunter des fringues.

J'éclate de rire.

— Les miennes sont si nulles ?

— Non. C'est juste que j'adore quand les gens m'empruntent des fringues, dit-elle en se blottissant sous la couette. Parce que je suis prétentieuse et que j'ai des goûts exceptionnels. Je crois que c'est la façon dont j'exprime mon amour… Ce serait quoi ton langage à toi ?

— Je sais pas… Recommander des livres peut-être ?

— Ah, d'ailleurs, merci pour celui que tu m'as offert de la part de Caplan. Je l'ai tellement adoré que je l'ai déjà recommencé.

Je souris, mais elle a déjà fermé ses paupières.

— Tu devrais venir à New York, Mina.

Je ne lui réponds pas.

— Tu fais semblant de dormir ? me demande-t-elle.

— Non, je réfléchis… Tu ne m'as pas dit de secret, toi.

— J'ai été agressée moi aussi.

— Ah…

— Mina, je ne veux pas…

— Comment tu as su ?

— Je me suis dit, en te voyant pleurer à mon anniversaire, que ça me rappelait quelque chose. Un sentiment familier. La façon dont tu sanglotais en serrant tes genoux contre toi. Et puis ce soir quand… quand tu as cru que Caplan avait dit quelque chose à Quinn. C'est peut-être tordu de ma part, j'aurais pas dû… j'aurais pas dû balancer ça.

— Non, ça va. C'est vrai. J'ai été agressée. Moi aussi. Est-ce que je connais… celui qui…

— Non, répond-elle en bâillant et en appuyant son front contre mon épaule. C'était il y a deux ans, un été, en colo. Il était moniteur. J'étais folle amoureuse de lui, plus petite. Quel gâchis, un type aussi canon.

Je retiens un rire.

— Oh, pardon…

— Non, au contraire, ris ! Ça me donne l'impression d'être invincible quand j'arrive à en rire.

— Mais tu es invincible, Hollis. Je l'ai toujours pensé, tu sais.

— Je suis vraiment désolée que ça te soit arrivé aussi.

Je roule sur le flanc vers elle et ferme mes yeux.

— Moi aussi je suis vraiment désolée pour toi.

— Tu as dû prendre la pilule du lendemain ? Ça a été le plus dur, pour moi. D'aller voir l'infirmière. Elle n'en avait même pas dans sa pharmacie, ce qui me paraît complètement délirant quand tu bosses pour une colo mixte.

— Non, non, j'en ai pas eu besoin.

— Ah, alors certains monstres utilisent des préservatifs ?

— Non… Non, ce que je veux dire, c'est que j'étais pas encore réglée, donc…

Elle ne dit rien. Elle cherche ma main sous la couette et la serre très fort avant de la relâcher. Puis elle dit :

— T'as réfléchi, alors ? Pour New York ?

— Non. Enfin, c'était… C'est une sacrée proposition.

— Bon, j'ai prévu d'emménager dans une coloc avec d'autres futures étudiantes de la fac de New York. Il y avait deux chambres de libre, peut-être qu'il en reste encore une.

— Ah…

— Je te dis pas ça pour te faire flipper. Prends le temps d'y réfléchir.

— D'acc.

— Bonne nuit, Mina.

— Bonne nuit, Hollis.

— Mina ?

— Mmh ?

— T'es invincible, toi aussi. J'en suis convaincue. Je te proposerais pas de venir sinon.

Chapitre 25

CAPLAN

Je suis allongé par terre dans la salle de bains, en position fœtale, quand Ollie ouvre la porte.

— Maman dit que c'est là que tu vis maintenant.

— Dégage.

— Elle dit aussi que t'as jusqu'à 9 heures pour te lever et nettoyer tout le vomi sur le trottoir devant la maison des Morgan.

— Il est quelle heure ?

— Presque 8 heures.

Je gémis.

— Je peux m'en charger pour toi si tu veux…

Je prends appui sur la cuvette des toilettes pour me redresser et m'asseoir.

— Combien ?

— Cinquante dollars.

— Vingt.

— Trente, et…

Il incline la tête avant d'ajouter :

— Tu devras faire mon lit tous les matins jusqu'à ton départ.

— Pendant une semaine.

— Deux semaines.

— Tu me laisses jusqu'à quelle heure ?

Il réfléchit.

— Il doit être fait avant que je me couche le soir.

— Marché conclu.

On se serre la main. Le geste me donne la nausée et je presse mon front contre la faïence froide.

— Maman s'en fout qu'on fasse nos lits, tu sais. Je fais jamais le mien.

— Ouais, mais bon, toi, tu dors sur les chiottes aussi. J'essaie d'avoir un peu plus d'ambition dans la vie.

— Tu peux partir, Ollie, t'as du vomi à nettoyer.

— J'aime bien avoir un lit fait. Ça me met de bonne humeur. Tu devrais essayer.

Il referme doucement la porte derrière lui.

Je me rallonge sur le carrelage et reprends mon observation du dessous poussiéreux de la cuvette des toilettes. Je ne suis pas si mal ici. Je ne peux faire aucune connerie tant que je reste à cet endroit précis. Je ne peux décevoir personne.

La lumière qui entre par la fenêtre devient de plus en plus forte, et j'hésite à me lever pour fermer le rideau quand j'entends la porte d'entrée. Puis Ollie qui s'exclame d'un ton guilleret :

— On dirait un mort-vivant qui vient de sortir de sa tombe, monte voir.

Je ne sais pas trop qui je m'attends à découvrir. Sans doute Quinn. En tout cas je ne tourne pas la tête lorsque la porte s'ouvre.

— Il paraît que t'as décidé d'élire domicile ici, lâche-t-elle.

— Je fais un essai.

— Ça me paraît pas l'idéal pour un garçon qui adore les toits et le sommet des arbres.

Je roule sur le côté pour la regarder. Elle est restée sur le seuil de la salle de bains. Elle tient une boisson énergétique et un paquet de crackers.

— Je peux entrer ?

— Je suis pas certain que ce soit une bonne idée.

— Tu te souviens de la fois où on avait voulu dormir sous une tente dans ton jardin, que j'ai eu l'appendicite et que tu m'as laissée vomir sur toi pendant le trajet en voiture jusqu'à l'hôpital ?

Je souris. Les muscles de mon visage sont raides et bizarres. La douleur irradie de mon nez. Mina ferme la porte derrière elle et s'assied en face de moi, dos à la baignoire. Elle pose la boisson devant moi et enlace ses genoux.

— Je ne mérite pas que tu t'occupes de moi.

— Oh, arrête de t'apitoyer sur ton sort.

J'ouvre la bouteille et en avale une gorgée. À mon grand étonnement, ça a un goût incroyable. Je bois plus goulûment. Puis je rebouche la bouteille et la presse contre mon front parce qu'elle est encore froide.

— On dirait que tu es le premier mec au monde à avoir pris une cuite.

— On est plus fâchés ?

— Je ne sais pas, me répond-elle.

— Mais tu es venue.

— Oui, car tu es faible et vulnérable. Disons que notre fâcherie est sur pause.

— Ma mère m'a dit que vous m'aviez porté jusqu'ici, Hollis et toi.

— On a fait une soirée pyjama après, si tu veux tout savoir.

— Je te crois pas. Elle déteste ça.

— C'était sympa, très bizarrement. Ça m'a fait me sentir mieux sur… je sais pas. Un peu tout.

Elle me sourit. Un vrai sourire à la Mina, doux et pointu à la fois.

— Non, dis-je brusquement. On met rien sur pause. Je ne veux pas de ta pitié. Vide ton sac.

Ses yeux me balaient lentement de la tête aux pieds. Et j'ai soudain conscience que je ne porte qu'un boxer et des chaussettes.

— Impossible, rétorque-t-elle. T'as l'air trop mal en point. Ça serait pas équitable.

Elle tend la main pour gratter un peu de sang séché sur ma clavicule.

— Mina…

— Je sais. C'est bon.

— Non, c'est pas bon. Je suis… Je suis désolé. Pour Quinn.

— Si tu veux que je sois honnête…

Elle s'adosse à la baignoire avant de continuer :

— C'est mieux comme ça. Je crois que je voulais surtout l'utiliser pour coucher avec lui.

J'éclate de rire.

— Arrête un peu.

— Si, si, ça faisait partie de l'attrait.

Elle rit aussi maintenant. Je me rends compte que je suis mort de faim et je tends la main vers la boîte de crackers.

— Mais c'est pas parce que je n'arrive pas à rester fâchée contre toi que tu ne dois pas te sentir mal.

— C'est le cas. Je me sens minable.

— Et puis bon, j'avoue, ça aurait été sympa de finir le lycée en l'ayant fait au moins une fois.

— J'en reviens pas. Tu veux dire que t'avais…

— Envie ?

— Oh bordel.

— Grandis un peu, Caplan.

— T'avais envie ?

— C'est si étonnant ?

Elle pose sa joue sur ses bras, croisés sur ses genoux. Il y a une drôle de lueur dans ses yeux.

— Non, dis-je en ayant du mal à déglutir. Non, bien sûr que non, je veux dire, c'est naturel de… de se demander ce que… tu vois… tu ressentirais.

— Tout va bien, Caplan ?

— Oui, oui…

— Parce que tu es rouge vif.

— Pas du tout.

— Et j'ai une assez bonne idée de ce que je ressentirais. Non, non, s'empresse-t-elle d'ajouter, je ne pense pas à cette fois-là. Évidemment. Je voulais dire que j'avais exploré le sujet de mon côté, depuis. Toute seule… Quoi ?

J'ouvre la bouche, puis la referme et la rouvre. Je ne sais plus comment parler.

— Sérieux, Caplan ? T'as une vision aussi patriarcale de la masturbation ?

— N… non, je… Enfin, je… Bien sûr que non. C'est juste…

— Tu le fais bien, non ?

— Oui, évidemment, mais je me disais juste que…

— Quoi ? Que c'était réservé aux garçons ?

— Non, non ! Je sais que les filles, les femmes enfin, peuvent… peuvent aussi… Arrête de te foutre de ma gueule !

— T'es tellement hilarant !

— Avoue que c'est une conversation étrange…

Je n'arrive pas à détacher mes yeux d'elle. Elle ne m'a pas regardé aussi longtemps depuis des semaines.

— Tu faisais des crises d'angoisse quand les gens te touchaient par accident dans un couloir, Mina !

— Oui, bien sûr, enfin c'est différent. Je ne suis pas les gens. Je peux me toucher moi-même sans paniquer. Bon, ferme la bouche, tu as l'air ridicule.

Je n'en doute pas.

— Je sais bien que je me suis effondrée quand c'est arrivé. Et tu m'as vue au pire moment. Mais on ne peut pas dire que je n'ai pas essayé d'affronter la question sur tous les plans.

— Comment ça, sur tous les plans ?

Son regard se perd dans le vague.

— Je sais que tu t'es surtout inquiété du fait que je ne parlais pas, ne mangeais pas, ne dormais pas, mais moi j'avais aussi peur de ne jamais être capable de ressentir du plaisir lors d'un rapport sexuel, de ne pas en avoir envie, et j'ai donc décidé de ne pas prendre de retard, tu vois, de ne pas freiner mon développement. J'ai même pris de l'avance du coup, j'ai fait des recherches et lu des bouquins. Je ne prétendrai pas qu'il n'a pas fallu un peu de temps et de pratique.

— De p… pratique ?

— Tu sais, il y a des trucs super pour aider les filles, des trucs qui n'existaient pas il y a encore quelques années. Je ne parle pas de porno dégueu, mais de trucs très instructifs et qui n'ont rien d'intimidant.

— T'es… t'es en train d'expliquer que t'es devenue une experte du sujet… grâce à la masturbation ?

Elle rit de plus belle, et cette fois je suis sur la défensive.

— Tu vois pas que je fais des efforts, Mina ? Lâche-moi un peu, d'accord ? C'est tout nouveau pour moi ! On n'en a jamais parlé avant !

— Et pourquoi est-ce qu'on en aurait parlé, enfin ? Quoi ? T'aurais voulu me dire combien de fois par semaine tu le fais ?

— Ben si tu m'avais posé la question, je t'aurais répondu !

— D'accord. Combien de fois ?

— Oh, putain…

Je cache mon visage dans mes mains.

— Tu vois ? s'exclame-t-elle, folle de joie.

— D'accord ! hurlé-je dans mes mains. T'as gagné. Est-ce qu'on peut parler d'autre chose, maintenant ? Par pitié ? Est-ce qu'on peut reprendre notre dispute ?

— Oui, oui, Caplan, c'est bon, j'arrête.

— Cette conversation ? Notre dispute ?

— Les deux.

— Merveilleux.

On reste un moment assis là, sur le carrelage de la salle de bains. Et je me rends compte que je n'arrive plus à la regarder dans les yeux. Si seulement j'avais un pantalon…

— Tu veux qu'on aille se promener ? propose-t-elle. T'as sans doute besoin d'un truc plus consistant que ces crackers.

— Bonne idée.

Elle se lève et me tend la main. Je garde les bras croisés sur mes cuisses.

— Quoi ?

— Rien.

— Allez, Caplan.

— J'arrive dans deux secondes.

— Pourquoi ? Y a un problème ?

— J'ai juste besoin de… Je m'habille et je te rejoins.

— T'es bizarre tout d'un coup…

— Mais non.

— Alors lève-toi, insiste-t-elle en me tendant de nouveau la main.

— Non ! Je peux pas…

— Comment ça ?

— Ben je peux pas, d'accord ?

— Tu peux pas ?

Je soutiens son regard et, soudain, elle comprend.

— Oh, purée.

— Arrête ça, Mina.

— Tu veux dire que…

Je la dévisage, elle me dévisage. Elle plaque sa main sur la bouche. Je me relève le plus dignement possible, les mains croisées devant mon entrejambe.

— Oh, purée, oh, PURÉE !

— QUOI ? Qu'est-ce que tu veux que je te dise ? Tu débarques ici toute… toute… Et puis t'es gentille avec moi, et… tu me parles de désir sexuel et de… Enfin tu vois…

— De masturbation ?

— ARRÊTE ! ARRÊTE DE PRONONCER CE MOT !

Je cherche à m'échapper, mais il n'y a aucun endroit où je pourrais me réfugier dans cette salle de bains minuscule, alors je me mets à décrire un cercle sur moi-même, et elle est toujours là.

— Je suis navré, Mi.

— Ne le sois pas, enfin. Je le prends comme un compliment.

— Ouais. Ouais, c'en est un.

Elle se mord les lèvres pour s'empêcher de rire. Et soudain la pensée surgit dans mon esprit, insistante, alors que le moment ne pourrait pas être plus mal choisi. Je pue la transpiration et le vomi, je suis en boxer, et je viens littéralement de passer des heures allongé sur le carrelage de la salle de bains, bref je dois prendre une douche de toute urgence.

— Bon, on va... Descends, et je te rejoins.

Sauf qu'elle ne part pas. Elle incline la tête sur le côté. Rien au monde ne pourrait me faire me détourner d'elle maintenant. Je sens chaque battement de mon cœur comme un coup de gong dans ma gorge. Elle baisse les yeux vers mes mains, toujours positionnées de façon stratégique. L'espace d'une seconde, très longue ou très courte, je ne saurais dire, je suis incapable de bouger ou de parler. Elle me prend les poignets pour écarter mes mains. Elle regarde en bas, elle me regarde dans les yeux. Puis on s'embrasse. Elle place mes bras autour d'elle. Le temps s'accélère, on se presse l'un contre l'autre si fort que je perds l'équilibre, et je crois bien que j'arrache le rideau de la douche, qui tombe sur nous deux, et elle rit contre ma bouche en le repoussant, avant de m'embrasser encore, et on se retrouve sur le carrelage, et elle retire son tee-shirt, et on renverse la bouteille de boisson énergétique en roulant sur le sol. J'entends à peine le coup frappé à la porte, mais elle, oui, et elle s'écarte aussitôt.

— Caplan ? m'appelle ma mère. Je peux entrer ?

Si je suis pétrifié, Mina ne perd pas une seconde pour réagir, elle. Elle ramasse son tee-shirt et se faufile sans bruit dans la chambre d'Ollie, qui a aussi un accès à la salle de bains.

— Caplan ?

— Oui, entre !

Je me laisse tomber à genoux devant les toilettes, parce que je n'ai pas d'autre idée. Ma mère ouvre la porte, découvre le rideau de douche en tas dans la baignoire et la flaque rouge de boisson énergétique.

— Mon Dieu… Tu t'es battu ou quoi ?

Je réponds d'un grognement évasif sans sortir ma tête de la cuvette. Elle vient s'agenouiller à côté de moi et écarte les cheveux sur mon front.

— Oh, tu es brûlant !

— Ça va, maman…

— Trésor, tu es très rouge, je t'assure.

— C'est rien…

— J'ai l'impression que tu as de la fièvre.

Elle pose le dos de sa main sur mon front, puis elle se relève pour fureter dans le placard à médicaments.

— Maman je t'assure que ça va.

— Prends ça, insiste-t-elle en me tendant un comprimé, et va te coucher, d'accord ?

— Oui, d'accord.

— Tiens, je…

— Maman ! C'est bon, je m'en occupe.

Après l'avoir quasiment mise à la porte de la salle de bains, je laisse ma main posée sur la poignée de la porte d'Ollie pendant une seconde avant de me lancer et d'ouvrir.

Il est assis sur son lit, des cahiers étalés tout autour de lui, et il regarde dehors, bouche ouverte. En me voyant entrer, il m'indique la direction de la fenêtre.

— Mina vient d'entrer dans ma chambre, en soutif, et de me faire un clin d'œil. Elle est partie par là.

Je me précipite à la fenêtre mais je ne vois personne en bas.

— Est-ce que vous venez de… Est-ce que vous alliez…

— Je ne sais pas.

Je m'efforce d'ordonner mes pensées, et je ne vois qu'une chose, le visage de Mina qui pulse dans mon crâne, comme la ligne de basse d'une chanson.

— Alors POURQUOI tu restes planté là à me parler ?

Il bondit sur ses pieds, les feuilles volent autour de lui, dans toute la chambre.

— FONCE ! TU PEUX PAS RATER ÇA !

— RATER QUOI ?

Je ne sais pas pourquoi je hurle, moi aussi, mais ça fait du bien.

— L'OCCASION DE TA VIE !

— PUTAIN ! T'AS RAISON !

Je sors de sa chambre et dévale l'escalier, dépasse ma mère dans l'entrée, où elle est en train de faire ses lacets. Je traverse la rue sans voir rien ni personne, entièrement focalisé sur la porte bleue de Mina. Je donne un bon coup de heurtoir. Dans un premier temps, ça ne produit aucune réaction, et j'ai l'impression que mon cœur va remonter jusque dans ma gorge, puis soudain la mère de Mina m'ouvre.

— Caplan ?

— Gwen ! Est-ce que… Mina est là ?

— Caplan, pourquoi tu n'es pas habillé ?

Je baisse les yeux vers mon boxer.

— Merde…

— Est-ce que tout va bien ?

— Oui, enfin je crois. Je suis désolé d'avoir juré. Je pensais que ça resterait dans ma tête. En réalité, je crois que ça va même mieux que bien.

Elle m'observe, complètement ahurie, et me bloque le passage. Je suis si nerveux que j'ouvre la bouche et que je balance :

— On vient de s'embrasser, Mina et moi, et ma mère nous a interrompus, alors elle s'est enfuie, et je voudrais lui parler, et si je suis en boxer, c'est parce que j'ai trop bu hier soir et que j'ai vomi sur mes vêtements, pas parce que j'aurais embrassé votre fille à moitié nu. Les deux éléments ne sont pas liés, c'est une pure coïncidence.

Je m'attends à ce qu'elle me claque la porte au nez. Et pourtant elle adopte une expression indéchiffrable et s'efface. Je ne lui laisse pas le temps de changer d'avis. Je monte les marches quatre à quatre. La porte de Mina est ouverte. Elle est là, parfaitement normale avec ses vêtements, et elle fait à peu près la même tête que sa mère quand elle m'a ouvert une minute auparavant, avec des sourcils qui montent aussi haut que des gratte-ciel.

— Mais qu'est-ce qui t'arrive ? chuchote-t-elle.

— Je suis désolé !

— Qu'est-ce que tu fais ici ?

— Je sais pas !

— Pourquoi tu t'es pas habillé ?

— JE SAIS PAS !

— Chut !

Elle plaque sa main sur ma bouche, et on jette tous les deux un regard en direction de la porte. De la musique monte du rez-de-chaussée. Elle incline la tête, perplexe, et je ne peux pas me retenir de lui caresser la joue.

— Mais enfin !

Elle me repousse et je fais un bond en arrière.

— Pardon !

— Qu'est-ce que tu as dit à ma mère ?

— J'ai... j'ai été très détendu et subtil. Je lui ai dit que je... Qu'on s'était embrassés...

— Oh, purée...

— Et que je voulais te parler.

— Elle a répondu quoi ?

— Rien, en fait, mais elle m'a laissé monter.

— Purée, répète-t-elle en fixant la porte.

La musique est encore plus forte.

— À quoi tu pensais, Caplan ?

— Euh, ben, que c'était peut-être une occasion ? Et que je... je voulais pas passer à côté ?

Elle plonge ses yeux dans les miens.

— La vache, j'arrive toujours pas à croire que t'avais la gaule…

— Tais-toi ! Arrête d'en parler ou ça va recommencer !

Ça la fait éclater de rire. Elle se cache les yeux et ses épaules frémissent.

— Mina…

Elle prend une profonde inspiration tremblante. Elle retire ses mains et me regarde.

— C'est OK.

— Qu'est-ce qui est OK ?

— Ça m'irait. Si ça recommençait.

— Vraiment ?

— Oui.

Chapitre 26

MINA

Je refais, une fois encore, la même expérience : le vide dans mon cerveau, un bourdonnement.

— T'es sûr que ça va, Mina ?

— Oui. Sûre et certaine.

— D'accord.

Son intonation me force à prendre le temps de le regarder.

— Et toi, Caplan ?

— Ouais. Ouais, je suis juste… nerveux.

Je lui prends la main pour qu'il s'agenouille avec moi. Je colle mon front contre le sien.

— Ce n'est que moi, lui dis-je.

Il glisse sa main dans mes cheveux, derrière mon oreille.

— C'est bien le problème justement. C'est toi.

Après, on reste allongés ensemble dans mon lit, tous les deux hors d'haleine, dans une sorte d'état de choc étrange.

Je ne vais pas faire semblant de n'avoir jamais envisagé ce moment avant. Mais tout ce que je ressens à cet instant précis, c'est une surprise pétrifiante, une humiliation complète pour celui de nous deux qui devra rompre le silence et une appréhension absolue de ce qu'il dira. Je crains, si c'était moi, d'ouvrir la bouche et qu'il en sorte quelque chose d'énorme et d'irréversible.

Il y a quelques années, avant de devenir trop grands pour mon lit simple, on dormait tête bêche. Si je n'arrivais pas à trouver le sommeil, il me suffisait de fermer les yeux et d'imaginer la tête de Caplan, à l'autre bout du lit. De longs cils fins, des taches de rousseur nettes et clairsemées, un grain de beauté sous l'œil droit, les cheveux de ses tempes, si blonds qu'ils étaient presque blancs dans son enfance. Je faisais ça depuis que j'étais toute petite, ça ne m'avait jamais paru étrange ou romantique. Puis une nuit, l'année de mes douze ans, dans cet état crépusculaire entre le sommeil et la veille, alors que ses chaussettes rayées se trouvaient à quelques centimètres de mon nez, j'ai imaginé ce que je ressentirais en l'embrassant. J'étais si gênée que ça m'a complètement réveillée. Je me suis levée, j'avais la nausée.

Je sens qu'il me regarde à présent, mais je ne peux pas tourner la tête. Je fixe le plafond, la lumière du matin sur les moulures sombres.

— C'est quoi, cette musique ? demande-t-il.

Je tends l'oreille avec lui. J'essaie de me concentrer sur les mots, et pas sur cette sensation énorme qui m'écrase, à moins qu'elle ne vienne de l'intérieur et qu'elle cherche à s'échapper à coups de griffe après toutes ces années.

Where has the time all gone to ?
Haven't done half the things we want to...
« Où est passé le temps, tout le temps ?
On n'a pas fait la moitié des choses
qu'on voulait faire... »

— C'est un disque de mon père, dis-je. Il avait une immense collection. Il adorait les vieilles comédies musicales.

— Je savais pas que vous aviez une platine.

— Je ne me souviens même pas de la dernière fois qu'on l'a utilisée.

— Et cette chanson ? J'allais dire qu'elle ne me disait rien, mais c'est pas tout à fait vrai.

— *Some Other Time.*

On entend les paroles aussi distinctement que si le disque tournait dans ma chambre, à côté de nous. Ce qui veut dire que ma mère doit l'écouter très fort en bas.

— Pourquoi elle a mis ça, d'après toi ? Pour créer l'ambiance ?

— Non, je pense qu'elle voulait respecter notre intimité.

Je m'assieds et j'attrape mon tee-shirt. J'essaie de me sentir normale, je pose mes pieds bien à plat par terre.

— Je ne sais même plus à quand remonte la dernière fois qu'on a écouté de la musique dans cette maison.

Je dis ça pour combler le silence. Je me lève, j'enfile mon short et je me tourne vers lui.

Il est allongé dans mon lit, mains derrière la tête, et il m'observe. Il remarque soudain mon expression et se décompose.

— Qu'est-ce qui ne va pas, Mina ?

— Rien… Tu devrais t'habiller.

— Il faut que je te rappelle que j'ai débarqué ici en caleçon ?

Il éclate de rire et j'essaie de l'imiter, mais j'ai aussitôt envie de pleurer. Je fouille dans ma penderie et trouve un grand tee-shirt pour lui. Il m'étudie avec inquiétude en le mettant.

— Mina, t'es sûre que ça va ?

C'est un tee-shirt des Olympiades scientifiques du lycée, avec un tableau périodique des éléments, sous laquelle on peut lire « Nous appartenons aux gaz nobles ».

— Oui, ça va, mais tu devrais y aller, je pense.

Ça le laisse perplexe.

— Y aller ?

— Oui.

— Tout de suite ? Juste après…

— Oh, me fais pas ce coup-là.

Je me détourne de lui et m'agite autour de mon lit.

— Tu as déjà couché avec des filles des tas de fois.

Je sens monter la panique en moi, si je ne suis pas seule dans les trente secondes qui viennent, je risque d'exploser.

— Pas comme ça.

Je lisse la couette.

— Écoute, Mina, si tu veux que j'y aille, j'y vais, mais je pense qu'on devrait discuter de ça ensemble.

— Discuter de quoi ?

— Tu peux me regarder s'il te plaît ?

J'essaie.

— On pouvait s'attendre à ce que ce soit difficile. Je veux dire, à ce que ce soit perturbant, et différent, mais si on veut que ça marche…

— Comment ça, si on veut que ça marche ?

— Ben si on veut… être ensemble…

— Caplan, on ne peut pas être ensemble.

— Pourquoi ?

Sa surprise est sincère.

Je ferme les yeux.

— Parce que, Caplan. Tu ne me vois pas comme ça.

— Si !

— Depuis quand ?

— Je ne sais pas, moi, depuis… ben…

— Depuis que tu es jaloux de Quinn ? Depuis qu'Hollis t'a quitté ?

Choisis-en un, pensé-je. *Choisis l'option A ou l'option B, rends ton interro et rentre chez toi.*

— Je ne saurais pas te dire quand ça a changé, mais ça a changé, d'accord ?

— Dans ce cas, ça pourrait très bien changer dans l'autre sens ! Et de toute façon ça n'a aucune importance, on finit le lycée dans six jours et ça n'a aucun sens de… de se tenir par la main et d'aller au bal, pour ensuite se dire adieu.

— Mais… on ne va pas se dire adieu, dit-il lentement. On trouvera une solution.

— Et puis quoi ensuite ? On sortira ensemble ? On aura une relation à distance ?

— Je croyais que tu envisageais d'aller dans la même fac que moi…

— On tombera amoureux et on vivra heureux jusqu'à la fin des temps ?

Il m'observe un long moment.

— T'as pas ce genre de sentiments pour moi, Mina ?

Comme je ne réponds rien, il ajoute, l'air dévasté :

— Tu... tu voulais pas vraiment... Tu regrettes qu'on ait... ?

— Non. Non tu as dû me demander toutes les dix secondes si j'étais sûre de moi.

— Je t'ai posé la question deux fois.

Je me remets à faire le lit.

— Ça n'a aucune importance de savoir si j'ai ou non ce genre de sentiments pour toi, Caplan.

— Mina, si c'est pas le cas, dis-le-moi tout simplement, d'acc ?

— Quin avait raison ! Y a un truc tordu entre nous. Ce n'est pas normal.

— Et qu'est-ce que ça a de si grave ? Toi et moi, on... D'accord, ouais, on a peut-être une relation un peu passionnée, pas habituelle, mais...

— Un peu passionnée ?

Je ris alors même que je ne trouve vraiment pas ça drôle.

— Caplan, un psy se régalerait. Un peu passionnée ! Ce serait une erreur, ce serait malsain et franchement malavisé...

— Malavisé ? Mais qu'est-ce que tu racontes enfin ? Qu'est-ce qu'il y a de si grave ?

— Eh bien choisis ! hurlé-je. Entre nos problèmes liés à nos pères...

— Oh, sérieux...

— Ton syndrome du sauveur, ma peur de l'intimité... Peu importe qu'on y soit ou non pour quelque chose, c'est comme ça !

— MAIS ON S'EN FOUT !

Je suis heureuse qu'il crie lui aussi, au lieu de me regarder avec son air de chien battu.

— Pourquoi est-ce que t'es obligée d'être aussi intelligente en permanence, de tout analyser ? Tout ça n'a aucune importance !

— Bien sûr que ça en a ! On n'est pas égaux !

Ça lui coupe l'herbe sous le pied.

— La relation serait trop déséquilibrée, c'est impossible.

— Comment tu peux dire ça ? Et de quoi est-ce que tu parles exactement, putain ?

— Je suis en vie grâce à toi.

— Mina… arrête… c'est juste…

— C'est vrai ! m'époumoné-je. Tu sais que c'est vrai. C'est pour cette raison que tu as passé toutes ces nuits ici, Caplan…

— Mina, arrête…

— Tu as dormi par terre pendant une semaine en quatrième, parce que tu savais ce que je ferais si tu partais. Tu le savais. Et il n'y avait personne d'autre pour m'en empêcher à part toi.

Il ne dit rien, mais il ne se détourne pas pour autant.

— Avoue, lui dis-je. Et ne mens pas.

— J'avais pas de certitudes, je… Oui, j'étais inquiet. C'est si grave ? D'avoir eu peur de… au point d'être prêt à tout ? Pour te garder ici ?

— Non, non c'est pas grave, Caplan. Mais ce n'est pas de l'amour.

— C'est quoi alors ?

— Le sens du devoir.

On se dévisage longuement. L'expression de son visage pourrait me faire perdre pied.

— Et je suis censé faire quoi, alors ? demande-t-il. Qu'est-ce que je fais, moi, avec tous mes… Enfin tu vois. Avec tous mes sentiments pour toi ?

Je regrette de ne pas lui avoir donné un autre tee-shirt. N'importe lequel. Celui-ci lui donne l'air trop sympa. Trop réel. Trop lui-même. Je sens qu'un sanglot remonte dans ma gorge. Je lui assène :

— Tu gères. C'est ce que je fais depuis des années.

— Mina, si tu ressens pour moi ce que je ressens pour toi, je me fous de savoir si tu trouves ça bien ou mal. J'ai juste besoin de le savoir.

— Tu ne ressens pas vraiment ce que tu crois ressentir !

— MAIS QU'EST-CE QUE ÇA VEUT DIRE ?

— Prendre soin d'une personne, ce n'est pas la même chose que tenir à elle ! Tu… tu souffres du syndrome de Stockholm et tu t'es persuadé que t'avais un genre de crush pour moi alors qu'en réalité, c'est… c'est juste…

— J'ai pas un crush, Mina.

Il fixe le mur et ajoute :

— Parfois, tu sais, j'aimerais que tu débranches ton cerveau.

— Tu vois ? Qu'est-ce que je disais ? Tu ne m'apprécies pas vraiment. Si je débranchais mon cerveau, je ne serais plus moi.

Il continue à fixer le mur. Je me prépare à ce qu'il va dire ensuite. Mais il se contente de partir sans un seul regard en arrière. Je l'entends descendre l'escalier et ouvrir la porte d'entrée. La musique s'arrête. Je m'enferme dans ma chambre, au cas où ma mère serait tentée de monter me parler. Mes mains tremblent. La maison est de nouveau plongée dans le silence.

Comme la fille obéissante et habituée à sa folie que je suis, je fais couler la douche, je me positionne sous le jet d'eau et j'attends la crise d'angoisse. Qui n'arrive pas. Je m'assieds et j'appuie ma tête contre la porte vitrée. J'essaie de ne pas penser à l'expression de Caplan, qui se détournait, mâchoire crispée, comme pour se retenir de pleurer. Je presse de toutes mes forces mon front contre le verre. Comment ai-je pu lui dire des choses qui lui ont donné cette expression ? Quel genre de personne suis-je ?

J'appuie si fort que la porte s'ouvre. Le carrelage est éclaboussé. Je regarde l'eau couler pendant une seconde avant de me ressaisir. Je coupe la douche, j'éponge le sol avec ma serviette et je vais me coucher toute mouillée. Ce n'est pas nous, pensé-je, ni notre amitié qui sommes si passionnés, si pesants, si nocifs. C'est moi. Et quel que soit le genre de personne que je suis, ça justifie ce que j'ai fait. Je n'avais pas le choix. Parce que Caplan mérite mieux.

Ma mère frappe doucement à ma porte. Je l'ignore. Hollis m'envoie un texto pour me proposer de passer à son dîner de fin d'année, le lendemain soir. Elle ne laisse planer aucun doute sur le fait qu'il n'y aura que des filles. Je me rends brusquement compte que je ne connais pas les règles. Je viens de coucher avec son ex. Si elle était au courant, elle ne m'inviterait peut-être pas, et ce ne serait donc pas très juste de ma part d'accepter. Je lui réponds aussitôt que j'ai une obligation familiale : si j'attends trop longtemps, je finirai par céder. Et c'est ça qui, inexplicablement, fait couler mes larmes.

Mes pensées se pourchassent dans une ronde étourdissante. Je voudrais aller voir Caplan et lui présenter mes excuses, mais je ne peux pas retirer ce que j'ai dit. Et ça ne sert à rien de lui faire encore de la peine, et je n'y arriverai peut-être pas une seconde fois, cependant je dois essayer, plus fort, si je veux être son amie. Enfin j'atteins la vérité qui se trouve à la base de tout : on ne sera plus jamais amis, plus de la même façon en tout cas. Je ferme les yeux et j'essaie de rendre mon corps le plus immobile possible, pour ne pas me lever et courir chez lui.

Quinn m'envoie un texto : il voudrait passer chez moi pour discuter. Je lui dis de ne pas s'en faire. Ma mère m'écrit du rez-de-chaussée pour me demander ce que je veux manger au dîner. Je lui réponds que je n'ai pas faim.

Plus tard, alors qu'il fait nuit et que j'ai dû m'endormir, elle frappe à la porte.

Dans mon état de somnolence, j'oublie que j'ai décidé de me mettre en quarantaine et je lui ouvre la porte.

— Je peux entrer ?

Elle tient une boîte de pizza à la main.

— Tu te reconvertis en livreuse ?

Je fais un pas de côté, et elle entre. Elle dépose le carton par terre et s'assied devant, puis elle attend que je fasse pareil, et je n'ai plus assez d'énergie pour protester. Elle prend une part.

— T'aimes pas la pizza, dis-je. Ça te donne des maux d'estomac.

— Exact.

Elle mord dans la part avant de me la tendre. Je mastique lentement en priant pour qu'elle ne pose pas de questions sur la succession de petits drames qui se sont déroulés sous notre toit aujourd'hui. La musique, la porte qui claque, les cris. Une production digne de Broadway. Elle ne se montre pas indiscrète. Elle reste assise en silence, le temps de me voir manger deux parts et d'être satisfaite. Puis elle se relève et emporte la boîte en m'informant avant de sortir qu'elle va la ranger au frigo au cas où j'aurais faim plus tard.

Je ne me sens pas vraiment mieux, mais moins vide, et moins tremblante, et bien sûr pas seule au monde, comme je m'en convaincs parfois.

À minuit, je descends dans le noir pour manger une autre part. Je me fige en refermant la porte du frigo. Deux nouvelles fiches ont rejoint celle de *Chrysanthème*. Je les libère de leurs aimants pour regarder ce qui est écrit au dos. Je reconnais l'écriture ronde et décolorée de ma mère, vieille de plusieurs années : *Jane Eyre* et *Anne de Green Gables*. Les livres auxquels j'ai consacré ma dernière disserte de l'année. Ma mère le sait, puisqu'elle était à la cérémonie de remise de mon prix. La carte pour *Anne de Green Gables* date des années 1980. Celle pour *Jane Eyre* de 1923. Je les prends avec moi à table et j'avale deux parts froides de pizza tout en me familiarisant avec la liste de noms. Puis je remonte sans bruit à l'étage et je retourne ma penderie à la recherche d'une chose très précise. Elle a des plis et des signes d'usure sur les bordures – il s'agit d'une carte d'emprunt de l'édition originale des *Contes* des frères

Grimm. C'est la dernière que ma mère m'a donnée avant d'arrêter de travailler. Une bible un peu sanglante et perturbante pour une gamine de sept ans, mais je n'arrivais pas à reposer l'ouvrage, et ça ne la dérangeait pas. Bien plus que ça d'ailleurs, elle comprenait. Elle me comprenait mieux que je ne le mesurais à l'époque. Si elle a gardé les cartes de *Jane Eyre* et d'*Anne de Green Gables* pendant toutes ces années, c'est parce qu'elle pressentait qu'un jour je les lirais, qu'un jour je les adorerais. Je descends la fiche des *Contes* des frères Grimm pour l'accrocher avec les trois autres, ajoutant une pierre à notre petit cimetière.

Étrangement, alors que j'ai passé toute la journée au lit, je réussis à m'endormir. Mon sommeil est entrecoupé de rêves avec des orphelins, des talons en sang dans des souliers dorés et une interrogation à laquelle je ne trouve pas de réponse : pourquoi Cendrillon fuit-elle le bal alors qu'elle y trouve tout ce qu'elle a toujours espéré ?

Le lendemain matin, je me force à me doucher, pas pour pleurer cette fois, mais pour me réveiller. Au cours de la nuit, lors de phases de sommeil moins profond, j'ai pensé aux semaines, ou en toute honnêteté aux mois, dans mon enfance, où ma mère ne s'est pas préoccupée de savoir si je mangeais. Je parviens à la conclusion qu'elle fait des efforts, et que je dois l'imiter. Je me brosse les cheveux puis les tresse, j'exhume une vieille paire de lunettes d'une laideur sans nom pour me ressembler davantage, parce que la paire que j'ai l'habitude de porter est toujours chez Hollis.

Je descends, je me prépare du café et du pain grillé, et je remarque la présence d'une nouvelle carte sur la porte du frigo, un peu à l'écart des autres. Je remarque aussitôt que son numéro la range dans le même groupe de la classification de Dewey que *Jane Eyre* : 823.8. Fiction anglaise, 1837-1900. Il s'agit de *Middlemarch*, de George Eliot. Je n'ai pas encore lu ce roman, et je ne sais pas qui est George Eliot.

Je vais dans le salon et j'explore la bibliothèque pendant dix minutes avant de me rendre compte que ma mère a déjà posé le livre sur la table basse. Il y a des semaines que je n'en ai pas ouvert un nouveau. J'en avais l'intention, mais j'étais trop occupée à me débattre avec des personnes réelles et avec le désordre irrémédiable et incontrôlable découlant du fait que je les fréquente. Je ne sais pas ce qui me pousse à faire ça, mais j'emporte *Middlemarch* dans le bureau de mon père et je mets un disque. Je choisis le premier qui me tombe sous la main sans regarder le titre. Et j'entame ma lecture.

Ma mère finit par venir me trouver. Elle reste sur le seuil de la pièce.

— C'est cette chanson qu'on écoutait quand tu es née.

— C'est vrai ?

— Ton père avait apporté son Discman à l'hôpital pour me changer les idées.

— Elle s'appelle comment ?

— *La Vie en rose.*

J'écoute les paroles un instant.

— Ça ne me ressemble pourtant pas beaucoup, si ?

Je pensais faire une remarque drôle, mais elle suscite surtout de la tristesse.

— Tu comprends les paroles ?

— J'apprends le français depuis la troisième, maman.

J'ai peur qu'elle pleure, au lieu de quoi elle entre et vient s'asseoir à côté de moi, sur le bras du grand fauteuil. Elle lit par-dessus mon épaule, un peu plus lentement que moi, et je marque un temps avant de tourner les pages, pour être sûre qu'elle est prête. Je finis par abandonner ma tête contre son épaule.

— Je te dois des excuses, dit-elle tout à coup.

Je me rends compte qu'elle est arrivée à la fin du chapitre avant moi. Je prends le temps de lire le bas de la page, puis je réponds :

— Pour quelle raison ?

— Je ne voulais pas t'inquiéter, ou te blesser, plus que tu ne l'étais déjà, alors j'ai préféré...

— M'éviter ?

— Je pensais te rendre service. En te cachant des choses. Je ne pense pas avoir réussi.

— C'est pas grave, maman. Moi aussi je t'ai caché des choses.

Elle baisse le menton et hausse les sourcils. Je me sens si stable, si à l'aise avec elle, perchée sur le bras de l'énorme fauteuil en cuir de mon père. Sur son bureau, devant nous, se trouve une photo de leur mariage, avec tous ses amis de Yale. Ils portent ma mère à bout de bras, comme dans la fosse d'un concert.

— Je peux te raconter ça une autre fois ?

— Évidemment. Je reste là, tu sais.

Quand elle se lève pour aller préparer le déjeuner, je la suis et m'installe avec mon livre sur le canapé.

Je me rends soudain compte que j'ai oublié de lire la dernière page en premier, comme j'en ai l'habitude lorsque je commence un nouveau livre. Ce qui est bien le signe que j'ai été très distraite. Je feuillette le roman jusqu'à la fin.

Plus tard, alors que je me lave les mains dans l'évier et que je regarde d'un air absent par la fenêtre, j'aperçois Caplan et Quinn dans la rue. Ils ont un air sérieux qui ne leur ressemble pas, mais ils ne se battent pas, au moins. Caplan porte encore mon tee-shirt avec le tableau périodique des éléments. Je m'éloigne de la fenêtre quand ils approchent et vais me réfugier sur le canapé, près de ma mère qui dort profondément, avec mon livre, que je trouve, malgré mon moral au plus bas, excellent.

Ça m'agace que cette journée me paraisse longue et me donne le sentiment d'être seule. J'occupais toujours mon temps ainsi avant, et ça ne m'avait jamais dérangée.

À la tombée de la nuit, quelqu'un sonne à la porte. Caplan se sert toujours du heurtoir. En CM1, il disait que ça lui donnait l'impression d'être un chevalier pénétrant dans un château fort. Peut-être a-t-il sonné pour que je vienne lui ouvrir. J'y vais et je jette un regard méfiant dans l'œilleton, mais ce n'est pas Caplan. C'est Quinn. Il agite la main. Il me plaisait. En tout cas, ça me plaisait de lui plaire. Est-ce que ça signifie qu'il me plaisait ? Est-ce que les autres se posent cette question ? Est-ce qu'on ne devrait pas simplement le savoir, quand quelqu'un vous plaît ? Je ne sais pas ce que c'était, mais il a allumé une étincelle. Caplan, lui, est un feu de forêt. J'ouvre la porte.

— Salut, lance-t-il.

— Salut.

— Désolé de passer à l'improviste, j'étais dans le quartier, et comme tu réponds pas à mes textos…

— Pas de problème.

— Je voulais juste, tu vois… m'excuser.

— C'est inutile, Quinn. Tout va bien.

— Peut-être, mais j'y tiens.

— J'ai beaucoup de mal à savoir qui est responsable de tout ça, répliqué-je en regardant derrière lui la maison de Caplan, dont les fenêtres sont Dieu merci plongées dans l'obscurité.

Il me sourit.

— Moi aussi, je crois.

Je cherche quelque chose à répondre et finis par fixer mes pieds.

— Je voulais aussi te dire, Mina… Sans rancune, tout ça, et dans cet esprit… Si tu veux encore aller au bal de promo, moi aussi.

— En fait tu veux seulement coucher.

Il cligne des yeux avant d'éclater de rire. Il lui faut quelques instants pour se ressaisir.

— Putain, Mina, t'es vraiment drôle.

— Merci.

— Et non, je voulais dire entre amis. Je suis pas débile, non plus. J'ai compris depuis un moment.

— Compris quoi ?

— Ben, après votre baiser, à Caplan et toi, chez Ruby, tu m'as plus jamais embrassé.

— Mais si, on s'est embrassés après...

— Oui, oui, je t'ai embrassée, et t'as été sympa, t'as répondu à mes baisers et tout, mais c'est pas pareil, tu sais. On sent la différence entre « Oh, là là, oui, j'en ai envie » et « D'accord, pourquoi pas ? »

Il dit ça les mains au fond des poches, comme si ce n'était rien. Après avoir livré un long débat intérieur, je l'enlace.

— Merci d'avoir compris.

Il me serre dans ses bras.

— Ça me semble le minimum, non ?

— Peut-être...

Je m'écarte de lui et tente de me composer une expression neutre.

— Alors, t'en dis quoi, Mina ? Tu m'accompagnes au bal en tant qu'amie ?

Il sort un objet de sa poche : on dirait un petit bouquet de fleurs en tulle et en papier de soie dans les tons roses, bleus et verts. Elles sont tenues par un ruban.

— C'est toi qui as fait ça ?

— « Ça », c'est le « corsage » que tu es censée porter sur ta robe.

Il va sans dire que c'est la première fois qu'on m'offre des fleurs. Je ne pensais pas que c'était le genre de choses auxquelles je pouvais accorder de l'importance, mais je suppose que beaucoup de gens pensent ça avant d'en recevoir. Même si elles vous sont offertes par la mauvaise personne.

— C'est... c'est tellement... Merci, Quinn. Mais je pense que ça vaudrait mieux pour tout le monde si on reprenait le cours normal de nos vies. Et puis j'ai même pas pensé à m'acheter une robe.

Il regarde le petit bouquet avec un sourire triste.

— Garde-le, lui dis-je. Offre-le à une autre fille. Tu mérites un « Oh là là, oui, j'en ai envie ».

Il hoche la tête.

— D'accord. Tu marques un point. Et toi aussi, tu sais.

Je me souviens soudain de quelque chose.

— Attends ! Ne bouge pas.

Je monte en courant dans ma chambre et redescends avec mes mains dans le dos.

— J'ai un truc pour toi, moi aussi, et je ne peux vraiment pas l'offrir à quelqu'un d'autre. Et puis ce serait dommage que tu ailles au bal sans.

Je lui tends la petite boule rouge dans ma paume.

— C'est…

— Un nez de clown, oui.

Il l'observe un moment et me dévisage.

— Mina, t'as peut-être des côtés bizarres, mais t'as indéniablement une façon géniale de faire les choses.

Il s'éloigne et récupère son skate, qu'il avait laissé sur la pelouse devant chez moi. Il descend l'allée dans un fracas de roues, puis fait un petit saut pour franchir le trottoir avant de disparaître dans le crépuscule, le nez dans une main, les fleurs dans l'autre.

Le lundi, la tradition veut que les terminales sèchent les cours, ce qui me va parfaitement. Je m'interdis de regarder les stories postées par tout le monde à Little Bend – j'ai pris la mauvaise habitude de me connecter régulièrement depuis qu'Hollis a publié cette photo de nous deux et m'a créé un compte Instagram. Il y a des vidéos de toute la bande qui se balance sur la corde avec un gros nœud en bas avant de sauter dans la rivière. Elle est fixée à la branche la plus haute d'un érable, qui s'étend au-dessus de l'eau, à l'endroit d'un méandre où il y a une bonne profondeur. Ils se prélassent sur la berge et acclament ceux qui montent particulièrement haut ou lâchent la corde au moment idéal pour décrire un arc parfait. Je ne vois pas Caplan sur les images, mais je sais qu'il est présent. Surtout si Quinn et lui se sont réconciliés. Sur une vidéo, on voit Hollis grimper à la corde comme en cours d'EPS, jusqu'à la branche. Puis elle se laisse tomber de cette hauteur impensable pour fendre l'eau. J'essaie de me convaincre que je passerais un très mauvais moment si j'étais là-bas. Je n'aurais jamais eu le cran de sauter. Jamais.

Ensuite, ils iront à Pond Lake. Encore une fois, la tradition veut que les terminales, ceux qui savent s'amuser du moins, se placent en ligne sur le ponton tourné vers l'ouest, et donc le coucher du soleil, pour plonger et faire la course jusqu'au ponton de l'autre côté. Avec Caplan et nos deux mères, on allait les regarder quand on était petits. Le genre d'événement auquel toute la ville a envie d'assister. J'ai décidé pendant le collège que c'était ridicule et j'ai cessé d'y participer. Ce qui ne m'empêche pas de suivre la progression du soleil dans le ciel et de m'inventer des corvées pour éviter de penser à l'année dont je garde le souvenir le plus précis : celle où, juchée sur les épaules de mon père, un cierge magique à la main, j'ai admiré des adolescents qui me paraissaient si adultes à l'époque. Ils se lançaient dans le vide, silhouettes sombres sur le rose flamboyant du ciel, plongeaient dans l'eau scintillante de ce lac qui me semblait, lui aussi, impossiblement vaste.

Alors que je me suis faite à l'idée de consacrer cette journée paisible et ennuyeuse à m'apitoyer sur mon sort, le téléphone de la maison pousse sa sonnerie stridente et discordante. Personne ne nous appelle jamais à ce numéro, à l'exception de mes grands-parents. Je suis assise à table, où je fais semblant de lire alors qu'en réalité je consulte compulsivement les comptes Instagram de mes camarades comme une pauvre fille. Je foudroie du regard le téléphone fixé au mur alors qu'il sonne sans relâche.

Sans avoir un plan très précis en tête, je me lève si brusquement pour aller décrocher que je renverse ma chaise.

— Allô, mamie… Oui, je vais bien. Je vais même très bien. J'ai décidé de ne pas aller à Yale à la rentrée prochaine… Oui. Oui, je le sais… Non… Oh si, je t'écoute. C'est juste que rien ne me fera changer d'avis.

Elle demande à parler à ma mère.

— Bien sûr. Ne quitte pas.

Je monte le téléphone à l'étage et j'entre dans sa chambre sans frapper. Elle est dans son lit avec son ordinateur. Je lui tends le combiné.

— Qui est-ce ?

— À ton avis ? Je lui ai annoncé que je n'irai pas à Yale, et elle veut te parler.

Ma mère considère le téléphone un long moment. Je perçois l'irritation grandissante de ma grand-mère, à des kilomètres de là, mais ça m'est égal. Tout m'est égal, sauf que je voudrais que ma mère prenne le relais en acceptant le téléphone, que ce soit elle la personne responsable. Elle écarte sa couette comme dans un rêve, se lève et passe devant moi. Je reste là, avec le combiné, convaincue qu'elle va revenir. J'entends alors la porte d'entrée s'ouvrir et se refermer. Je raccroche.

J'essaie de me convaincre que c'est une victoire. J'ai pris ma décision et je l'ai annoncée à mes grands-parents sans avoir besoin d'aucune aide. Sans avoir besoin de personne.

Puis je me couche dans le lit de ma mère, ce que je n'ai pas fait depuis que je ne suis plus une petite fille, et je sanglote. J'étais persuadée d'avoir versé toutes les larmes qu'une humaine peut verser en une vie, mais cette fois je me surpasse vraiment. J'y mets toute mon énergie. C'en est presque impressionnant. Je hurle et je gémis contre les oreillers, je mouille les draps en soie, je fais tomber le téléphone par terre, je me promets, je jure que je ne poserai plus jamais ma tête sur son épaule.

Mon portable sonne dans ma poche. Je le sors pour couper le son, mais je vois que j'ai un appel en absence et plusieurs textos de Caplan.

> salut
> je sais qu'on se parle plus en ce moment
et que t'as clairement besoin que je te laisse
tranquille et j'essaie de respecter ça
> mais ta mère vient de débarquer chez nous genre
> complètement flippée
> et je voulais m'assurer que tout allait bien
parce que si tu as besoin de quelqu'un je suis là,
encore une fois
> oublie mes messages si je me plante
> d'accord, alors là elles viennent de s'enfermer
dans la chambre de ma mère et elles parlent
de toi alors je vais aller écouter à la porte
parce que c'est ce que je voudrais que tu fasses
si t'étais à ma place
> si tu veux pas savoir arrête de lire ici
> attends
> c'est au sujet de yale
> elles appellent tes grands-parents
> putain
> ta mère vient de leur annoncer que t'irais pas
> elle ajoute que c'est ta décision et que t'as besoin
d'un nouveau départ
> oh purée
> elle vient de leur balancer
> « frances, je me contrefous de ce que vous pensez »
> frances c'est ta grand-mère ou ton grand-père
> désolé aucune importance
> bon c'est tout
> j'espère que tu m'en veux pas de t'avoir écrit
> je parie que t'as assuré à mort pour qu'un truc
pareil se produise
> tu déchires
> tu me manques

Je commence à taper des tas de messages différents que j'efface ensuite. Chacun d'eux étant à la fois trop et pas assez. Au final, je me contente de le remercier de m'avoir laissée respirer et de m'avoir prévenue. Il répond presque aussitôt.

> tu veux venir faire le saut au ponton ?
> je sais que c'est pas trop ton truc,
mais je te propose quand même.

Je me lève et j'inverse lentement le cours du naufrage provoqué par ma crise pour retarder le moment de répondre à Caplan. Je pose le combiné sur la table de nuit, je ramasse les oreillers par terre et je refais le lit. L'ordinateur de ma mère est aussi tombé sur la moquette. Il est ouvert, et dès que je le soulève l'écran se rallume. Je ne peux pas m'empêcher de lire l'intitulé du mail sous mes yeux. Quelqu'un veut ouvrir une bibliothèque jeunesse à East Lansing. L'écran brille devant moi, fenêtre ouverte sur le musée d'une autre vie, où vivait une autre version de moi-même, dans un univers très lointain. J'étais allongée entre mes deux parents dans le lit le matin, et on s'interrogeait tous les trois sur les codes de la classification de Dewey : 398.2 pour mes contes de fées, 741.5 pour les bandes dessinées de mon père, 823.7 pour la catégorie que ma mère préférait entre toutes : les romans de Jane Austen, 567.9 pour les livres sur les dinosaures. Je ne saurais pas dire pourquoi j'ai retenu celui-là.

Puis ma mère disait : « Ils ont besoin de moi dans une bibliothèque d'Oklahoma, de Californie », et on répondait, mon père et moi : « Non, c'est trop loin, tu ne peux pas y aller. » C'était juste une plaisanterie, et elle le savait. Je lui demandais de « rentrer à la maison avec des histoires », ce qu'elle faisait systématiquement.

Une fois que la chambre est rangée et que le lit est bien fait au carré, je le regarde un moment avant de m'y réfugier. J'attends le retour de ma mère, allongée là.

Elle vient se glisser sous la couette à côté de moi.

— C'est une affaire réglée, me dit-elle. Ne t'en fais pas.

— Merci.

— Je suis désolée d'être partie comme ça.

— C'est rien. On a parfois besoin d'une amie pour appuyer sur « envoyer ».

On reste là, dans le lit, quelques minutes.

— Et ça ira pour l'argent ? finis-je par demander.

— Oh, oui, je crois. Je ne sais pas si tu as remarqué, mais on ne sort pas beaucoup, toi et moi.

Je ris contre mes mains, glissées sous ma joue.

— Et puis, ajoute-t-elle, je réfléchis à reprendre le travail. Une bibliothèque jeunesse va ouvrir dans le coin.

— Je sais. J'ai été indiscrète, je l'ai vu sur ton ordinateur.

— Two Docks est aussi à la recherche d'une bibliothécaire scolaire.

— Ah oui ? Pas mal.

— C'est aussi ce que je me suis dit.

On reste silencieuses un moment. Nos respirations se calent l'une sur l'autre. Elle finit par lâcher :

— Je ne veux pas que tu t'inquiètes pour l'argent, Mina. La maison nous appartient. Personne ne peut nous la prendre.

— C'est vrai ?

Je fais courir mes doigts le long de la couture parfaite de l'oreiller.

— Oui. Ton père a fait le nécessaire. Il était du genre à anticiper et planifier, comme toi. Il avait même un côté catastrophiste, en toute honnêteté.

Mes doigts s'immobilisent. Je ne me souviens pas qu'elle m'ait jamais fait ce genre de confidences.

— C'est peut-être injuste de le critiquer maintenant. Alors qu'il ne peut plus se défendre.

— Je ne pense pas qu'il t'en voudrait.

Je n'arrive pas à voir précisément, dans la pénombre de sa chambre aux rideaux clos, les traits de son visage, à moitié dissimulés sous la couverture. Je crois qu'elle sourit.

— Alors, qu'est-ce que tu penses faire ? me demande-t-elle.

— Pour Caplan ?

— Pour la fac. Tu vas rester dans le Michigan ?

— Ah, oui. Je ne sais pas encore.

— En tout cas, moi, je suis curieuse de voir ça.

Et je me surprends à lui répondre :

— Moi aussi.

Puis on s'endort, en plein après-midi, et c'est ma façon d'honorer la tradition qui consiste à sécher les cours le dernier lundi de l'année.

Chapitre 27

CAPLAN

Le meilleur aspect des étés dans le Michigan, c'est que, dès qu'on arrive en juin, le soleil ne se couche jamais avant 21 heures. Les journées sont éternelles. Elles donnent en tout cas cette impression.

Sachant ça, c'est d'autant plus ridicule de louper le saut dans le lac, tout ça parce que j'attends la réponse de Mina. Je n'en ai pas vraiment conscience. Simplement, je m'attarde sur le perron de chez moi pendant une heure, en me disant que je vais partir d'une seconde à l'autre, tout en espérant qu'elle va sortir à la dernière minute, et puis tout à coup le crépuscule est là, et je sais que c'est trop tard. Voilà ce que je récolte à vouloir ignorer le ciel, à la laisser contrôler les mouvements du soleil pour moi.

Ma mère rentre à 22 heures.

— Tu n'aurais pas dû m'attendre pour dîner, dit-elle pendant que je mets le couvert.

Je ne réponds rien.

— Comment s'est passé le saut ? me demande-t-elle.

— J'y suis pas allé finalement.

— Vraiment ?

— Je suis pas d'humeur.

— Pour sauter dans l'eau ? Ou pour en parler ?

Face à mon silence, elle ajoute :

— Pour être diplômé du lycée ?

— Tu m'en voudrais si je montais dîner dans ma chambre ?

— Un peu, mais je comprendrais. Où est Ollie ?

— Il est allé au lac avec ses potes. Ils sont au café maintenant. Tu veux que j'aille le chercher ?

— Monte d'abord dîner.

À minuit, je me sens plus alerte que jamais. Je n'ai pas envie de le reconnaître, mais ce saut du ponton était important pour moi, très important. Je n'en ai pas raté un seul. Et je viens de louper le mien. Je ne peux pas m'empêcher d'en vouloir à Mina, alors qu'elle n'y est pour rien si je suis resté planté à l'attendre. Puis c'est contre moi que je dirige ma colère. L'idée d'un mauvais présage s'enracine dans mon cerveau avant de se déployer dans mes pieds. Je me mets à faire les cent pas. Si je ne saute pas, si je deviens ce type qui est resté assis à attendre, qui a laissé passer cette occasion, je serai toujours quelqu'un qui reste assis à attendre, je n'irai jamais de l'avant, je consacrerai le reste de mon existence de loser à me remémorer que j'ai atteint le summum de la gloire au lycée, à repenser à Mina, à ces deux pontons, à tous ceux qui se sont jetés à l'eau et sont allés de l'avant, qui ont traversé cet entre-deux sans moi.

Je descends à la cuisine et laisse un message à Ollie pour le cas où il se réveillerait. Notre mère est déjà repartie travailler avec la voiture, alors je sors par la porte de derrière et prends la direction du lac à pied.

À mon arrivée, l'eau est noire, effrayante. Au milieu du ponton ouest, je retire mes chaussures et mes chaussettes, j'essaie de ne pas penser aux poissons. Est-ce qu'il y en a dans le lac ? Je n'ai jamais fait attention. Je retire mon tee-shirt. Je plonge un orteil dans l'eau. Elle est plus froide que ce à quoi je m'attendais. Il faut dire que l'été commence à peine. C'est débile. Je ne sais même pas ce que je fous ici.

J'essaie alors d'évaluer la distance de l'autre ponton. Et je la vois. Elle est assise au bord, elle porte un tee-shirt blanc qui réfléchit la lune. Il fait trop sombre pour discerner ses traits, mais je reconnais sa posture. La forme de son genou, remonté sous son menton. Je suis debout, elle assise. On se regarde. Je voudrais l'appeler, seulement j'ai trop peur d'interrompre ce qui se passe entre nous. Tout semble si calme, si immobile, comme dans un rêve. J'attends qu'elle m'appelle, elle, qu'elle fasse quelque chose, puis je ne peux plus attendre.

Je plonge. L'eau est froide, pourtant le choc est agréable, et je parcours une bonne distance avant d'avoir besoin de reprendre mon souffle. Ensuite, je nage. Le ponton est plus loin que je ne le pensais, mais je ne m'arrête pas pour évaluer ma progression. Je me contente d'avancer. C'est mieux, me dis-je, dans l'obscurité silencieuse sous l'eau. Ça a plus de poids qu'un saut collectif au coucher du soleil. Il devait en être ainsi. Ce moment rien qu'à nous deux. Je sors mon bras de l'eau pour me propulser vers l'avant et mes doigts rencontrent le bois usé. Je me hisse sur le ponton, regarde à gauche, à droite, grelottant. Elle est partie.

Le mardi matin, je me réveille avec des cheveux poisseux à cause de l'eau du lac, ce qui me permet d'être certain qu'il ne s'agissait pas d'un rêve. Je vais faire le lit d'Ollie puis retourne me coucher dans le mien. Ma mère vient me trouver quelques heures plus tard.

— Le jour off c'était hier, Caplan.

— Je crois que je suis malade.

— Qu'est-ce que tu as ?

Je la dévisage, j'évalue les avantages et les inconvénients si je lui dis la vérité. Un klaxon retentit alors dans la rue. Il n'y a qu'une seule voiture, une seule personne capable de faire un bruit pareil. Il se répète inlassablement. Je finis par me lever et dépasse ma mère pour sortir. Hollis est garée devant chez moi dans le char d'assaut blanc qui lui sert de voiture. Elle a peint les vitres des couleurs de l'arc-en-ciel pour célébrer l'esprit d'ouverture. Elle arrête de klaxonner et baisse sa vitre.

— Qu'est-ce que tu fais ?

— Je viens te chercher, me répond-elle. Allez, c'est bientôt l'heure du déj.

— Je reste chez moi aujourd'hui.

Elle appuie sur le klaxon.

— Hollis ! C'est quoi, ton problème ?

— Caplan ! Aujourd'hui, c'est un peu ton vrai dernier jour de lycée, et je comprends, tu broies du noir.

— Je...

— Mais tu sais quoi ? Je me suis récemment séparée du premier mec avec qui j'ai vraiment été en couple, je suis aussi d'humeur à broyer du noir, et je le fais pas, parce que le temps file et qu'il nous en reste pas beaucoup.

Les deux bandes vertes qu'elle a tracées sous ses yeux, comme un joueur de foot, lui donnent un air féroce. Elle pourrait bien m'écraser.

— Écoute, Hollis...

— Ils distribuent les annuaires aujourd'hui, et je mérite d'avoir ta dédicace dans le mien après tout ce qui s'est passé.

— Hollis...

— J'ai fait le deuil de mes plus grands rêves, je te signale, ceux que j'avais depuis des années, celui de sauter du ponton main dans la main avec toi, d'être ta cavalière au bal de fin d'année, mais je renoncerai pas à ça. Alors ressaisis-toi et monte dans cette voiture.

— Je dois m'habiller.

— J'ai toutes les fringues que je dois te rendre dans mon coffre.

Elle l'ouvre. Soigneusement pliés sur le dessus d'une pile dans un sac en papier kraft se trouvent mon short préféré qu'elle aimait porter pour dormir et mon tee-shirt de l'équipe d'athlé du lycée.

On n'échange pas un mot dans la voiture, elle met de la musique et baisse les vitres. Ça fait du bien de sentir l'air. Je me rends compte que, à part ma balade avec Quinn, j'ai à peine mis le nez dehors depuis ma fête.

On arrive au lycée juste après le début de la pause déjeuner, et je repousse la sensation étrange de familiarité quand je quitte le parking avec Hollis après m'être habillé dans son coffre.

Je me fige en apercevant la table au loin, la meilleure, celle sous les arbres, où tous nos potes s'aspergent avec des bombes de serpentins verts et trouvent encore le moyen de se prendre en photo.

— Elle n'est pas là, m'informe Hollis. Je sais pas où elle déjeune. Elle répond pas à mes messages.

— Ne te sens pas visée, lui dis-je.

Dès qu'on approche de la table, tout le monde m'acclame comme si j'étais de retour après une longue absence. Alors que je n'ai manqué qu'une journée. Voilà la réflexion de naze que je me fais. Puis j'essaie de me rappeler depuis combien de temps je n'avais pas passé une seule journée sans en voir au moins un de la bande, et je n'y parviens pas. Quinn me fait une barbe avec les serpentins et, même si ça m'horripile, je me concentre sur le message qu'il m'envoie : il ne m'en veut pas. Quand il est passé dimanche dernier, je me suis excusé en premier, vu que c'était lui qui avait fait la démarche de venir me voir et que c'est plus difficile, en un sens. Je ne sais pas si j'en aurais été capable. On a parlé de tout, puis on a longé plusieurs pâtés de maisons sans un mot. J'ai surtout été marqué par une chose qu'il m'a dite : même si je n'y suis pour rien, c'est parfois dur d'être mon ami. Et il m'a aussi demandé si j'allais bien.

Ruby me remet mon exemplaire de l'annuaire et je le fais tourner pour que les autres me le dédicacent. C'est impossible de ne pas se laisser gagner par l'état d'esprit général. J'imagine que c'est le but de cette journée. J'en feuillette un et je suis frappé par le nombre de photos de mes amis et moi. Je suis sûr que tous les élèves de terminale sont présents au moins une fois, et on n'est pas si nombreux que ça, mais il y a une majorité écrasante de photos de notre groupe, prises sur le vif – dans toutes sortes de configurations. J'en conclus que les gens doivent nous détester. On est une caricature de connards. L'incarnation de l'esprit de clan. J'écris un message passe-partout sur l'annuaire de Becca et, quand je le lui rends, elle se jette à mon cou. Ça fait des jours qu'elle pleure chaque fois qu'on évoque la remise des diplômes.

— Je tiens plus à vous qu'à ma propre famille, sanglote-t-elle contre mon épaule.

Je la serre de toutes mes forces ; elle n'a pas tort. Je voudrais arrêter les horloges, remonter le temps, et tout recommencer différemment. Sauf que, si ça trouve, je referais tout exactement pareil si j'en avais l'occasion, parce qu'au fond on est comme on est, mais au moins je saurais, en vivant les choses, combien elles sont importantes. Ou alors j'appuierais simplement sur pause, le temps de trouver un moyen de profiter de cette journée, parce que ça va me manquer. Comment je pourrais ne pas regretter ça ? Une fois qu'on s'est habitué à quelque chose, c'est impossible de ne pas le regretter ensuite. C'est pareil avec la musique de fond. Un grésillement. On ne remarque sa présence qu'une fois qu'elle a disparu.

Je me tourne vers Hollis.

— Merci, lui dis-je.

— Je t'en prie.

On échange nos annuaires et je ne trouve qu'un minuscule espace, dans le coin inférieur gauche de la dernière page. J'écris :

pour moi, le lycée, ça a été toi

Je réfléchis et j'ajoute :

et j'ai vraiment adoré le lycée. Cap

Quand les cours reprennent, je me dis que je peux bien y assister maintenant que je suis là, et c'est une grossière erreur. Au détour du premier couloir je l'aperçois, avec ses lunettes du collège. Mina tient son annuaire serré contre sa poitrine et regarde ses pieds. Je m'arrête. J'attends, comme un abruti, qu'elle relève la tête et me voie, mais elle n'en fait rien. Il faut que plusieurs personnes me bousculent pour que je me remette en mouvement.

Peut-être qu'elle ne m'a pas vu. Peut-être qu'elle ne m'a pas vu cette nuit non plus. Peut-être que j'ai cru qu'elle regardait dans ma direction, peut-être que j'ai cru le sentir, mais puisque je n'ai pas pu voir son visage, comment aurait-elle pu voir le mien ? Peut-être qu'elle n'était même pas là. Peut-être que c'était un rêve. Peut-être que je perds la boule.

Et puis la digue cède et l'espoir dont j'avais essayé de me débarrasser fait pétiller son étincelle dans mon ventre, et le manège de conneries écœurantes qui ont déjà trop tourné dans ma tête repartent de plus belle. Le temps d'arriver en cours, j'ai pu me repasser tout ce qu'elle m'a dit dans sa chambre, de vérifier que je l'avais en mémoire, espérant y voir un peu plus clair la centième fois. Elle a dit qu'on n'était pas égaux. Parce que j'ai veillé sur elle. *Mais moi, j'ai besoin de toi*, pensé-je. *J'ai aussi besoin de toi. J'ai plus besoin de toi. Je suis sûr d'avoir plus besoin de toi. Personne au monde ne peut désirer voir un visage plus souvent que moi le tien. Ou alors si c'est le cas je prie pour ne jamais ressentir ça.*

Je suis les cours comme un vrai zombie. De ce que j'en vois, il ne se passe rien. Les élèves s'asseyent carrément sur leurs bureaux pour continuer à signer des annuaires. Je sors le mien pour m'occuper et il s'ouvre au milieu. Sur la gauche, il y a les photos prises le jour où on est venus avec les tee-shirts de nos futures facs, en mai. On est tous là, à la table de la cafète, un arc-en-ciel de couleurs primaires représentant les universités du Midwest, et Hollis avec le violet de celle de New York. En lettres argentées, en haut de la page, on peut lire : *Se faire de nouveaux amis…*

Et sur la page d'en face, en bas, en lettres dorées : … *sans oublier les anciens.* Aucune des photos n'est posée, et elles ont toutes un côté classique, très réussi. Le comité de rédaction a utilisé un filtre vieillissant. Je me rappelle toutes les fois où j'ai levé les yeux au ciel dès que Ruby me collait son appareil photo sous le nez, et je me dis qu'il faut que je pense à la remercier à l'occasion. Puis je nous vois, tout en bas de la page, en gros et bien centrés, mais presque cachés par les mots « sans oublier les anciens ». Mina et moi, à la bibliothèque. Elle regarde son livre mais elle rit, et je parle avec les mains, bien carré dans mon siège.

Tout autour de moi, les gens commencent à bouger pour changer de classe, et je me force à me lever. Je tape dans des mains et tâche de me conduire normalement. Pourtant je ne laisse personne d'autre signer mon annuaire. J'ai trop peur de m'en séparer ou de le poser.

Avant la dernière heure de cours, je l'aperçois encore, du coin de l'œil, à l'autre bout du hall principal, adossée à l'un des grands piliers verts. Elle porte un short et une chemise bleu ciel de son père. Le fait de s'ignorer mutuellement est si douloureux que je tourne à droite pour sortir du lycée et y rentrer par l'issue de secours, ce qui me force à faire un sacré détour.

Je me dis que je touche vraiment le fond, je suis obligé de traverser un buisson puis de longer la façade du bâtiment pour que personne ne puisse me voir par une fenêtre. J'envisage de renoncer et de rentrer chez moi quand je vois la porte de l'issue de secours s'entrouvrir au loin. J'avais prévu de frapper en espérant que quelqu'un viendrait m'ouvrir.

Quinn me la tient.

— Pitoyable, lâche-t-il avant de s'effacer pour me laisser entrer.

On se rend ensemble dans la salle pour la dernière heure de cours. Les couloirs sont étonnamment vides et calmes. Le silence finit par devenir trop pesant.

— Tu me dis pas d'arrêter mes conneries ?

— Nan. Je sais que t'en feras qu'à ta tête de toute façon.

Arrivé chez moi, je laisse tomber mon sac de cours par terre avant de le ramasser et de le ranger sur le banc, comme chaque après-midi de ma vie. Comme si tout était normal. Comme si rien n'allait changer. Dans la cuisine, je tombe sur le smoking de location suspendu à la poignée d'un placard. Derrière, sur un second cintre, une nouvelle chemise blanche pour la remise des diplômes. Quand ma mère rentre du travail, je n'ai pas bougé de ma chaise et je continue à les contempler.

— Si tu comptes aussi louper ça, tu vas devoir me donner des explications, me dit-elle.

— Tu m'as racheté une chemise blanche.

— Oui, l'autre était pleine de sang. Ça aurait été de mauvais augure pour le bal. Un côté très *Carrie*… Enfin c'est une référence qui n'est sans doute plus de votre génération.

— Une héroïne flippante avec des pouvoirs magiques, je sais. Mina m'en a parlé une fois.

Elle s'assied à côté et moi et on regarde le smoking ensemble.

Ollie débarque dans la cuisine.

— Tous les élèves de ma classe pensent que tu vas être élu roi de ta promo, lance-t-il en sortant le lait du frigo.

Je soupire.

— Oh, ça doit être tellement dur d'être toi, Caplan, se moque ma mère en me tapotant la tête.

— Et plusieurs personnes ont parié que, si Hollis était élue reine, elle te renverserait du punch sur la tête.

— Tu vois ? dis-je en me tournant vers ma mère. Ça te paraît pas une raison suffisante pour sécher ?

Elle chasse Ollie de la cuisine puis revient s'asseoir sur son tabouret, près de moi. Elle me dévisage avec un regard interrogatif.

— Si je t'explique, tu me forceras pas à y aller ?

— Tu pourrais aussi m'expliquer et y aller, non ?

— Ben, je t'ai pas encore expliqué le problème, comment tu peux en conclure que je devrais y aller ?

Elle hausse les épaules.

— Le bal de fin de terminale n'a lieu qu'une fois dans une vie. Le mien était complètement raté, mais je suis heureuse d'y être allée.

— Pourquoi ?

— Si je n'y étais pas allée, j'aurais passé le reste de ma vie à me dire qu'il aurait pu être merveilleux.

Je réfléchis quelques instants.

— C'est mon premier conseil, Caplan. Dans la vie, mieux vaut regretter des choses qu'on a faites plutôt que des choses qu'on n'a pas faites.

— Quelle connerie…

— Pas du tout. Je maintiens.

— Tu regrettes pas d'avoir épousé papa ?

Elle reste songeuse un long moment. Je ne sais pas si j'ai dit ça pour mettre un terme à la conversation ou parce que j'ai beaucoup pensé à lui ces derniers temps, plus que d'habitude, après que Mina a évoqué nos problèmes, qui ne sont pas forcément notre faute, mais qui n'en sont pas moins réels. Je crois bien que j'ai passé toute ma vie à éviter, avec beaucoup de talent, de penser à tout ce qui aurait pu être dur. Et puis il y a ce truc avec Mina, ce truc débile qui s'est insinué malgré moi dans mon existence, et après ça a été le raz-de-marée. Je n'ai pas le souvenir d'avoir jamais été en colère au sujet de quoi que ce soit pendant plus de deux heures, et là ça fait plusieurs jours que je tourne en rond chez moi, à broyer du noir, comme l'a justement observé Hollis. Je me morfonds et je fais des détours, si bien que je rate des trucs, je saute trop tard et je nage trop lentement.

— Je suis désolée qu'il ne soit pas venu à ta fête, finit-elle par lâcher.

— C'est pas grave…

— Et non. Je ne regrette pas de l'avoir épousé.

Je ne la crois pas. Je la dévisage.

— Parce que je vous ai, ton frère et toi.

Je cligne des yeux pour retenir des larmes.

Elle m'enlace par les épaules.

— Mon deuxième conseil, Caplan…

— Maman…

— Si la situation n'est pas bonne et que tu dois l'arranger, ça ne fait pas de mal de se mettre sur son trente-et-un.

— T'as trouvé ça sur Pinterest ?

— Non. Dans mon cerveau.

— D'acc. Il y en a un troisième ?

Elle réfléchit.

— Si Hollis gagne demain soir et qu'elle veut te renverser du punch sur la tête, elle a gagné ce droit.

Tout le monde se retrouve sur la pelouse devant le lycée pour prendre des photos. C'est sympa, mais il y a d'abord des tractations interminables pour savoir qui fera quoi et se mettra où. C'est surtout les filles qui prennent la pose ensemble, par groupes de deux ou trois, pendant que les mecs traînent autour en tirant sur le col de leur chemise. Puis il y a la série de photos de groupe catastrophiques, sur lesquelles, j'en mettrais ma main à couper, il y a toujours quelqu'un pour fermer les yeux, faire un doigt d'honneur ou crier : « Allez, c'est bon ! Tout le monde fait son plus beau sourire à trois ! » Pour les photos plus « classiques », en couple, on décide, avec Quinn, d'escalader le panneau du lycée. On a trente secondes, accroupis sur le sommet des lettres, pour faire des trucs débiles avec nos mains avant qu'un adulte nous hurle de descendre de là. Comme Hollis n'a pas de cavalier, elle pose avec tous les garçons, y compris moi. Enfin, c'est au tour des photos avec les parents.

Ma mère travaille, mais j'ai pris la pose avec elle à la maison, avant de sortir. Elle n'arrêtait pas de répéter qu'elle ne voulait pas parce qu'elle portait sa blouse d'infirmière, pourtant j'ai bien vu après coup qu'elle était contente. C'est la seule photo qui avait de l'importance à mes yeux, et je suis donc beaucoup plus décontracté que les autres, qui me paraissent tous très stressés et mal à l'aise.

— J'en reviens pas de tout ce tralala alors que le bal a même pas encore commencé, dit Quinn. La corvée est pas terminée.

Le bal a lieu dans une salle ridicule avec une moquette immonde d'un hôtel au bord de l'autoroute. Mais bon, j'avoue, c'est quand même assez chouette de gravir les marches pour entrer dans la pièce avec nos tenues chics de location. Quelques tables rondes entourent la piste de danse, éclairée par des spots colorés et des boules à facettes de mauvaise qualité, qui tranchent avec le reste de la déco. Je me tiens un peu en retrait au moment de l'annonce du roi et de la reine de la promo. Hollis, elle, se trouve près du bol de punch, et elle sourit comme une star de ciné dans la lumière des projecteurs.

Quand on appelle mon nom, Quinn et Noah me baissent mon froc.

Habituellement, le couple royal ouvre le bal. Je me dis que ça va être un moment gênant, qu'Hollis va en profiter pour faire un truc aussi charmant qu'un doigt d'honneur, et pourtant, quand on a été couronnés et que la musique commence, elle m'offre son bras.

— C'est très généreux de ta part, dis-je pendant qu'on tourne sur place. Beaucoup ont parié que tu allais me jeter un verre de punch au visage.

— Je sais, oui. Comme si j'étais aussi prévisible.

Je me rends alors compte que la chanson a changé. Je reconnais celle de Taylor Swift, *We Are Never Ever*

Getting Back Together. « On ne se remettra jamais jamais ensemble. »

— C'est vrai, dis-je. T'as payé qui pour passer cette chanson ?

— Personne. J'ai juste demandé poliment.

— Quinn avait deviné comment tu réagirais, lui.

— Impossible…

— Si. Il a parié avec moi, il y a plusieurs jours, qu'on danserait ensemble ce soir. Il était prêt à se mettre en slip sous sa toge le jour de la remise des diplômes s'il se trompait.

— Merde, si j'avais su ça, je t'aurais planté comme un con.

— Moi, je suis content qu'on ait cette dernière danse. Tu es très belle.

Et c'est vrai. Elle porte un haut argenté sans bretelles et une longue jupe assortie.

Elle ajuste ma couronne avec un sourire moqueur.

— Avant, je trouvais ça tellement naze d'être obligée de revoir ton visage débile après une rupture. Ça va me faire très bizarre de ne plus avoir à subir cette épreuve.

— Toi aussi, tu vas me manquer, Hollis.

— Peut-être que ça nous fera du bien. Peut-être qu'on tournera la page.

— Ouais, et peut-être qu'on pourra être amis.

Elle pose sa tête sur mon épaule.

— On a toujours été amis, Caplan. C'est juste que tu t'en étais pas rendu compte.

On continue à danser un slow, alors même que la chanson est entraînante et que tout le monde saute autour de nous. Un autre couple danse aussi enlacé. J'ai du mal à en croire mes yeux.

— C'est Ruby ? Avec… avec Lorraine ? La Lorraine de Mina ?

Hollis jette un coup d'œil par-dessus son épaule.

— Oh, oui. Elles sortent ensemble depuis le début de l'année.

— Et comment elles se sont rencontrées ?

— Elles étaient toutes les deux au comité de rédaction de l'annuaire. C'est pour ça qu'il fallait impérativement que Noah invite Becca. Pour qu'il ne propose pas à Ruby. Je ne voulais pas lui mettre la pression à elle, ni vous en parler à vous, les mecs, pour des raisons évidentes. Je voulais leur laisser le champ libre.

— Hollis…

— Quoi ?

— Je connais pas de meilleure amie que toi.

— Merci.

Puis elle soupire et ajoute :

— Et t'as encore rien vu.

— Comment ça ?

— Où est Mina ?

— Je sais pas, chez elle, je suppose. Elle a toujours dit qu'elle voulait pas venir à ce bal.

— Caplan, tu dois accepter de laisser grandir les gens. Les gens changent d'avis. Enfin bref, c'est pas grave. Tant que tu lui as dit que tu l'aimais.

— *Aimer*, c'est quand même… C'est un sacré engagement, non ? Je voulais pas la faire flipper.

— C'est toi que tu voulais pas faire flipper, oui.

— Qu'est-que je suis censé comprendre ?

— Je t'ai plaqué pour t'offrir une occasion d'écouter enfin ton abruti de cœur, et t'as même pas été foutu de bien faire les choses…

— Si, si, il s'est passé des trucs entre nous, et je lui ai fait comprendre.

Elle me foudroie du regard.

— Je lui ai plus ou moins dit, Hollis, je t'assure. C'était évident.

Elle secoue la tête.

— Punaise… Bon, d'accord, je dois vraiment avoir un très, très bon fond, ou je sais pas. Allons-y.

Elle me prend la main et m'entraîne vers la sortie. Quinn nous rattrape juste avant qu'on arrive au pied de l'escalier monumental.

— Vous allez la chercher ?

— On va essayer, oui, répond Hollis.

— Attendez, j'ai un truc qui pourrait aider.

Chapitre 28

MINA

Il y a, contre toute logique, une demi-journée de cours le matin du bal de fin d'année. Ceux qui sont présents viennent en pyjama et avec des masques de beauté, ce genre de réjouissances. J'y vais – ce n'est pas maintenant que je vais sécher –, mais, comme je me rends compte qu'il n'y a pas vraiment cours, je rentre après la première heure.

En arrivant chez moi, je trouve ma mère sur le canapé.

— Alors, tu as des projets pour le grand soir ?

— Nan, dis-je en m'affalant à côté d'elle. Qu'est-ce qu'on se regarde ?

— Tous les films dans lesquels il y a des bals de promo ?

— Tu plaisantes ?

— Si tu veux...

Ce n'est pas comme si je risquais d'oublier qu'il a lieu, de toute façon, alors j'accepte.

À 20 heures, je suis en shorty, avec le tee-shirt reçu en primaire pour avoir gagné un concours d'orthographe. Je me couche en m'efforçant de me sentir fatiguée et pas minable. Ça ne marche pas. J'étouffe dans ma chambre, alors j'ouvre la fenêtre. Puis je finis assise devant, à regarder dehors. Ça commence à devenir vraiment absurde, alors je sors sur l'avancée du toit. Je n'y suis jamais allée sans Caplan, même si je suis chez moi, et ça m'énerve tellement que j'en oublie d'être triste. Je suis soudain furieuse contre moi-même, contre ma vie et contre toutes les décisions que j'ai prises et qui m'ont amenée ici.

Un autre genre de fille ne se formaliserait pas de n'avoir ni cavalier ni amis. Elle enfilerait une robe excentrique et pénétrerait dans la salle de bal kitschissime, la tête haute, et tout le monde serait impressionné par son cran. Et si son meilleur ami – non, soyons honnête, son seul ami – n'avait pas été un garçon dont elle… dont j'ai toujours été un peu amoureuse, si ma minuscule existence étriquée n'était pas en prime une illustration des pires clichés sexistes, si j'étais une fille normale avec des amies, ou même une seule, je pourrais me rendre à ce bal à son bras en faisant un pied-de-nez à la notion ridicule, hétéronormative et patriarcale d'un dénouement romantique heureux. Je repense à Caplan me demandant pourquoi j'étais obligée de tout analyser dans les moindres détails, et je hurle de colère. Mais la rue est déserte, et toutes les personnes par lesquelles je pourrais redouter d'être entendue sont au bal et se comportent normalement.

Soudain des faisceaux de phares surgissent au détour de la rue et éclairent le monde. Je me fige sur mon toit dans le noir, et pourtant, quand la voiture se gare devant chez moi, je ne suis pas si surprise que ça. Je vis dans une impasse, après tout.

Il claque la portière et s'approche de la cage à poules pour l'escalader avant de me voir.

— Ah, lâche-t-il. Salut.

Je ne dis rien de peur de fondre en larmes. Sa couronne a glissé sur le côté. Il est plus beau que n'importe quel héros de film.

— Alors…, dit-il en mettant les mains dans ses poches avant de les ressortir. Bon, je suis venu parce que j'ai des trucs à te dire.

Je réussis à hocher la tête.

— Donc, ce que j'ai à dire, et tu es beaucoup plus douée que moi en argumentation, alors s'il te plaît attends que j'aie terminé pour répondre, d'accord ? Ce que j'ai à dire, c'est que l'autre jour, dans ta chambre, tu m'as expliqué que t'étais en vie à cause de moi, ce qui faisait trop de pression pour toi, ou trop de pouvoir pour moi, je sais plus trop. Mais moi je veux que tu saches que je suis celui que je suis grâce à toi. Et ça me paraît aussi important. Tout ce qu'il y a de bien en moi, je le dois au fait de te connaître. Depuis que j'ai huit ans, j'ai toujours voulu te ressembler, mériter d'être en ta présence. Et je voudrais pas rencontrer celui que je serais devenu sans ça aujourd'hui. Je sais pas comment je serais sans toi, j'ai aucune envie de le savoir. Je t'ai toujours admirée, Mina. Et si ça signifie qu'on n'est pas égaux, ça me va.

Il s'interrompt et prend une profonde inspiration. Comme je ne dis toujours rien, il reprend :

— Mes meilleurs côtés, ils me viennent de toi, d'accord ? Et ça compte forcément. Comme une forme d'amour.

— Bien sûr que ça compte…

— ET… Je n'ai pas terminé… ET je sais que c'est dur à croire tellement j'ai été naze et égoïste. Je n'ai même pas vraiment d'excuse. Tout ce que je vois à dire pour ma défense c'est que, après avoir veillé sur toi… non, je veux dire après t'avoir aimée de façon si spontanée que c'était aussi naturel que… que de respirer, eh bien tomber amoureux de toi m'a coupé le souffle. C'était un sentiment tellement différent. Je devais… je devais réapprendre à respirer en un sens, et ça m'a perturbé, parce que… parce que je sais pas. Parce que j'avais peur. Parce que j'étais pas sûr de ce que tu ressentais.

— Caplan…

— MAIS j'ai compris… Désolé, j'ai bientôt terminé… J'ai compris que ça faisait de moi un mauvais ami. Et clairement je connais rien de rien à l'amour, mais je suis à peu près certain que c'est pas censé avoir cet effet, alors je pense que je t'ai mal aimée. Sans doute parce que je le faisais dans mon coin, et, on l'a déjà compris, je vaux rien sans toi. Quels que soient tes sentiments pour moi, même si tu m'aimes comme un ami ou, tu vois… Bref, dans un cas comme dans l'autre, je te laisserai plus jamais tomber. Si tu… Enfin si tu veux bien que je sois ton ami. Que je le redevienne.

Il me regarde alors, son torse se soulève aussi rapidement que s'il venait d'escalader une montagne.

— Tu crois qu'on pourrait ? Redevenir amis ?

— Je ne vois pas comment…

— Je ferai le nécessaire.

— Non, le problème ne vient pas de toi, mais de moi.

Je gonfle mes poumons d'oxygène pour aider les mots à sortir :

— Je ne te vois pas comme un simple ami, Caplan. Ça n'a, je crois, jamais été le cas. C'est peut-être pour ça que j'ai eu l'impression qu'on n'était pas égaux, en grandissant. Tout le reste…

— Mais… Mina !

— Arrête. Arrête de sourire comme ça. Ce n'est pas une bonne chose.

— D'accord, désolé.

Il continue à avoir un sourire jusqu'aux oreilles, on dirait que son visage va se fendre en deux et embraser la nuit.

— J'ai essayé pendant des années. De toutes mes forces, de faire en sorte que ça s'arrête.

— Je crois, moi, me dit-il, que c'est un miracle si tu ressens la même chose que moi.

Une explosion se produit dans ma poitrine, se déploie dans tout mon corps et m'emplit. Je la sens partout. Jusque dans mon petit doigt.

— Tout changerait. Et on ne sait pas dans quel sens.

— Mina, tu l'as dit toi-même, il y a des semaines de ça, le jour où j'ai été accepté à la fac et où je t'ai demandé de me promettre que rien ne changerait. Tu te souviens de ce que tu as répondu ?

— Le seul souvenir que j'ai de cette journée c'est la réponse positive que tu as reçue.

— Tu m'as promis, j'ai pas retenu les termes exacts, que si les choses devaient changer, et elles changent, c'est comme ça, ce serait pour devenir meilleures.

Sa joie est contagieuse. Elle me déborde.

— Tu serais devenu plus intelligent que moi ?

— Non, non, j'y ai réfléchi pendant des jours. Pour tenter de me mettre à ton niveau.

Il me regarde avec une joie simple, comme si on passait juste un moment sympa ensemble. Je finis par lâcher :

— Caplan, je suis juste… je suis submergée. Par tout ça.

— Par tout quoi ?

— Celui que tu es. Et ce que je ressens.

— D'accord. Eh ben, justement, on n'est pas obligés d'en faire un truc énorme. Allons-y pas à pas. Si tu as besoin de prendre ton temps, je te laisserai faire. Si tu veux qu'on aille au bal en amis, on ira. Si tu veux que je t'attende ici pendant que tu réfléchis, aucun problème. On a toute la nuit.

Il s'assied dans l'herbe. Je comprends à cet instant que, même si je rentrais, même si je fermais la fenêtre et me couchais, il serait encore là à mon réveil.

Un coup de klaxon retentit.

— Bon, on a peut-être pas toute la nuit, en fait.

J'observe la voiture. Impossible de voir à travers le pare-brise avec les phares allumés, mais soudain je comprends quelque chose. Caplan n'est pas sorti du côté conducteur.

— Qui t'a accompagné ici ?

— On pouvait pas rester au bal sans toi.

— On ?

Mes larmes finissent par couler.

— Peu importe ce que tu ressens pour moi, Mina. Tu dois venir avec nous. Elle me le pardonnera jamais, sinon.

Puis il glisse la main dans la poche de sa veste et en sort un petit bouquet que je connais bien.

— Et tu sais que Quinn adore les fins heureuses.

Il se lève et tend le bras pour nouer le ruban du bouquet autour de ma cheville. Il referme ensuite sa main autour de mon pied, il attend, patient. Je me rends compte que je souris, moi aussi. Je ne peux plus me retenir.

— Et maintenant, Mina ?

Je remue les orteils.

— À toi de décider, ajoute-t-il. Il n'y a pas de mauvaise réponse. Fie-toi à ton instinct.

— Je viens. Je viens au bal, et on verra pour la suite après. Maintenant lâche-moi.

— Pourquoi ?

— Pour que je puisse rentrer dans ma chambre et descendre.

— Mais j'ai pas envie de te lâcher.

— Je me dépêche. Je veux juste descendre par l'escalier. Je suis pas capable de faire des acrobaties comme toi.

— D'accord, mais vite.

Il garde mon pied dans sa main un instant supplémentaire en me regardant, fou de joie. Juste au moment où il me libère, je saute. Il a encore le bras levé, prêt à m'attraper.

LE BAL

On fait notre entrée au moment de la dernière danse. Hollis a mis mon tee-shirt de primaire, qu'elle a noué au-dessus de sa jupe argentée, comme une star de pop. Je porte son haut à paillettes, mon shorty, la veste noire de Caplan et sa couronne. Il ferme la marche derrière nous. Une entrée on ne peut plus théâtrale, qui attire tous les regards sur nous. Je sais qu'Hollis a le menton levé à côté de moi, alors je fais pareil. Quand j'aperçois Quinn, il sort son nez rouge de sa poche et le met. Je soulève ma jambe pour qu'il voie le bouquet à ma cheville. Il applaudit très lentement. Tout le monde l'imite. Ça fait tellement de bruit, ça dure si longtemps que je suis incapable de me souvenir de la seule chanson qui est passée pendant ma présence au bal.

LA REMISE DES DIPLÔMES

Une fois qu'on a tous traversé la scène un par un, je vais me poster avec Mina derrière le pupitre pour faire le discours des terminales, qui consiste cette année en une vidéo. Pendant sa diffusion, on ne quitte pas la scène mais on se met sur le côté. On regarde les visages des gens du public qui expriment leurs émotions en entendant leur nom. Jim Ferraby, le partenaire de quadrille de Mina en quatrième, déclare sa flamme à sa meilleure amie, en espérant qu'il a trouvé le courage de le faire en vrai entre-temps, et j'ai envie de rire tellement j'ai pris mes sentiments au tragique, eux si évidents, si peu originaux quand on les voit chez quelqu'un d'autre, même dans cette petite ville où j'ai grandi. Lorraine déclare à Ruby qu'elle aimerait être capable de faire avec des mots ce qu'elle fait avec un appareil photo. Elle la remercie d'avoir su la voir. Jamie Garrity me remercie d'avoir toujours ouvert l'issue de secours. À un moment, sans me souvenir de l'avoir décidé consciemment, je prends la main de Mina. Je la cache entre les plis de nos toges, pour que personne ne puisse voir – je ne voudrais pas la mettre mal à l'aise.

Quand le visage de Quinn apparait à l'écran, il dit qu'Hollis est la fille dont tous les êtres humains rêvent, puis ajoute : « Nan, nan, on recommence, je peux pas dire un truc pareil. » Ça lui vaut une standing ovation.

(Plus tard ce soir-là j'apprends de sa bouche – et Mina de celle d'Hollis –, qu'il a avoué à cette dernière, lors de l'énorme soirée dans la maison de Noah au bord du lac, qu'il n'était en réalité jamais allé au bout d'un rapport sexuel, techniquement, et qu'il n'avait aucune envie d'arriver vierge à la fac. Alors ils l'ont fait dans la salle des bains des parents de Noah, dans la baignoire, avant de prendre un bain et de foutre un boxon pas possible. Quinn a dit à Hollis que c'était la plus belle nuit de sa vie, et elle a tellement ri qu'elle a aspiré de l'eau par le nez. Elle lui a répondu qu'elle ne savait pas si c'était la plus belle nuit de sa vie, mais qu'elle n'avait sans doute jamais autant kiffé le sexe que cette fois-là.)

Quand les gens se lèvent pour applaudir la vidéo de Quinn, Hollis se met aussi debout et salue l'assemblée.

Mina apparaît ensuite à l'écran, elle pose les yeux partout sauf sur l'objectif, plus fuyante que jamais, en déclarant que je suis la personne préférée de tout le monde. Et il y a moi, déclarant qu'elle est ma personne préférée. Mon ventre se serre un instant lorsque je vois mon visage si énorme, si transparent, alors que je dis une chose dont j'ignorais, à l'époque, qu'elle était aussi vraie, mais je regarde Mina, et elle a la même expression que moi. Alors je lève nos deux mains très haut vers le ciel, et le public devient fou. Je vois une lueur s'allumer dans ses yeux. Elle secoue la tête comme si elle n'en revenait pas avant de m'embrasser, là, sur scène, devant tout le monde. Si on avait été à l'intérieur, le toit n'aurait pas résisté. C'est une explosion qui atteint la stratosphère. Des oiseaux s'envolent. Quinn monte sur sa chaise pour siffler en nous faisant des doigts d'honneur. Un prof doit le forcer à descendre, mais il ne peut pas faire grand-chose d'autre. Il a déjà reçu son diplôme.

On laisse nos mères rentrer en voiture pour faire le trajet à pied, main dans la main. Je ne crois pas qu'on se les soit lâchées depuis que je la lui ai prise sur scène. Des gens nous applaudissent sur notre passage, amis et inconnus. C'est le jour de la remise des diplômes, tout le monde est sorti sur son perron pour voir le défilé des terminales.

Lorsqu'on arrive dans Corey Street, l'impasse est calme. Je répète à Mina que je l'aime. Elle me répond qu'elle va prendre une année de césure et s'installer à New York. Elle compte partir avec Hollis en voiture dès la semaine suivante, mais elle ne lâche pas ma main en me faisant cette annonce. Elle m'explique que, si elle reste et passe l'été avec moi, elle ne sera pas capable de me dire au revoir. Elle me suivra à la fac, puis partout, pour le reste de sa vie. Pendant une seconde, je suis tenté de m'agenouiller pour la supplier de faire ça, exactement ça. Au lieu de quoi, je place une main en visière sur mon visage parce que je suis ébloui par le soleil couchant qui se réfléchit sur les fenêtres des maisons, et je lui fredonne *Some Other Time*.

Elle me confie que son père lui a manqué aujourd'hui. Elle aimerait qu'il puisse voir ce qu'elle est devenue, la décision qu'elle a prise, les endroits où elle ira et ceux où elle n'ira pas. Je lui dis qu'il aurait été fier d'elle. Je lui dis qu'il est fier d'elle. Et puis, parce que j'ai envie de la faire rire, pas pleurer, j'ajoute que, si elle part dans une semaine ou moins, on doit coucher ensemble cent fois avant.

Il n'y a personne chez nous, pas encore, alors on monte dans ma chambre, et on le fait une fois et demie, puis on s'assoupit avec les fenêtres ouvertes, parce que, pour le reste de cette journée encore, nous sommes entièrement libres. Elle est silencieuse, je sens son souffle sur mon torse et je voudrais suspendre le temps. Pourtant le soleil continue à se coucher. Un rayon doré coupe en biais le mur de ma chambre. L'obscurité s'installe.

— Tu ne te couches jamais avec le soleil, dis-je dans ses cheveux.

Elle sourit comme si elle rêvait déjà.

— Je n'ai pas besoin que tu m'offres un été ou le reste de nos vies, ajouté-je. Merci pour ça, là, tout de suite.

Elle prononce mon prénom.

Et, pour la première fois, elle me dit qu'elle m'aime.

Tourner la page

PAR MINA STERN

En CM1, j'ai appris la lecture à mon meilleur ami. J'ai beau savoir que c'est la vérité, factuellement, chaque fois qu'il en parle aujourd'hui et formule les choses ainsi, je suis sur la défensive.

Il n'était pas mon ami avant qu'on prenne l'habitude de lire ensemble. Il était même mon ennemi, parce que c'était un garçon doué pour les relations sociales et sportif, et que j'aimais les livres. Car oui, les règles qui régissent la vie à l'école primaire, au cas où vous l'auriez oublié, manquent cruellement de subtilité. Notre institutrice a pris l'initiative, qui aurait pu se révéler peu judicieuse, de faire de nous des partenaires de lecture, chargeant ainsi une élève de huit ans d'aider un de ses camarades. Ce qui aurait pu tourner à la catastrophe a été une franche réussite, sans doute grâce à la curiosité inébranlable de mon ami, plus forte encore que son orgueil ou ses préjugés (je m'excuse pour le mauvais jeu de mots).

J'ai pour habitude de relire encore et encore certains livres depuis que je suis en mesure de le faire. Si ça n'avait tenu qu'à moi, je n'aurais sans doute jamais ouvert un autre livre que Chrysanthème. *À ce jour, je continue d'avoir le réflexe de me tourner vers les textes que je connais déjà plutôt que vers des nouveaux. J'ai bien conscience que ça peut paraître absurde – puisque chacun des ouvrages que je suis venue à aimer comme un compagnon de vie éternel m'a forcément été, à un moment, inconnu. Je mettais un point d'honneur à lire la dernière page d'un livre avant de le commencer. J'essaie de m'en empêcher désormais (on a beau prendre de l'avance sur sa lecture, on ne pourra jamais changer la fin telle qu'elle a été écrite). C'est une façon d'expliquer combien l'inconnu m'est désagréable, combien je m'efforce d'éviter ce que je ne peux ni prédire ni contrôler.*

Pour ces raisons, le simple fait d'être en vie me pose un problème et m'a souvent paru déplaisant, pour ne pas dire certains jours impossible. Je n'ai aucune idée de l'endroit où je serai l'an prochain, et cette question me panique au point que je ne parviens pas à me projeter où que ce soit, sans même parler de désir.

Je pense que, pour cette raison, il est important d'aimer des gens qui sont différents de nous, et que c'est finalement à ça que sert l'imprévisibilité inexplicable et terrifiante de l'existence – ou qu'à toute chose malheur est bon, pour le dire en d'autres termes. Un livre qu'on n'a pas décidé de sortir d'un rayonnage ne sautera pas directement dans vos mains, mais une personne peut traverser votre route sans prévenir. Et malgré ma terreur de l'inconnu, je sais que s'il y a une chance que, le jour où je relirai ces lignes (ce que je compte faire régulièrement), je me trouve dans une pièce complètement différente de celle où je les rédige, dans une tout autre vie, ce sera grâce aux êtres que j'aurai rencontrés et que j'aurai trouvés si merveilleux, si intéressants, que je leur aurai emboîté le pas bien malgré moi.

Et si je suis ces inconnus, ce sera grâce à mon tout premier ami, ce petit garçon qui me traitait d'intello et ne voulait pas apprendre à lire. Car, à ma grande surprise, et c'est sans doute une bonne nouvelle, il est beaucoup plus compliqué de refermer son cœur que de l'ouvrir la toute première fois. Et si la première personne à qui l'on offre son amour appartient à la bonne catégorie d'êtres, alors d'autres suivront. Nous sommes tous, je l'ai compris, faits pour aimer. Et, par conséquent, nous sommes faits pour vivre. Si vous êtes comme moi et que, parfois, vous avez du mal à vous sentir curieux de vous-même ou de votre propre existence, il vous suffit de lever les yeux vers la personne qui chemine à vos côtés. Si vous êtes à court de raisons de vivre, en voici une qui vaut toutes les autres : rester pour savoir ce qui arrivera aux gens que vous aimez. Sans parler de tous ceux que vous aimerez et que vous n'avez pas encore rencontrés, les livres que vous n'avez pas encore lus, les livres que vous n'avez pas encore terminés, et même les histoires qui vous ont fait éprouver tant de choses que vous devez les relire, encore.

Ça peut être difficile, même entre amis très proches, de ne pas tenir les comptes quand on influence mutuellement l'existence de l'autre, de façon capitale et imperceptible. Alors peut-être que j'ai, c'est un fait irrévocable, appris à lire à Caplan. Mais il m'a appris tout le reste, chaque jour, à chaque page qu'il tournait.

Alors c'était bien une histoire d'amour
à la vie à la mort, finalement.
Félicitations, espèce d'abruti génial.
Bisous, Hollis

P.-S. : Si tu essaies de retirer ce mot
et que tu niques le mur, tu régleras
la caution de la coloc à notre place.

REMERCIEMENTS

Avant tout, merci à Sarah Barley, mon éditrice, aussi brillante que gentille ; tu as mis ton cœur dans ce livre, qui n'en est que meilleur. Et à mon agente, Elizabeth Bewley, qui m'a accompagnée avec tact et bienveillance depuis notre tout premier coup de fil ; la confiance que tu as placée en cette histoire, et en moi, a tout changé.

Je remercie toutes les personnes, chez Sterling Lord, Flatiron Books et Macmillan, qui m'ont envoyé un mail (ou plusieurs), qui ont passé une minute (ou un million) sur ce livre : Flip Brophy, Szilvia Molnar, Amanda Price, Sydney Jeon, Megan Lynch, Emily Walters, Frances Sayers, Eva Diaz, Erin Kibby, Cat Kenney, Ken Edwards, Ally Demeter, Jennifer Edwards et le reste de l'équipe commerciale, Keith Hayes, Jenna Stempel-Lobell et Sara Ensey, pour en citer quelques-unes. Je n'oublie pas Sarah Kelleher chez Maria B. Campbell Associates. Merci à David McCormick, qui me lit et m'encourage à écrire depuis le collège. Et à Steve Amick, pour son expertise sur le Michigan et les secrets de l'univers (Torch Lake).

Je remercie Anna, qui a entretenu ma vivacité d'esprit, et Luke, qui a continué à me faire rire. Lisa et Brett, pour vos enfants, vos conseils, vos bâtonnets de mozzarella et mon premier foyer à Brooklyn.

Je remercie Delia, Jake, Lennart, Carson et Clara, pour les mardis soir – pour m'avoir poussée à écrire, puis à m'améliorer.

Je remercie Jeb, Harley, Lou, Emu, Grace, Hannah, Hannah et Hannah, grâce à qui c'est facile de se lever le matin et de croire en l'amour, qui m'ont appris à me sentir chez moi dans plus d'un endroit. Il n'y aurait pas de livre si vous ne m'aviez pas demandé sans arrêt ce qui allait se passer ensuite. Merci à Josh, qui, contre toute attente, est en train de me transformer en optimiste.

Je remercie tous ceux qui représentent le lycée de Montclair, Glynnis et Sophie pour les moments les plus mémorables, et Cristi, qui a eu le droit de choisir son titre préféré.

Je remercie Lily, qui m'a appris à en faire trop, et James, à qui personne n'a appris à lire.

Je remercie Annie, ma voisine, qui n'était pas obligée de devenir ma sœur, et à sa famille, qui a suivi le mouvement.

Je remercie éternellement Georgia, ma sœur, qui n'était pas obligée de devenir ma meilleure amie ; Walter, qui aime mieux que n'importe lequel d'entre nous ; et mon père, qui lui a transmis ce talent.

Et enfin, maman… Par où commencer ? De toute façon, tu sais déjà tout.

PAPIER À BASE DE FIBRES CERTIFIÉES

hachette s'engage pour l'environnement en réduisant l'empreinte carbone de ses livres. Celle de cet exemplaire est de :
300 g éq. CO_2
Rendez-vous sur www.hachette-durable.fr

« Pour l'éditeur, le principe est d'utiliser des papiers composés de fibres naturelles, renouvelables, recyclables et fabriquées à partir de bois issus de forêts qui adoptent un système d'aménagement durable. En outre, l'éditeur attend de ses fournisseurs de papier qu'ils s'inscrivent dans une démarche de certification environnementale reconnue. »

Composition et mise en pages : Nord Compo

Achevé d'imprimer en France
par CPI Brodard et Taupin
Dépôt légal 1re publication : juillet 2024
48.7668.7 - ISBN : 978-2-01-721959-0
Édition : 01 – Dépôt légal : juin 2024
N° d'impression : 3057344